सुजाता

हिन्दी के पहले सामुदायिक स्त्रीवादी ब्लॉग 'चोखेर बाली' की शुरुआत से लेकर कविता-संकलन 'अनन्तिम मौन के बीच', स्त्री-विमर्श की सैद्धान्तिकी पर एक पुस्तक 'स्त्री-निर्मिति' और फिर अपने उपन्यास 'एक बटा दो' तक स्त्रीवाद की अपनी गहरी समझ, सरोकारों और भाषा के अनूठे प्रयोगों से पहचान बनानेवाली सुजाता पिछले एक दशक से दिल्ली विश्वविद्यालय में अध्यापन कर रही हैं। कविता के लिए विभिन्न पुरस्कार और सम्मान।

स्त्रीवादी आलोचना को लेकर लगातार लेखन के बाद एक मुकम्मल किताब 'आलोचना का स्त्री पक्ष' प्रकाशित।

सम्पर्क : Chokherbali78@gmail.com

सुजाता

एक बटा दो

राजकमल पेपरबैक्स

राजकमल पेपरबैक्स में
पहला संस्करण : 2019
दूसरा संशोधित संस्करण : 2021

राजकमल पेपरबैक्स : उत्कृष्ट साहित्य के जनसुलभ संस्करण

राजकमल प्रकाशन प्रा.लि.
1-बी, नेताजी सुभाष मार्ग, दरियागंज
नई दिल्ली–110 002
द्वारा प्रकाशित

शाखाएँ : अशोक राजपथ, साइंस कॉलेज के सामने, पटना–800 006
पहली मंज़िल, दरबारी बिल्डिंग, महात्मा गांधी मार्ग, प्रयागराज–211 001
36 ए, शेक्सपियर सरणी, कोलकाता–700 017

वेबसाइट : www.rajkamalprakashan.com
ई-मेल : info@rajkamalprakashan.com

बी.के. ऑफसेट
नवीन शाहदरा, दिल्ली–110 032
द्वारा मुद्रित

मूल्य : ₹199

EK BATAA DO
Novel by Sujata

ISBN : 978-93-88753-68-5

पापा को,
जिन्होंने आख़िरी घड़ियों में भी
ज़िन्दगी के ज़रूरी सबक़ दिए।

एक बटा दो

कुन!

यहाँ इस गाँव में एक सात सौ साल पुराना पुल है। मैं इसके एक छोर पर खड़ी हूँ। पार करने से पहले सोचती हूँ क्या मुझे सात सौ साल पीछे ले जाएगा यह? नीचे एक नदी मचल रही है। उसके गोल पत्थर धूप में चमकते हैं तो भीतर एक नदी भँवर हो जाती है। आवारा होने की चाह नदी को पुलों से नहीं, कूद कर पार करने के लिए बेचैन करती है। मुझे दूसरा सिरा दिख रहा है पुल का और झूलते हुए डगमग पुल के बीच पाँव बरबस रुक गए हैं। बारिश की बूँदें रुई सी हलकी होकर उड़ने लगीं। हरे पेड़ सुफ़ेद हो रहे हैं, पहाड़ बूढ़े होने लगे हैं अचानक, हवा सर्द तीखी, पाँव की अँगुलियाँ मेरी अपनी न रहीं। ख़ूबसूरत बर्फ़बारी! आप अपनी गाड़ी से निकलो और उड़ते, ठंडे फाहे चेहरे को स्पर्श करते ही पिघल जाएँ। अपनी आँखों की अब तक सहेजी सारी अबोधता उस मौसम को सौंपते हुए आप बाँहें फैलाओ तो कोई समेट लेना चाहे उसी पल। यह देखना स्वर्गिक था। यह कभी दोबारा नहीं होगा। मन कहता है यह दृश्य फिर ऐसे नहीं घटेगा। पास ही एक लड़की चहचहाती है—मर भी जाऊँ तो आज ग़म नहीं, यही देखने के लिए तो ज़िन्दा थी...। उसे गले लगाकर कहना चाहती हूँ कि हाँ यही सोचती हूँ मैं भी। गाड़ियाँ सब क़तार से खड़ी हैं, फँस गए हैं सब। कभी फँसना भी ख़ुशी का सबब बन जाता है। यहाँ से न आगे जाया जा

सकता है न पीछे, सब बाहर निकल आए हैं, त्योहार हो जैसे, किलकारियाँ गूँज रही हैं, दुकानें गाहकों से अट गईं, तसवीरें, चाय, मैगी, सूप, चिप्स। कॉलेज के लड़के-लड़कियों का ग्रुप सबसे ज़्यादा ख़ुश है। ऐसे झूम के स्वागत हुआ इस ठंड की पहली बर्फ़ का कि जैसे बरसों से यहाँ बर्फ़ नहीं पड़ी हो। कुछ पहाड़ी अधेड़ दोस्त जो अब तक गाड़ी में बैठकर पी रहे थे, अब नाचते हुए बाहर निकल आए, सबसे कम उम्र का दोस्त उन्हें सँभाल रहा है। वे गिर-पड़ रहे हैं गाड़ियों के बीच बन गई गलियों में। नाचते-गाते जा रहे हैं...बेक़ाबू...गाड़ी के भीतर बजते लोकगीत की आवाज़ तेज़ कर दी है ड्राइवर ने...। घूमने आया कोई व्यक्ति चाय की गुमटी के पास सृष्टि के आरम्भ की कहानी सुनाने लगा है—जब कुछ न था, ख़ुदा ने कहा नदी हो जा, पहाड़ हो जा, जंगल हो जा, दिन हो जा, रात हो जा, फूल-फल हो जा...।

मैं नींद में हूँ जैसे...सोच रही हूँ कि ज़रूर ख़ुदा ने कहा होगा फिर—

पेंडुलम हो जा स्त्री...!

कहा होगा फिर—

कुन!

कानों में गूँजता है। सुबह की नींद से ऐसे नहीं उठ पाती कभी कि आते शेर के डर से खाई में छलाँग लगा दूँ। देर तक झूलती हूँ फुट बोर्ड पर ताल में छलाँग लगाने से पहले। हिलता रहता है लकड़ी का वह फट्टा और उसके साथ संकल्प-विकल्प, जय-पराजय, आज-कल। आँखें खुलती हैं, मुँदती हैं। कोई धक्का ही दे दो आख़िर! और सच में एक धक्का। आप सीधे तालाब में हाथ-पैर मारते, लहरें बनाते, सीखे हुए गुर भूलते और याद करते, अनुभवों के सहारे ज़रा-ज़रा बाहर किनारे आते।

रात ख़ूब सपने देखे लेकिन एक भी याद नहीं रहा। मुझे अक्सर वे सपने याद रहते हैं जो जगा दें। नींद की एक नदी बनती है। सपने उसमें कभी पत्थर कभी पत्ते कभी टूटे पेड़ से बहते हैं। सुबह उठते हैं तो बस एक प्रभाव बचता है। कुछ छींटे जैसे चेहरे पर। याद ही नहीं आता कि बरसात

सपने में हुई या सच में बरसा था पानी बाहर। कभी ख़लिश-सी अधूरे छूटे सपनों की तो कभी चिड़चिड़ाहट किसी नाख़ुश सपने की, लिए उठते हैं सुबह। जो बीच में नींद से जगा दें ऐसे सपने कम होते हैं। उनके लिए नदी को ठहरना पड़ता है। फिर कहीं मन में एक बाँध बनता होगा, एक बनता होगा सरोवर, कभी खुलते होंगे उसके भी दरवाज़े, कभी बिजलियाँ बनती होंगी, कभी टूट पड़ती होगी बिजली।

सामने कोई पेड़ नहीं है जिसकी हर डाल पर बैठते थे बहुत सारे कौवे। मीटिंग चलती थी लम्बी। कोई पीपल नहीं है, चैत में जिसके पुराने पत्ते झरते हों और अब मुलायम गुलाबी नए कोंपल फूट रहे हों। कोई प्ले स्कूल नहीं है जिसके छोटे से जलाशय में बतखें शोर कर रही हों, माली पौधे की खाद का मुआयना कर रहा हो, एक लड़की बूढ़े चौकीदार पर बुड़बुड़ाती, झाड़ू से पानी खदेड़ रही हो। कोई दृश्य नहीं है। मेरे सामने एक अंधी विराट सुबह है। उबलती हुई। बासी दिनों का बोझ लिये एक भारी सुबह। एक भी दृश्य चुराने की फ़ुरसत नहीं है। इस खेल में मुझे फिसड्डी खिलाड़ी सा पछाड़ दिया जाता है। आपने कभी छुपन-छुपाई खेली होगी न! सब दृश्य मुझे रात में सुलाकर गए तो अब तक धप्पा करने नहीं आए। मैं यहाँ हूँ... मुझे ढूँढ़ो...एक नन्ही बच्ची भीतर धोखा खाया महसूस करके रो पड़ी है।

पाँच बज गए हैं।

सुबह बस में ठंड लगती है। इसलिए एक पतली शॉल अक्सर ले आती हूँ। अभी तो नहीं लेकिन अप्रैल ख़त्म होते होते मौसम अपना असली रंग लेने लगता है। आज भूल गई हूँ शॉल, दुपट्टा भी इतना झीना है कि ठिठुरन हो रही है। 364 से अम्बेडकर नगर के सरकारी स्कूल तक जाना हो तो तीन बार बस बदलनी होती है। 534 की कई खिड़कियों के काँच अक्सर टूटे होते हैं लेकिन उसमें दो ही बार चढ़ने-उतरने से काम चल जाता है। फिर भी 364 के स्टॉप तक आना आसान है। सुबह कई बाइयाँ लाजपत नगर की कोठियों में काम करने के लिए निकलती हैं त्रिलोक पुरी से। वे बस

में अक्सर किच-किच करती चलती हैं। पढ़ी-लिखी दिखती महिलाएँ उनसे कभी उलझना नहीं चाहतीं। बाइयाँ शारीरिक रूप से सुदृढ़ होती हैं और वाचाल भी। सुबह तो वे अक्सर सोती हुई जाती हैं। दोपहर में वे सजग रहती हैं। वे शर्म-लिहाज़ को परे रखकर लड़ती हैं। माँ-बहन की गालियाँ भी अक्सर। कोई अधेड़ा बेहद उकताई हुई अपनी उपस्थिति से भयभीत करती है। एक बार ज्योति और मैं ऐसी ही एक महिला से उलझ गए थे। पीछे की लम्बी सीट पर एक कोने में, एक पुरुष और हम दोनों के बीच एक व्यक्ति की जगह ख़ाली थी। उसने चढ़ते ही इशारा किया कि खिसक जाओ, मर्द की तरफ़। हमने इशारे में कहा आप बैठ जाओ यहाँ हम साथ में हैं दो सहेलियाँ। दिन भर कोठियों में काम करके वह जाने किस ग़ुस्से में भरी थी कि तपाक से बोली—"ऐसे तो मर्दों में घुस-घुसकर बैठती हो, अभी शरम लग रही है?" बेहद बुरा लगा, झटका-सा लेकिन हमसे जवाब देते नहीं बना था। इतना तो समझ आया था कि एक भयानक विभाजन है स्त्रियों के बीच भी। यह नहीं समझे थे कि पढ़ाई-लिखाई ने हमें जो तमीज़ और तहज़ीब दी है वह आगे चलकर हमारी साँस घोट देने के काम आएगी, आर्थिक आत्मनिर्भरता के अलावा!

सबका टिफ़िन बनाकर, नहा-धोकर सवा छह तक स्टॉप पर न आ लगूँ तो 7.10 तक पहुँचना असम्भव है। कल ही प्रिंसिपल ने टोका था—"एक तो लेट आती हैं उस पर से धीरे-धीरे चलती हैं।" मन हुआ था पलट के जवाब दें। अम्बेडकर नगर की पुनर्वास कॉलनी का यह सरकारी स्कूल एक अजीब सा सुधारगृह था। पंद्रह बाई पंद्रह के पत्थर की छत वाले कमरे में सत्तर लड़कियाँ। इनमें से आधी को देखकर यक़ीन किया जा सकता था कि ज़ोम्बी भी कुछ होता है। एक चलती-फिरती, पथराई आँख वाली मृत मानव देह! आप चिबुक छूकर पूछिए, "काम क्यों नहीं किया बाबू?" जवाब नहीं आएगा। आप डाँट लगाओ—"काम क्यों नहीं करके लातीं?" वह मूर्तिवत है। आप कंधा झकझोरोगे—"बोलतीं क्यों नहीं कि काम क्यों नहीं किया?"

उसकी पूरी देह शून्य मंडल में घूरती पत्थर की बड़ी आँख बन गई है। अपनी हारी हुई पोज़ीशन के आवेश में एक थप्पड़ या थप्पड़ों की बरसात करना चाहेंगे तो कह दें कि रोएँगे आप, वह नहीं। बाहर अचानक उसकी माँ आकर खड़ी है, गोद में एक बच्चा लिये और एक बच्चा अँगुली पकड़े हुए। वह कहती है—"भेज दो जल्दी इसे घर। बच्चे सँभाल लेगी। फूफी सास मरी हैं हमारी तो हमको अभी गाँव जाना है। बड़ा लड़का काम पर जाता है। यह खाना बनाएगी और सँभाल लेगी बच्चों को।" ग़ुस्से से पागल होकर मना कर दिया था मैंने उसे—नहीं भेजूँगी साढ़े बारह से पहले। जानती थी मैं कि वह प्रिंसिपल से इजाज़त लेकर अभी आ जाएगी। मैंने कलेजे से लगा लिया है लड़की को तो उसकी पथराई आँखें सन्देह में सिकुड़ जाती हैं। कोमा में पड़े पेशेंट की बॉडी में हरकत हुई है डॉक्टर साब! जल्दी देखिए!

कॉपी चेक कराने आई एक लड़की की बाजू देखकर एक दिन ज्योति ने नाक सिकोड़ते हुए मुझसे कहा—"निवेदिता! इसे देखकर लगता है जब से पैदा हुई नहाई ही नहीं।" हम अब उन्हें अक्सर नहाने की ज़रूरत समझाने लगे। सुबह असेम्बली में भी बोला जाता। एक छोटे कमरे में पढ़ने से ज़्यादा बैठने का सलीक़ा सिखाना हमारे लिए ज़रूरी था। छात्र-केन्द्रित शिक्षा पद्धति सीखते हुए बहुत कुछ हमें नहीं भी सिखाया-समझाया गया था। हम पाठ योजना बनाकर कक्षा में घुसेंगे तो ज़रूरी नहीं कि हम वही कर भी सकें जिसकी योजना है। वे कितना जानते होंगे इसका पहले से अंदाज़ा अक्सर ही ग़लत साबित होता था। काम करके क्यों नहीं लाईं? एक ग़लत सवाल सिद्ध हुआ था। वे हर संवाल पर भयभीत हो सकती थीं। बाबा भारती के घोड़े का क्या नाम था यह न पूछकर मैं यह पूछती कि इस पीरियड में पढ़ाई की जगह कुछ भी और करने की आज़ादी हो तो क्या करोगी? तो भी वे भयभीत हो जातीं यह सोचकर कि मैं उनके अनुशासन की परीक्षा लेना चाहती हूँ। वे डरी हुई लड़कियाँ थीं जो इतनी मज़बूत हो चुकी थीं कि कितनी भी मार सह सकती थीं। हमें इन बच्चियों को वही पाठ्यक्रम पढ़ाना था जो दिल्ली के किसी भी ऊँचे स्कूल की छठी का बच्चा पढ़ता है।

आख़िरकार, कुछ बच्चियाँ अगली क्लास में जाने से पहले समझ ही जाती थीं कि हमारे प्लाज़्मा में क्या-क्या अवयव होते हैं या जल और उर्मि की संधि करने पर जलोर्मि बनता है और रोज़ नहाना ज़रूरी होता है। ज़िन्दगी के कुछ सबक हमें और इन लड़कियों को साथ सीखने थे।

नवीं तक पहुँचने से पहले ही कई लड़कियाँ स्कूल छोड़ देती थीं। माली हालात बहुत ख़राब थी ज़्यादातर की। पिता क्या करते हैं?—ऐसा सामान्य सा सवाल मेरे लिए पूछना मुश्किल होता जा रहा था। कोई बच्ची कहती थी जूते ठीक करते हैं, स्कूल के पीछे वाली गली में मोची की दुकान है, ठेला चलाते हैं, मजदूरी करते हैं या भीख माँगते हैं। मैं टीसी इंचार्ज थी। स्थानान्तरण प्रमाणपत्र बनाकर देना मेरा काम था। रोज़ ही कोई न कोई आता था। मुझे कोफ़्त होती थी। अक्सर बीस साल पहले आठवीं, सातवीं, छठी पास या फेल करनेवाली लड़की अपने बच्चों को या कभी माँ को लेकर आती थी। मुझे इतने पुराने रिकॉर्ड्स ढूँढ़ने में मुश्किल होती थी। स्कूल का सबसे उपेक्षित कमरा, धूल भरा, हमेशा बन्द रहने वाला। मेरी ही कमर में बँधी थी उसकी चाभी। खीझकर मैं कहती थी—"अब क्या करना है तुम्हें टीसी?" जन्मतिथि का ले-देकर उनके पास यही प्रमाण हो सकता था। बैंक में खाता खुलवाना हो, वोटर लिस्ट में नाम डलवाना हो या सिर्फ़ इतना भी कि पति ने कहा है इस बार मायके जाओ तो लेकर आना अपना जन्म प्रमाण-पत्र। पति को अचानक क्या ज़रूरत आ पड़ी यह सवाल भी कोई पूछता है! वैसे तो, मुझे सवाल ही क्यों पूछना चाहिए था?

तुम्हारी सपना ब्यूटी पार्लर

और मेरा नाम मीना रखा कथाकार ने। एक बार इनकी बात भी मानकर देख लेती हूँ। वैसे तो सिर्फ़ पति एक ऐसी शै है कि आपको उस पर बार-बार भरोसा करना पड़ता है। भरोसा करने की लत बड़ी कमीनी होती है। बार-बार फ़ैसला करो कि नहीं अब नहीं...लेकिन अन्दर से ज़ोर की तलब उठती है। उफ़! तब भी जब आप कई बार आज़मा चुके हों कि पति के होने न होने से जीवन में विशेष अन्तर नहीं आता है। वह न हो आपके साथ तो बस होता इतना है कि आप किसी से तकाज़ा नहीं कर सकते। भले ही यह तय हो कि तकाज़े के बाद काम आपको ख़ुद ही करना होंगे। फिर भी तकाज़ों का अपना आनन्द है। वैसे भी, एक उम्र के बाद पति की ज़रूरत सिर्फ़ इसलिए रह जाती है कि आपकी ज़िन्दगी में आकर उसने जो रायता फैलाया है उसे समेटने में थोड़ा हाथ बँटा दे कभी-कभी और आप उसे मन में गाली देते रह सकें हमेशा ही। मैंने जिससे शादी की उसे पढ़ा-लिखा समझा था। अपने से ज़्यादा। हालाँकि वह मुझसे कई चीज़ों में ज़्यादा माहिर था। जैसे, एक काम को एक बार अच्छे से सीखकर फिर पूरी ज़िन्दगी हाथ में फ़िशिंग-रॉड लेकर किनारे पर बैठना। उसने एक बार कम्प्यूटर हार्डवेयर का काम सीखने के बाद कुछ और नहीं सीखा। मैंने बहुत कुछ सीखने की बहुत बार कोशिश की। एक बार ब्यूटीशियन का

कोर्स भी किया। मेहँदी लगाना भी सीखा। जब अपने पति से मिली थी उन दिनों सत्ताइस ब्लॉक से 364 चला करती थी। बस स्टॉप पर वह मुझे मिलने लगा था। कभी-कभी किसी को देखते ही आपको अंदाज़ा हो जाता है कि इस बंदे में कुछ अलग है। इधर के लौंडों से उलट वह काफी शान्त था, पढ़ा-लिखा लगता ही था। पूरी बाँह की चेक की शर्ट और मैचिंग पैंट। सीधा और सादा। इतना कि उसकी ज़ुल्फ़ें बिखरा देने का मन करे। शायद कोई नौकरी करने वह भी लाजपत नगर जाता था। जेटकिंग का एक विज्ञापन मैंने उसके दुपहिया की, जिसे वह कभी-कभी ले आता था, स्टेपनी कवर पर देखा था। पहली बार वही बात करने आया था। बात क्या थी,जल्दी से सिर्फ़ 'हलो' बोलकर बगल में ऐसे चुप्प खड़ा हो गया जैसे ग़लती से बोल दिया हो। मैं सकपका गई। मैंने कहा—"मैं आपको नहीं जानती" और मुँह फेर लिया। बहुत देर तक जवाब नहीं आया तो ग़ुस्सा आया मुझे। तड़ से पूछा—"आपने मुझे हलो क्यों कहा?" तब जनाब के बोल फूटे कि "मैं आपको जानता हूँ। हम एक ही जगह एक ही बस से रोज़ जाते हैं लेकिन आप ख़ुद में इतना खोई रहती हैं कि कभी ध्यान नहीं दिया।" तो बंदा मेरे ऊपर कब से नज़र रखे हुए है। तब लगा था कि मैं भी कुछ ख़ास ही हूँगी जो इतनी सारी लड़कियों में से इसने सिर्फ़ मुझ पर ही नज़र रखी। कब आती हूँ, कब जाती हूँ। खोई रहती हूँ। अब बातें होने लगी थीं। बस में मेरे लिए वह सीट रोक लेता था। मितभाषी और नीची नज़रें रखने वाला। इस शराफ़त पर मेरा मर मिटने का मन हुआ। कुछ दिन अपने स्टैंडर्ड के बारे में सोचकर मुझे बहुत बहुत अच्छा लगता था। आप लाख कोशिश करो लेकिन जीवन में हर नए मर्द के आने के बाद आप तुलना करते ही हो। वह मर्द बाप के बाद भाई, कज़न, पति या फिर दोस्त ही क्यों न हो। मुझे याद आया वेद। अभी ग्यारहवीं में चढ़ी ही थी कि उसने मेरे बदले हुए घर का भी पता लगा लिया था। एक दिन ग्रीटिंग कार्ड आया था—'आई लव यू। मैं तुम्हें भूली नहीं हूँ। तुम्हारी—सपना।' वह कॉर्ड भेजता था सपना के नाम से। जब पुराने वाले स्कूल में थी तब पहली बार इससे आमना-सामना

हुआ था। हम झुंड में नहीं निकलती थीं। हम ख़ास सिर्फ़ दो सहेलियाँ—मैं और निशा। निशा जो 36 नम्बर में रहती थी, साथ में निकलती थी। वेद का दूर से मुझ पर नज़र रखना और कॉर्ड भेजना हमारी चुहल-गप्पों के लिए पर्याप्त कच्चा माल था। एक कॉर्ड पर हमारा हफ़्ता कट जाता था। एक शाम बेगम ज़दी मार्केट में आमने-सामने से गुज़र जाने पर कई दिन लानत-मलामत-छेड़खानी-गप्प-ग़ुस्सा-नाराज़गी में चले जाते थे। लेकिन सच में यह इतना ख़ुशनुमा था नहीं।

पाँचवीं तक आते-आते मैंने रोटी बनाना सीख लिया था। माँ दफ़्तर से लौटती थी तो शाम की रोटियाँ मैं ही सेंकती थी। पापा बहुत तारीफ़ किया करते थे। "मीना की तरह तो कोई रोटी नहीं बना सकता! इतनी पतली कि खाते जाओ।" मैं जानती थी कि वे कभी गोल नहीं हो सकीं लेकिन हाँ बड़ी मुलायम होती थीं। इतनी कि ख़ुद मुझे अपने सिवा किसी और की बनाई हुई रोटी खाने का मन नहीं करता था। किसी के घर जाने पर पहले से ही लगने लगता था कि ज़रूर ये मोटी और कड़ी रोटी बनाएँगी। धीरे-धीरे यह चाय के लिए भी सच हुआ। मैं किसी और के हाथ की चाय के बारे में पहले ही आशंकित रहने लगी और अक्सर इससे बचने के लिए दूसरों की रसोई में घुसना शुरू कर दिया। "मामीजी चाय मैं बना देती हूँ!" बस मामी ख़ुश। एक जाल था जिसमें मैं ख़ुद को क़ैद किए जा रही थी बड़े प्यार से।

ख़ैर!

तो वेद ने अपना प्रेम जताने के लिए मेरे घर के बाहर रखे गए हर क़दम को निगरानी में लिया। मैं छत पर सूखते कपड़े लाने जाती थी और जाने किस जादू से उसे पता लग जाता। सामने के घरों के बीच गली में वह चुपचाप खड़ा दिख जाता था हाथ बाँधे। मैं खेलने बाहर निकलती तो वह किसी पेड़ से टिककर मुझे देखता रहता। जब उसका पहला कार्ड घर में आया तो मेरी उसे हाथ लगाने की भी हिम्मत नहीं हुई। बारह साल की थी मैं। उस दिन पापा घर में थे। जाने उस झपड़मुंडी को क्या सूझी थी कि उसी दिन कार्ड भेजना था उसे। डाकिया दे गया था। छोटे से कार्ड में

लाल-नीले पेन से तरह-तरह के दिल, आई लव यू, मिस यू भरा पड़ा था। नीचे नाम नहीं सिर्फ़ अंग्रेज़ी के दो अक्षर थे—V.M.। पापा ने सवाल पूछने शुरू किए। मैंने सिर झुका लिया जबकि उस वक़्त तक मुझे सच में नहीं पता था कि कौन है यह। उस शाम जो बम धमाका हुआ घर में उसकी ज़िम्मेदारी किसी आतंकी संगठन ने नहीं ली। पापा भी हद थे। उस कार्ड को अलमारी के लॉकर में सँभाल कर रखा दिया जैसे किसी गुनाह का सबूत हो वह। मैं बाप होती तो उसी वक़्त फाड़कर उसे कूड़ेदान के हवाले करती। कब से सोच रही थी कि कौन होगा यह, इसने मुझे कहाँ खेलते देखा होगा, कब इसे प्यार हुआ होगा, कैसे मैं पसन्द आई होऊँगी? मुझे घर पर अकेले रहने का मौक़ा मिलने तक इन्तज़ार करना था। और एक दिन जब कोई नहीं था मैंने चाभी लेकर लॉकर खोला,उस वक़्त हाथ काँप रहे थे बुरी तरह। कार्ड को छुआ और एक अपराधबोध घिर आया। पहली बार उसे खोला तो सर चकरा गया। मैंने हज़ार गालियाँ उस वी. एम. को खड़े-खड़े दीं, वह बहन वाली गाली भी जो पापा के मुँह से कई बार सुनी, वह मादर वाली गाली भी जो ऑटोरिक्शा स्टैंड से गुज़रते हुए ज़रूर ही सुनाई देती थी। एक अपमान का ज़हर सर से पाँव तक भर गया। आँखों में आँसुओं की बाढ़ आ गई और मैंने उस कार्ड को वापस रख दिया जिसे फाड़कर उस पर थूकने का मन हुआ था। अब मुझे घर से बाहर निकलने पर टोका जाने लगेगा। जाने दिया भी जाए तो पापा नज़र रखेंगे। वे स्कूल छोड़ने और लेने आएँ, इससे बुरा क्या होगा। सब समझ जाएँगे कि किसी लड़के का लफड़ा हुआ होगा। अक्सर ऐसे में ही माँ-बाप लड़की के साथ पहरेदार की तरह चलने लगते हैं। इतना सब कुछ हुआ नहीं, जितना हुआ उससे कहीं ज़्यादा मैंने अपने लिए सोच लिया था और एक गहरे अपराधबोध और ग्लानि में मैं डूब गई थी। कुछ ही महीने बाद जब बिना किसी दर्द या चोट के ख़ून बहने लगा और हर महीने का जंजाल बन गया तो समझ आया यह औरत होने की ग्लानि है! मैं घंटों अकेले रहने पर शीशे के आगे खड़ी रहती और अपनी शक्ल देखकर उससे नफ़रत करती।

वेद पीछा करता रहा। और मुझमें उसके लिए नफ़रत बढ़ती गई। कार्ड भेजने की आपत्ति पर उसने बस इतनी मेहरबानी की कि वी. एम. की जगह सपना लिखना शुरू कर दिया। लेकिन बाप भी जानता है कि 'मैं तुम्हें भूली नहीं हूँ—सपना!' लिखने वाली कोई लड़की नहीं होती। हमने घर बदल लिया। पापा ने नौकरी छोड़ दी थी तो सरकारी क्वार्टर चला गया। बाप पक्के दुश्मन निकले मेरे। बदला हुआ पता वे पुराने घर के दरवाज़े पर चिपका आए थे ताकि चिट्ठी-पत्री सब नए घर में पहुँचती रहे। तो 'तुम्हारी सपना' भी नए घर में पहुँच गई। सपना ने मेरे दिल में हमेशा के लिए एक ख़ौफ़ भर दिया था। जवान होने के दिनों में जब लड़कियाँ अपनी ख़ूबसूरती पर मर मिटती हैं, मैं अपने यौवन को और औरत होने को निरन्तर कोस रही थी। उन्हीं दिनों जिज्जी, जो मुझसे 5 बरस बड़ी थीं अपनी देह, यौवन और नैन-नक्श पर आत्ममुग्धता की पराकाष्ठा पर थीं। नॉन कॉलेजियेट की क्लास के बाद लौटने पर उनकी देर तक बातें सुनती तो बैठी-बैठी कल्पना करती थी कि कैसे वे अपने बाल और दुपट्टा लहराते हुए चलती होंगी तो लोगों को वहम होता होगा सुष्मिता सेन ही आ गई हैं साक्षात! मैं उनसे ख़ूब प्रभावित थी और उन्हें ख़ुश करने में मुझे आनन्द आने लगा। इतना कि जब वे ईर्ष्या कर रही होती थीं मुझसे तब भी मेरे मन में कोई कटु भाव नहीं आता था। वे मेरे लिए सबसे सुन्दर, सबसे पवित्र, सबसे सही, सबसे ऊपर होती गईं। उन्हीं दिनों उनके द्वारा वह महान वाक्य बोला गया, जिसने अपने सौन्दर्य को लेकर मुझे हमेशा के लिए हीन भावना का शिकार बना दिया। वे बोलीं—"तेरी आँखें बहुत बड़ी हैं,कुछ ज़्यादा ही। लेकिन सिर्फ़ बड़ी होने से आँखें सुन्दर नहीं हो जातीं। बड़ी आँखें तो भैंस की भी होती हैं।" अपनी उम्र और अक्ल से मुझे इसका अर्थ एकाध साल बाद ही समझ आना था। और आया। इसके बाद देह मानो मेरी आज़ादी की राह का सबसे बड़ा रोड़ा बन गई। मुझ पर चौतरफ़ा हमला था। एक तरफ़ यही देह थी जो मुझे औरतपन के एहसास से भरती थी और यही देह थी जिसे सुन्दर होना था लेकिन जिज्जी की मानें तो औसत ही थी। वेद ने भी

अपनी दूसरी और आख़िरी बातचीत में यही कहा था—"तुम इतनी सुन्दर भी नहीं हो कि इतना अकड़ो लेकिन हाँ तुम मेरे लिए दुनिया में सबसे सुन्दर हो।" इसी बात पर मुझे सबसे ज़्यादा चिढ़ हुई थी। मैंने कहा—"भूल जाओ कि मैं कभी तुमसे शादी कर लूँगी।" मेरे इनकार से चिढ़कर उसने कहा "ज़रूर कोई और है, है न, अगर कोई और हुआ तो मैं उसे मार डालूँगा ख़ुद भी मर जाऊँगा।"

तीन बेटियों के बाप के लिए दुनिया कभी अच्छी नहीं होती। वे बेटियों को यौवन में बुढ़ाते देखना चाहने वाले निराले बाप होते हैं। बाल न खोलें, ज़ोर से न बोलें, सरे राह न हँसकर चलें, सिमटी रहें, बेरंगे कपड़े और बेनूर चेहरा बनाए रखें। जिज्जी और चंद्रिका ने इसे मानने से इनकार किया। लेकिन कई तरह के भयों और हीन भावनाओं के तले दबी मैं दूना परिश्रम करने लगी। अच्छी लड़की बनने के लिए। फ़र्स्ट आने के लिए। अनुशासित होने के लिए। गुणी होने के लिए। गम्भीर होने और कहाई जाने के लिए। तारीफ़ के लिए। सुन्दरता को कम्पनसेट करने के लिए मैंने कई गुण विकसित किए।

उधर मैं जिज्जी की पढ़ाई में मदद करती। परीक्षा के दिनों में घर की साफ़-सफ़ाई करने और उन्हे नाश्ता देने के बाद पड़ोस में सिलाई सीखने जाती। जिज्जी जब कॉलेज गईं तो उनके लिए कई सूट भी सिल के दिए। हम दोनों हफ़्ते के हफ़्ते बुध बाज़ार जाते और सस्ते सुन्दर कपड़े और चुन्नियाँ ले आते।

वे रसोई में घुसतीं तो पक्का था कि मुझे ज़रूर बुलाएँगी और फिर धीमे से ख़ुद खिसक जाएँगी। उनके सपने बड़े थे और वे अक्सर मेरी छोटी बहन हो जाती थीं। कोई उन्हें सताए यह मुझसे बर्दाश्त नहीं होता था। इसलिए हम दोनों के बीच में मैं लड़ने-भिड़ने के लिए बदनाम थी। बुरे काम, जैसे किसी को डाँट पिलाना, ताना देना, जवाब तलब करना सब मुझे करने होते थे। वे हाँ करती और रोती थीं और फिर मुझसे मना करवाती थीं। इस तरह वे हँसमुख और मिलनसार कहलाईं। मैं लड़ाकी, घमंडी और मुँहफट। मेरी

एक भी तसवीर मुस्कुराते हुए नहीं आती थी। मेरे माथे पर लिखा था 'नो नॉनसेंस' और मैं जीवन में सबसे बड़ी नॉनसेंस साबित हुई। दुनिया के सामने मज़बूत और अपनों के लिए मिट्टी का लोंदा।

घर में लड़ाइयाँ अक्सर रिश्तेदारों को लेकर हुआ करती थीं। एक दिन मामाजी के यहाँ गृहप्रवेश के हवन में जाने क्या हुआ था कि लौटकर पापा ने लड़ना शुरू कर दिया। वे रसोई में गए, माचिस निकाल लाए और जलाने लगे, चिल्लाने लगे, माँ पर—"ले, ले, जला देता हूँ यह घर अभी। अभी जलाता हूँ।" मैं रोती-रोती पापा के पैरों में गिर गई थी—"नईं पापा नईं। प्लीज़।" और माचिस छीन ली हाथ से। लगा वे इन्तज़ार कर रहे थे कि माचिस कोई छीन ले। रोना-धोना हुआ। आख़िर सब सामान्य हुआ। मैं रिश्तेदारों के यहाँ शादी-ब्याह के आयोजनों की ख़बर से घबराने लगी। पापा का बहुत ही शक करना और एक छोटों-सा व्यवहार करने वाली बड़ी बहन, एक बेहद लड़ाकी छोटी बहन और बिगड़ैल भाई...ये सब मेरे बड़े होने में अपने-अपने तरीक़े से योगदान करते रहे। मेरा घर मोहन राकेश के 'आधे-अधूरे' वाला घर लगता था कभी-कभी। यह उपन्यास मुझे एक दीदी ने दिया था जब वसुंधरा वाले पार्लर में काम करती थी मैं। और भी किताबें देती थीं बीच-बीच में। एक फेंगशुई पर थी किताब। उनका ससुराल भी अजीब था। एक दिन मुझसे पूछा था उन्होंने कि "बारहवीं तक पढ़ीं तो आगे क्यों नहीं और पार्लर के काम में कैसे आ गई?" मैं जवाब देती उससे पहले बबली ने कूदकर कहा—"मजबूरी औरत को बाहर निकालती है दीदी।"

मैंने पूछा—"तेरी तो शादी भी नहीं हुई बबली! फिर इतना सेंटी क्यों मार रही है? कौन सा तुझ पर गिरस्थी और बच्चों का बोझ आन पड़ा है?

तो दीदी भी ठठाकर हँसीं थीं और बबली भी दाँत चियार रही थी। लेकिन हाँ, होती है मजबूरी भी। सबसे बड़ी मजबूरी होती है कि हम सोच सकते हैं। हमें दिखता है। हम समझना भी चाहते हैं और हममें एक ख़ास तरह की बेचैनी पैदा होती है इससे। आप हमें छीलने के लिए मटर दो

और उसका एक दाना लुढ़ककर चींटी की बाँबी में जा गिरे। धूप-पानी-हवा तो किसी से पूछकर चलेंगे नहीं! तो बस एक दिन झाँको और सर उठाए एक नन्हा हरियल पेड़ खिलने लगेगा। वह हरियल पेड़ भी एक मजबूरी ही है न! वह आपसे कुछ नहीं माँगता, बस वहाँ रहे-रहे चिढ़ाता है या कभी ताकत देता है।

आज भी कभी-कभी मुझे वही सपना आ जाता है कि मैं हाथ में रोल नम्बर का काग़ज़ लिये भाग रही हूँ और बोर्ड के पेपर का सेंटर नहीं मिल रहा। सेंटर मिला तो लिस्ट में अपना रोल नम्बर नहीं दिख रहा। कमरा ढूँढ़ते पसीना-पसीना हो गई हूँ। सारा तनाव सुबह आँख खोलने तक खिंचता था बस। फिर तो एक बार कूद जाओ अलार्म सुनकर बंकर से बाहर तो पूरी दुनिया जंग का मैदान। आज तक नहीं समझ पाई कि आगे न पढ़ना मेरी मजबूरी थी या अक्षमता।

इतना ज़रूर सच है कि मैं जिज्जी की तरह बहुत अच्छी नहीं थी पढ़ने में। मुश्किल से बारहवीं पास की। कॉलेज नहीं कर सकी। लेकिन थोड़ी सी कामचलाऊ अंग्रेज़ी बोल सकती थी तो हमेशा अच्छे पार्लर में नौकरी मिली मुझे। पार्लर में रहते रहते थोड़ी और बेहतर ही हुए भाषा और व्यवहार भी। कह नहीं सकती कि अपना पार्लर खोलना मेरा सपना था या नहीं लेकिन मुझे नौकरी पसन्द नहीं थी और यह काम मेरे मन का हो ऐसा भी नहीं था। जो मेरे मन का काम था उसे करना एकदम असम्भव था। यानी कि बस की खिड़की पर सिर टेढ़ा कर बाहर झाँकते रहना, बारिश हो तो पेट के बल बिस्तर पर लेटकर झरती बूँदों को खिड़की से निहारते रहना, यह सोचते रहना कि दूसरे शहरों के लोग कैसे रहते हैं? बर्फ़ सने पहाड़ कैसे दिखते हैं? मैं बस एक बार वैष्णो देवी गई थी। जिज्जी की शादी के बाद हम सब गए थे। ख़ूब डाँट खाई थी मैंने घर में जब मज़ाक में कहा था—"क्यों बोझ सर से टल गया इस ख़ुशी में तीरथ करने चल दिए न?" माँ जितनी

आसानी से हँसतीं उतनी ही आसानी से रोती भी थी। जिज्जी की साइड वे कुछ ज़्यादा ही लेती थीं। जिज्जी जल्दी नाराज़ होती थीं। उनका रंग गेहुआँ था। नाक-नक्श बहुत सुन्दर थे लेकिन वे बेहद ग़ुस्से वाली थीं। वे और पापा ऐसे लड़ते थे जैसे बाप-बेटे लड़ते हैं फिल्मों में। मैं तो चुप हो जाती थी या ज़्यादा से ज़्यादा शान्ति की गुहार लगाती थी। ख़ूब बकबक करने के बावजूद अपने मन की बात कहने में मैं रो देती थी।

एक दिन जिज्जी ठान के लौटी थीं कॉलेज से। आते ही पापा से लड़ बैठीं—"आप कूलर क्यों नहीं लगवाते?"

पापा भी हमेशा उनके लिए भरे रहते थे बोले—"तेरा दिमाग़ ख़राब है?"

जिज्जी भी चुप होने वाली नहीं थीं। उस दिन वे सब बोलीं जो मुझे लगा था उन्हें नहीं कहना था। उनके नथुने ग़ुस्से से फूल रहे थे और गला भारी हो रहा था।

"दिमाग़ आपका ख़राब है जो आपने वक़्त से पहले नौकरी छोड़ी। शरम नहीं आती आपको? माँ दफ़्तर जाती हैं और आप सारा दिन यहाँ पड़े रहते हो। तीन लड़कियाँ पैदा करने से पहले नहीं सोचा था कि नौकरी करना मेरे बस का नहीं है? आपने अपने तैश में आकर एक बार भी हम सबके बारे में नहीं सोचा। स्वार्थी और घमंडी हो आप" कहकर उनका ग़ुस्सा रोने में तब्दील हो गया। उधर पापा ग़ुस्से में उठे हाथ चलाने तो मैं पैरों में गिर पड़ी।

"तुझे तमीज़ नहीं है बाप से बात करने की? यही सीखने जाती है कॉलेज?" पापा के होंठ भिंच रहे थे और आँखें फैल गई थीं। गाल और कान लाल हो गए थे। जिज्जी कुछ और बोलीं तो पापा भड़के और बोले—"लड़की है तू? साला दुर्योधन!" और फिर उठे मारने के लिए। मैं फिर पैरों से लिपट गई थी।

"नईं पापा नईं...पापा नईं...ई...ई...ई।"

मेरा रोना रोना नहीं था हिचकियाँ थीं जिनमें न साँस आती है, न ही ठीक से आँसू ही। रोते हुए भी जिज्जी अपनी जगह डटकर खड़ी थी। उस दिन मार भी पड़ती तो वे टस से मस न होतीं। वे हमेशा ऐसे ही रहीं। वे

अपनी बात के लिए किसी भी हद तक जा सकती थीं। ऐसा ही सीन उस दिन भी बना था जब एक छोटी सी बात के लिए जीजाजी ने अपनी बेटी पर हाथ उठाया था। उत्सव की बेल्ट नहीं मिल रही थी और वह बार-बार खेलते हुए अपनी निकर को कमर से ऊपर खींचता था। जीजाजी यह देखकर चिढ़ गए। जिज्जी से लड़ पड़े। सारा दिन घर में रहने के बावजूद एक चीज़ ढंग से जगह पर नहीं रख सकतीं! वैसे जिज्जी जीजाजी के लिए बावरी हैं। कहती हैं थूक दे तो वह भी सोना हो जाए। लेकिन यह सबके सामने बेइज़्ज़ती का सवाल था। वे तपाक से बोलीं—

"तुम भी ध्यान रख सकते हो न कि सारी ज़िम्मेदारी मेरी ही है।"

वंदिता तीन ही साल की थी। एकदम मरगिल्ली लड़की। माँ-बाप को लड़ते देख वह भी मेरी तरह ही चिंचियाने लगी। जीजाजी अपनी ही ससुराल में पत्नी को कुछ नहीं कह सकते थे। मैं अपने पति के साथ वहाँ मौजूद थी और मेरे पति चुप थे। मैं हमेशा की तरह शान्ति शिला बनकर बीच में खड़ी हो सकती थी, लेकिन मैंने अपने आपको सुधारने का काम शादी के कुछ समय बाद शुरू कर दिया था। जीजाजी से भी पत्नी की जवाबतलबी सहन क्यों होने लगी भला? आव न देखा ताव, वंदिता को बिस्तर पर पटका—

"ले मरगिल्ली! आज तेरा टेंटुआ ही दबा देता हूँ, हमेशा के लिए चुप हो जाएगी। हमेशा रोना, हमेशा रोना, हमेशा चिल्लाना..." (हमेशा चिल्लाना शायद जिज्जी को सम्बोधित था) और वंदिता की गर्दन को पकड़ लिया दोनों हाथ से। वह अब भी रो रही थी। जिज्जी एक कोने में खड़ी रहीं वैसे ही पत्थर बनकर। मेरे पति को काठ मार गया था। लेकिन मेरे लिए यह बहुत ज़्यादा था। मैं 'नईं जीजाजी' कहकर पैरों से लिपटी नहीं लेकिन चिल्लाई उन पर ज़ोर से—

"क्या हरक़त है यह, पागल हो गए हो आप?"

और वंदिता को खींच लिया उनके पंजों से। वे ढीले पंजे किए थे मानो प्रतीक्षा में थे कि कोई छुड़ा ले। ठीक ऐसे ही एक दिन जिज्जी के घर का

काम करते हुए चिल्लाने-चीख़ने पर उन्होंने वंदिता को एक साथ सात-आठ थप्पड़ जड़ दिए थे गाल पर। जीजाजी का हाथ! उफ़! मैं अक्सर हैरान होती थी जो बेटी को ऐसे बेरहमी से मार सकता है क्या ग़ुस्से की नदी का पारावार टूटने पर बीवी को भी ऐसे ही पीटता होगा? जिज्जी ने इसकी कभी गवाही नहीं दी। वे उनके जीवन की उपलब्धि थे। वे कहती थीं, "इस आदमी ने मुझ पर अपनी जान लगाई है।" लेकिन जिज्जी ज़िद पर आ जाएँ तो जीजाजी भी रोते-पीटते उनके पीछे आते थे। एक बार की बेइज़्ज़ती का बदला रह-रहकर धीरे-धीरे वे लम्बे समय तक लेती थीं प्यार से। पहले उन्होंने ज़िन्दगी में दोस्तियों के लिए जगह ख़त्म की और फिर धीरे-धीरे उन ससुराल वालों की जिन्होंने एक वक़्त जिज्जी का जीना मुश्किल किया था। एक बार तो उन्होंने कमाल किया। शाम को खाने की बात पर जीजाजी ने ज़ोर से डाँटा था उन्हें। सुबह सबकी आँख खुलने से पहले जिज्जी ने रसोई में ताला लगाया और चुपके से खिसक गईं अपनी सहेली के घर। पीछे से जीजाजी उठे तो ख़ून सूख गया। एक तो चाय मिलने तक का स्कोप ख़तम उस पर से चायवाली भी ग़ायब! दिन भर जब घर में ख़ूब तमाशा हो लिया, सबको सबक़ मिल गया तो वे शाम को मटकती हुई लौटीं। जीजाजी खौलती चाय थे उस वक़्त फिर भी चूँ भी न कर पाए।

जिज्जी अपनी तरह से जीने के कौशल सीख रही थीं। एक ऐसे घर की सबसे बड़ी लड़की जहाँ उसने अपने बाप को ग़ैर-ज़िम्मेदार आदमी की तरह देखा। माँ को बेगार की तरह काम करने वाले शोषित मजदूर की तरह और छोटे भाई-बहनों को अनावश्यक बढ़ती जनसंख्या की तरह। वे भावनाओं का इस्तेमाल तब करती थीं जब उनका कुछ फ़ायदा निकलना सम्भव हो। भागकर अपनी मर्ज़ी की शादी करना, ससुराल वालों से लगातार ताने सुनना और शादी के बाद माँ के घर से बेहद औपचारिक सम्बन्ध बचे रह जाने की पीड़ा ने उन्हें लम्बे समय तक दुख दिया। एक बड़े अरसे तक मैं ही उनका मायका रही। वे दोनों मेरी ख़ुशी के लिए आते थे और मैं पलक पाँवड़े बिछाती थी उनकी सेवा में। जीजाजी का बिज़नेस सेट होने

तक सब कुछ ऐसा ही प्यार भरा था। लेकिन फिर लालच की औलादें भी लालच ही होती हैं। वह जन्मता है तो लालन-पालन भी माँगता है, नाज़-नख़रे भी उठवाता है।

उधर मेरी भी शादी हुई और मेरा अपना बच्चा। छोटी चंद्रिका की भी। लेकिन जिज्जी के बाद हम तीनों में से कोई ढंग से सेट नहीं हो सका। चंद्रिका बेहद लड़ाकी रही हमेशा से ही। अपने एक ही पति से कई बार लड़कर माँ के यहाँ आ चुकी थी। दो दिन शान्ति से गुज़रते थे और फिर माँ के यहाँ भी लड़ती थी। गोलू एक दिन अचानक एक बंगाली लड़की को ब्याह लाया। तीन लड़कियों के बीच इकलौता लड़का, और अपनी मर्ज़ी से ब्याह करके खड़ा हो गया माँ के आगे जैसे द्रौपदी को जीत कर लाया हो। माँ ने भी सच में सिर घुमाकर नहीं देखा कुंती की तरह और आशीर्वाद दिया बहू को क्योंकि आख़िर में यही करना होता है माँ को। कहने को शादी तो जिज्जी और मैंने भी मरज़ी से ही की थी।

कुल मिलाकर कहूँ तो अच्छी लड़की बनने के लिए मैं मरी जा रही थी और फिर मैं ही थी जो सबसे पहले भागी घर से। एक बार नहीं कई बार।

बाहर जब कुछ नहीं बदलता तो तोड़-फोड़ भीतर ही मचनी होती है

तिस्सा!
प्रशिक्षित कर ख़ुद को
बंधनों को रोकने मत दे अपने आप को
जब तुम आज़ाद होगी उन समस्त बंधनों से
जो तुम्हें पीछे खींचते हैं
तब रह सकोगी दुनिया में सब बुराइयों से मुक्त!

भिक्षुणी सुमंगलामाता कहती है—
ओह! मैं मुक्त नारी!
मेरी मुक्ति कितनी धन्य है!
पहले मैं मूसल से धान कूटा करती थी
आज उससे मुक्त हुई
मेरी दरिद्रावस्था के वे छोटे-छोटे बर्तन
जिनके बीच मैं मैली-कुचैली बैठती थी
और मेरा निर्लज्ज पति मुझे उन छातों से भी तुच्छ समझता था

जिन्हें वह अपनी जीविका के लिए बनाता था
अब उस जीवन की आसक्तियों और मलों को
मैंने छोड़ दिया
मैं आज वृक्ष-मूलों में ध्यान करती हुई
जीवन यापन करती हूँ
ओह! मैं कितनी मुक्त हूँ!

निवेदिता सोच रही है, एक सच्ची ईमानदार कविता के लिए घर छोड़ना पड़ता है स्त्री को? घर की संरचना मन का कहने भी नहीं देती? उस दिन पढ़ रही थी लल्ल को तब भी यही सोचती रही कि आरम्भिक स्त्री-कविता में ध्यान-साधना-आध्यात्मिकता के प्रति झुकाव और विरक्ति के बढ़ने की वजहें घर नाम की संस्था के इर्द-गिर्द ही तो घूमती हैं। कश्मीरी कवयित्री लल्ल जब घर छोड़ती है तो उसके वाक्यों में भी यह टीस जगह-जगह दिखाई देती है कि ससुराल में वह किस तरह प्रताड़ित रही। न गर्भिणी ही हुई, न गर्भिणी का आहार ही किया। कैसे सास चावल के ढेर के नीचे कंकड़ छिपा परोसती थी। और भी जाने कितनी प्रताड़ना की कहानियाँ प्रचलित हैं। अध्यात्म और ईश्वर उसके पास मुक्ति का यही एकमात्र रास्ता बचता था। घर की संरचना से निकलती है तो बेबाक बयान करती है अपनी पीड़ा का और आनन्दपूर्वक मुक्ति का उद्घोष। अक्क महादेवी और लल्ल निर्वस्त्र रहती थी कहते हैं। कविता का आवरण और उसमें भी आध्यात्मिकता की ओट लल्ल को पूज्य बना देती है। मुक्ति की राह धम्म तक ले जाती है। लेकिन क्या होता अगर संरचनाएँ मौत की हद तक इतनी बन्द, क्रूर और हृदयहीन न होतीं स्त्री के लिए? क्या तब भी वह धम्म का आश्रय लेना चाहती? या अपनी मुक्ति के उत्सव में गौतम के उपदेश या शैव दर्शन का अवलम्ब लिए बिना वह सचमुच ही मुक्त हो जाती? मीरा भी तो घर से निकलती है, और कवि हो जाती है। मुक्ति की चाहना उसे कवि बनाती है। अपनी बात कहने में लोक-लाज का त्याग एक बड़ी चुनौती है और

एक बड़ी उद्घोषणा। बाहर जब कुछ नहीं बदलता, न बदल सकता है तो भीतर ही तोड़-फोड़ मचने लगती है।

"क्या! तीन अबॉर्शन!"

दक्षिण भारतीय ईसाई महिला डॉक्टर चिल्लाई थीं ज़ोर से।

"तुम पढ़ा-लिखा अनपढ़ है। गँवार कहीं का। तुम्हारा हसबंड को कंडोम लगाना नहीं आता? कॉपर टी क्यों नहीं लगाया? ये प्रिटी फेस खो देगा तुम कल को तो हसबंड पूछेगा नहीं। फिफ़्टीज़ में तुमको सौ बीमारी लगेगा। हड्डी टूटेगा तो जुड़ेगा नहीं। एक बच्चे का माँ हो तुम, कौन ध्यान रखेगा तुम्हारा? कौन तुमको गोद में लेकर बैठेगा? दुनिया में इतने तरीक़े हैं बच्चा रोकने के तुमको नहीं पता था तो बन्द करा देतीं बच्चादानी। पता है? मशीन अन्दर जाता है, सब कुछ बाहर खींचता है। फट जाएगा एक दिन बच्चेदानी, फिर रोती इलाज कराती फिरोगी। कहाँ है तुम्हारा हसबंड, साथ नहीं आया, हाऊ केयरलेस। उसको क्यों नहीं बोलता अपना वेसेक्टॉमी करा ले! तुम्हारा घर में कोई बड़ी-बूढ़ी नहीं है जो तुमको समझाए? हाऊ होपलेस। तुम बॉडी के साथ इतना टॉर्चर करता है तुमको शरम नहीं आया? चलो, एक अबॉर्शन तो हर औरत की लाइफ़ में होता है, किसी का क़िस्मत ख़राब हो तो मिसकैरेज होता है। तुम अपनी मर्ज़ी से बच्चा गिरा देता है? अभी पता लगा कल ही और आज आ गया? तुमको कोई समझाता नहीं? उफ़!" पहली बार बीच में साँस लिया उन्होंने। मैं रो-रोकर ज़मीन में गड़ती जा रही थी। एक नर्स ने मेरे कंधे पर लगातार हाथ रखा था और बीच-बीच में कंधा ज़ोर से दबा रही थी। "आई एम अगेन्स्ट अबॉर्शन! औरत का फ्रीडम बच्चे का लाइफ़ से भी ज़्यादा इम्पॉर्टेंट है? दूसरा बच्चा करो और फिर बच्चादानी बँधवाओ। अबॉर्शन इस अगेंस्ट नेचर! अगेंस्ट गॉड!" उन्होंने अगली पेशेंट को बुलाने का इशारा किया और उसकी फाइल पढ़ने लगीं। एक दर्द उनके चेहरे पर पुत गया था। मेरा रोता चेहरा देखकर वे ज़रा सा पिघली ही थीं शायद, "क्यों बैठे हैं अभी? सेवेन वीक्स से पहले वैसे भी अबॉर्शन नहीं

होगा। अभी तो बच्चा बनना शुरू हुआ है, अभी तो उसका धड़कन भी नहीं आया। हाउ क्रुएल! जाओ! टू वीक्स का बाद आना। आज ये टेस्ट कराकर जाना। ख़ून भी कम है तुमको और अगली बार अपना हसबंड को लेकर आना। ये अबॉर्शन के बाद कॉपर टी लगवाओ या बच्चादानी बँधवा लो। नो मोर अबॉर्शंस!" और वे सर पकड़कर बैठ गईं एक मिनट के लिए फिर उठकर दूसरी पेशेंट, जो पर्दे के पीछे थी उसका इण्टरनल एग्ज़ामिनेशन करने लगीं। जैसे ज़बान हलक से जा चिपकी थी मैं कुर्सी से चिपकी थी। पर्दे के पीछे से चीख़ने की आवाज़ आ रही थी और डॉक्टर की, "अभी से इतना चिल्लाओगी तो बच्चा कैसे पैदा करोगी? अभी तो टू-थ्री वीक्स हैं। जो एक्सरसाइज़ बताया था वह करो। निपल पर क्रीम लगाकर ऐसे-ऐसे करो दिन में दो-तीन बार, बच्चा को सक करने में आसानी होगा, बाद में लड़कियाँ दूध नहीं पिला पाती और बेबी नर्सरी में जाता है।"

मेरे पैर भारी थे साथ में सर भी। सर से घिसट रही हूँ या पाँव से पता नहीं चल रहा था। बाहर निकलती हूँ तो लगता है पेशेंट मुझे घूर रहे हैं। उनके पास कई सवाल हैं...सवालों पर आँखें बन्द करती हूँ। आँखों पर किसी ने हथेलियों से हलका दबाव दिया है। रोशनी के रंग-बिरंगे कीटाणु उत्पात मचाने लगे हैं...फुलझड़ी को हवा में घुमा घुमाकर कोई 'एन' लिख रहा है अँधेरे पर...।

"घर नहीं जाना?" सामने मुस्कुराती मिसेज़ मैस्सी खड़ी थीं धीरे से कंधा पकड़ा और हिलाया मुझे।

"ओह! दिन भर में एक ही फ्री पीरियड मिला था आख़िरी, कुर्सी पर बैठते ही आँख लग गई।"

"कोई बात नहीं। होता है। 5 मिनट बचा है। मैं लॉकर में सामान रखने आई तो देखा तुमको ऊँघते हुए। लेकिन चेहरा एकदम रिलैक्स नहीं था। परेशान हो?"

"ऐसा कुछ नहीं है। आप तो जानती हैं..." मैं अभी धीरे-धीरे कोई उलझी बात कहूँगी जानती होंगी मिसेज़ मैस्सी।

"ज़िन्दगी को बहुत मुश्किल मत बनाओ निवेदिता। ज़रूरत औरत को घर से बाहर निकालती है इतना याद रखो और ख़ुश रहने की कोशिश करो। वैसे भी हमारे जीवन रोमिला और नैनिका जैसे नहीं हैं।"

"ऐसी कोई बात नहीं है नीना मैम...सिर्फ़ ज़रूरत ही नहीं, हालाँकि पैसा एक बहुत बड़ी वजह है, फिर भी...कुछ और भी है...जैसे...।"

"जैसे क्या?" नीना मैडम ने ऐसे पूछा कि लगा माँ को सफ़ाई देनी है और डर के मारे शब्द नहीं सूझेंगे अब मुझे।

"जैसे बाज़ार में मैं वह कुर्ता ढूँढ़ रही हूँ जो सिर्फ़ मेरे पास हो और सिर्फ़ मेरे लिए बना हो।" स्टाफ़ रूम के अन्दर घुसते हुए नैनिका ने कहा और हम तीनों हँस पड़े।

"चलो भई। जल्दी उठो। साइन करके भागें। रजिस्टर के आगे भीड़ लग गई होगी। रोमी गोली आ गए होंगे।" मिसेज मैस्सी ने कहा।

"अब तो मैंने परमानेंट मेड रख ली है वर्ना रोज़ ऑटो करके भागना पड़ता था।" अपने टिफ़िन का थैला टेबल से उठाकर नैनिका मुड़ी स्टाफ़ रूम से बाहर चलने के लिए। उसकी चाल एक स्टेटमेंट थी जिसे आसानी से पढ़ा जा सकता था। पढ़ने वाला है कौन, बाकी सब इससे तय होता था।

"हाई! निकल रही हो नैनिका? चलो तुम्हें छोड़ दूँ, मुझे लाजपत नगर से अपने नए बैंगल उठाने हैं ज्वेलर के पास से।" रोमिला ने थकान भरे चेहरे को मिसेज मैस्सी और मेरी तरफ़ से फेरा लगाकर वापस नैनिका पर टिकाया। नैनिका और रोमिला खुसुरफुसुर करती निकलीं। मैंने एक नज़र मिसेज मैस्सी की तरफ़ देखा और उन्होंने मुझे। वे कहना चाहती थीं जीवन की बहुत आलोचना मत करो हर वक़्त, और मेरे लिए यह पता लगाना मुश्किल था कि उनकी साड़ी कब बदलती है। सब ब्लाउज़ एक जैसे। साड़ी में एक ही तरह की प्लीट्स बनी हुई, एक ही तरह से कंधे पर पिनअप,

गर्मी में सूती और सर्दी में एक नकली रेशमी कपड़े की साड़ी। एक ही रंग और आकार की बिन्दी, एक गूँथी हुई चोटी पीठ पर लटकती, और बुरी तरह से अनुशासित बाल जो चेहरे पर आने की हिमाक़त न करें। वे मुझे अतिरिक्त स्नेह करती थीं और मैं उनकी इज़्ज़त करती थी। वे मुझसे सिर्फ़ एक बार नाराज़ हुई थीं जब उनका बेटा बीमार था बहुत और मैं उनसे फ़ोन करके एक बार पूछ भी नहीं सकी। बुरा तो विजयलक्ष्मी ने भी माना था जब उसके भाई का 8 बरस का बेटा गुम हो गया था और सब उसे घेरकर बैठे थे लेकिन मैं रजिस्टर खोलकर अपना काम कर रही थी। लिखा-पढ़ी का मेरा काम हमेशा देर से ख़त्म होता था। बाद में कहानी पता लगी तो उसके साथ देर तक बैठी मैं। वह बेहद प्यारी थी। ड्राइंग की टीचर। बेहद सुन्दर। एकदम चिकना, साफ़, गोल चेहरा। एकदम गठा हुआ चिकना बदन जिसे न मोटा कहा जा सके, न पतला। एक मीठी मुस्कान हमेशा चेहरे पर। डाँटती थी तो भी गाती हुई लगती थी। उसका एक अलग क़िस्म का अनुशासन था। नौकरी, नौकरी है। सबसे हँसो, बोलो, उनकी तबीयत, बच्चों की तबीयत पूछो, जन्मदिन याद रखो, हैप्पी न्यू ईअर, हैप्पी दिवाली, हैप्पी हॉलीडेज़ याद से बोलो और किसी से भी मत उलझो। घर में भी कुछ उसूल थे उसके। उसकी अपनी रसोई अलग थी। सास ने पहले ही तिमंज़िला मकान बनवाया था और सब एक साथ अलग-अलग रहते थे। विजयलक्ष्मी किसी से नहीं उलझती थी। कहती थी—"अपनी मर्ज़ी से रहो, खाओ, पकाओ, और उलझो मत किसी से। पति को ख़ुश रखो तो वह सब मुसीबत अपने सर ले लेता है। मैं बुरी नहीं बनती सास-जेठानी से। ये कहते हैं तू घर देख, बच्चों को पढ़ा-लिखा, बाक़ी सब मैं देख लूँगा। मैं बहुत ख़ुश हूँ।" लेकिन मुझे यह सब ख़ास नहीं लगता था। इतने ज़्यादा परफ़ेक्शन को देखकर मेरा फ़्यूज़ उड़ जाता था। मुझे सिर्फ़ एक बात से जलन होती थी कि ड्राइंग में उसे कुछ पढ़ाना नहीं होता, न कॉपी चेक करनी होती है, न वर्तनी सुधारनी होती है, न लाल गोला बनाना होता है। कक्षा कार्य मज़ेदार, गृहकार्य मज़ेदार, असाइनमेंट मज़ेदार। बच्चों की भी

वह फ़ेवरेट। उसके हिसाब से कोई ड्राइंग बुरी नहीं बल्कि कम अच्छी होती थी। तो वह नम्बर भी बहुत अच्छे या कम अच्छे देती थी।

लौटते वक़्त आधे रास्ते के लिए एक क्वालिस गाड़ी का इन्तज़ाम हो गया था। कम-से-कम घर जाते हुए तीन बसें नहीं बदलनी होती थीं। साल-दो साल यह चला तो आराम रहा। हम आस-पास के स्कूल की आठ अध्यापिकाएँ लाजपत नगर तक उसमें जाने लगीं। गुड़गाँव से आने वाली अध्यापिकाओं ने भी ऐसी ही व्यवस्था की थी अपने लिए। झुलसती हुई वैन में हमें रीता की डींगें सुननी होती थीं। मैं खिड़की से बाहर मुँह लटकाए थी जब कानों में उसकी बेहद तीख़ी और ज़हरीली आवाज़ पड़ी—"पता नहीं तुम लोग इतना दुखी कैसे रहते हो। ससुराल वालों को कंट्रोल करना नहीं आता तुम लोगों को? सास को कुछ-कुछ दिन में गिफ़्ट दिया करो। मेरी ननद को लगता है वो बहुत सुन्दर है। मैं बस उसकी तारीफ़ करती हूँ जब आती है। देवर को नए-नए पकवान खाने का शौक है तो हफ़्ते में एक बार उसके लिए कुछ ख़ास बना के खिला देती हूँ। मेरे पति को फालतू की घरेलू चिक-चिक पसन्द नहीं है। इसलिए उसे कुछ नहीं सुनाती। अपने आप सबको हैंडल कर लेती हूँ। मैं कहती हूँ ख़ुश रखो सबको, जो जिस चीज़ से ख़ुश हो, गिफ़्ट से, खाने से, तारीफ़ से, इधर-उधर की चुगली से, शॉपिंग से...।" मुझे अपनी पीठ पीछे सब गदगद भाव से सुनती हुई दिखाई दे रही थीं। मैंने बाहर ही मुँह लटकाए हुए पूछा—"कोई मेरे ख़त्म होने से ख़ुश होना चाहे तो?" कुछ देर के सन्नाटे के बाद वैन में देर तक खुसुरफुसुर हुई जो नींद लग जाने की वजह से मुझे ठीक से याद नहीं रही। रीता छोटे क़द की खाँटी घरेलू औरत थी। बेहद व्यावहारिक। एकदम बेउसूल। कहिए कि मतलब साधना उसका एकमात्र उसूल था। एक अधेड़ लैब अस्सिटेंट को इतना मुँह लगा रखा था कि वह हम सबसे भी छूट लेने लगा था।

सर्वाइवल की तकनीक ईजाद करते-करते कोई समझ सकता है कि वह भेड़िया हो गया है। अभी वह ख़ूब शिकार करेगा। लेकिन सिर्फ़

लात मारे जाने के दिन तक। भेड़िए के भी कई बाप होते हैं। यह तो रँगा सियार है।

बाहर मियाँ जी के पीछे बुर्क़ानशीं औरत को देखकर लगा न जाने कितने सवालों को दफ़न करने के बाद कोई नक़ाब-बुरखे में सलमे-सितारे जड़वा लेती होगी। एक बड़े संकट से गुज़रना पड़े,जीवन का एक बड़ा सवाल सामने आकर खड़ा हो इससे पहले ही कोई हाथों और पाँवों में चूड़ियों, पाजेबों के नए से नए चलते फैशन पहन लेती होगी।

कहानियों की किताब में वापस नहीं जाता राजकुमार

शादी के 15 साल बाद मैंने पहली बार ख़ुद को आईने में देखा था। पूरी मीना। निर्वस्त्र। मोम से बना हुआ बदन। बस नाभि के नीचे का मांस डब्ल्यू के आकार में लटका हुआ जिस पर किसी बच्चे ने कुछ खरोंचें डाल दी थीं। फिर एक सघन वन। उँगलियाँ फिराईं तो गुदगुदी सी हुई। जंगल अँगड़ाई लेने लगा...हाथ टटोल आया...जितनी नाभि के ऊपर हूँ उतनी ही जीवित नाभि के नीचे भी। अजीब सा ख़याल आया। अगर नाभि के ऊपर-नीचे की देह की अपनी-अपनी अलग सत्ता हो जाए तो एक देह में निवास करना कैसा होगा? ऊपर वाला कहेगा नीचे वाले के कर्मों के लिए मै ज़िम्मेदार नहीं और नीचे वाला कहेगा ऊपर वाले के फ़ैसले मुझ पर मत थोपो। हमारा तो काम नहीं चलेगा भैया। हम कहेंगे दोनों को अलग-अलग दिल-दिमाग़ दे दिया जाए महसूस करने को। या दोनों के दिल-दिमाग़ छीन लिये जाएँ। आख़िर चैन से जीना भी तो चाहती है फ़ीमेल बॉडी! नीचे वाला तो बेदिमाग़,बेजान, बेज़ुबान रहे वही बेहतर। बच्चे जनने की पीड़ा से छुटकारा होगा। बलात्कार से ज़िन्दा बचने वालियाँ दिल-दिमाग़ वाले कष्ट से बच जाएँगी। बेमन से शादी में रहने वालियाँ भी। स्त्री देह में तर्क ढूँढ़ने के फूहड़ करतब कौन करना चाहे! आख़िर आदमी बेडरूम में किसलिए जाता है? सोच-विचार करने? मन और देह के एक लय होने का मतलब ही क्या है? ब्याह है,

ब्याह की तरह निभाओ। देह है...देह जैसी...भीगे तो तैयार मानो...जीव विज्ञान से परे भी होता है कुछ? कहाँ? जो है, सो सामने ही तो है। दो पहाड़, एक जंगल, एक गुफा, गुफा के ऊपर जलीय पौधों सी मुलायम चिकनी लहराती दो पत्तियाँ, गुफा सरिताएँ...जिनके ग्लेशियर पिघलना बन्द भी हो जाएँ तो भी गुफाएँ शरण तो देती हैं ही। अचानक इच्छा हो आई कि नीचे ढंग से देखूँ एक बार। छोटा शीशा दीवार से उतार लिया और बिस्तर पर टिकाया तकियों के सहारे ऐसे कि रोशनी मुझ पर पड़ती हो। देर तक बीहड़ में जैसे गिरती-उलझती चली हूँ और अचानक प्रकट हुआ जो दृश्य था उसे देख काँप गई। पहले तो ऐसा नहीं था। एकदम नहीं। यह इलाक़ा बेहद ख़ूबसूरत था। दोनों चिकनी पत्तियाँ जैसे जलकर काली हो गई थीं। डिलीवरी के वक़्त के काटे का एक निशान योनि द्वार से मल द्वार तक खिंचा हुआ। जल्दबाज़ी में फूहड़ तरीक़े की सिलाई, ऊबड़-खाबड़ गुलाबी त्वचा और चने के दाने के बराबर मांस की एक अलग दिशा को जाती हुई ग्रोथ हो गई थी। मैंने आँखें भय से बन्द कर लीं। फिर खोलीं। ग़ौर से देखा। उस ग्रोथ को छुआ। वह गुफा द्वार का हिस्सा था अवांछित बढ़ा हुआ। न रंग में अलग न छुअन में। न दर्द न जलन न कुछ और। निर्जीव। एक पल को अपने वजूद से नफ़रत हो आई। नहीं, यह मैं नहीं हूँ। यह जिसके साथ हुआ वह मैं नहीं हूँ। मैं अपने मन में चिर कुँवारी हूँ। अभी तो मैं सफ़ेद बादलों को रूह अफज़ा में भिगोकर खा जाना चाहती हूँ, अभी तो बर्फ़ सने पहाड़ की तसवीर तक देखकर मेरी आँखें 7 साल की बच्ची हो जाती हैं, अभी तो सपने में मैं सोलह की किशोरी सा प्रेमी को सुनसान में चूम लेना चाहती हूँ...अभी तो...न...यह मैं कब हुई? ऐसी कैसे हुई? फिर नाभि के नीचे डब्ल्यू वाली छोटी सी थैली को देखा...क्या मैंने जीते-जागते हुए वक़्त का एक बड़ा हिस्सा बेहोशी में बिताया है! ख़ूबसूरती अचानक झूठी लगी। छली गई महसूस करती देह ज़मीन पर ढुलक गई। पंखा इतना तेज़ था कि उसकी पत्तियाँ ग़ायब थीं...पानी की दो शान्त धारें गालों पर लुढ़कीं... मैं ख़ुद को स्वीकार नहीं कर पा रही थी...ज़ोर से चिल्लाना चाहती थी...

लेकिन सिर्फ़ रुलाई फूट रही थी—'नहीं...ई...यह मैं नहीं हूँ। बदल दिया गया...नहीं हूँ यह मैं...धोखा हुआ है मेरे साथ...।'

कई दिन तक मैंने अबीर से बचने की कोशिश की थी। उसे मैसेज कर दिया कि अभी कुछ दिन व्यस्त हूँ। वह नहीं जानता कि मैं 19 की उम्र का सिर्फ़ चेहरा ही साथ लेकर प्रविष्ट हुई हूँ पैंतीसवें में। उसे पता तो होगा न कि एक लड़की जिसके तीन बच्चे हैं वह शादी के पंद्रह साल में कितनी बदल गई होगी। भयभीत भी थी मैं। औरतपन कितना कम है मुझमें। भुलक्कड़ भी हूँ। कल को वह मुझे भूलने के लिए शर्मिंदा करेगा। क्या वह देह भी चाहने लगेगा? उफ़! यह मुसीबत है। देह में मेरी रुचि अब वैसी नहीं रही। मैं सिर्फ़ चाहती हूँ कोई ऐसा हो जिसके लिए मैं देह से अलग भी अस्तित्व रखती होऊँ। वह मेरे पास बैठा बतियाता रहे, मेरी ज़ुल्फें सहलाकर मुझे सुला दे, जब सो जाऊँ तो चुपके से माथा चूम ले। जब जागूँ तो उसकी मुस्कुराहट मेरी नींद की पहरेदारी के बाद खिलखिलाहट में बदल जाए कि कैसे बच्चों की तरह टाँगें फैलाकर सोती हो तुम! मैं अँगड़ाई लेती उठूँ तो उसे एक के बाद एक अपने सारे अजीब सपने सुनाऊँ कि कैसे मैं परीक्षा-भवन नहीं ढूँढ़ पा रही थी। कि मुझे अपना रोल नम्बर ही नहीं दिख रहा था। फिर कैसे मैं हाथ में प्याज़ लिए एक पुलिस स्टेशन के आगे रुकी और रिसेप्शनिस्ट से कहा मेरे लिए प्याज़ काट दीजिए मुझे भेल पूरी बनानी है। और जब नर्स की सी वेशभूषा वाली रिसेप्शनिस्ट ने अपना ड्रावर खोला तो पहले से कटा हुआ प्याज़ उसमें भरा था। फिर अन्दर से अचानक से एक खड़ूस सी दिखने वाली थानेदार निकली। मुझे डर लगा कि वह ग़ुस्सा करेगी लेकिन वह झटके से बाहर निकली सड़क के पार। वहाँ एक रंग-बिरंगी गर्दन वाला छोटा सा अनोखा जानवर था पंखों वाला। वह तेज़ी से मेरी ओर भाग रहा था और फिर उसके गले में बंधी रंगबिरंगी पट्टियों का छोर मेरे हाथ में आकर खुलने लगा। अब उसकी देह शतुरमुर्ग की और चेहरा बब्बर शेर सा हो गया। वह थानेदार मैडम पर झपटा। इतने में सीन

बदल गया और बस स्टॉप से दो आदमी किसी महिला का बैग उठाकर जाने लगे। वह महिला पास ही किसी लड़ाई को देखने गई थी। मैंने रोका तो बोले कि रिश्तेदार लगती है तुम्हारी? और...

फिर अचानक वह मेरा मुँह बन्द कर देता। अपने होंठों से। एक गहरा चुम्बन! देर तक सरापा भिगोता हुआ और फिर सीन बदलता और एक नया सपना चलने लगता। एक पूरा चुम्बन...जीवन भर के लिए जवान करता हुआ...सिर्फ़ एक चुम्बन और कुछ नहीं और फिर वह भले ही कहानियों की किताब में वापस चला जाए।

कमरे में जगजीत का आना मुझे एकदम पता नहीं चला...उसने लेटते ही कुर्ते के भीतर से कमर में हाथ डाला और ऊपर की तरफ़ बढ़ने लगा। मैंने हाथ पकड़कर पलटकर देखा और फिर से सोने की कोशिश की।

"अच्छा, थोड़ा सा।" उसने मनुहार किया।

"नहीं यार।" मैंने मना करने की कोशिश की। हलकी ज़बरदस्तियों के बाद भी मेरा मना करना बना रहा तो चिढ़ गया वह।

"अच्छा है, बहुत अच्छा। यही सिला है मेरी क़ुर्बानियों का!"

"तुम जानते हो न कि मुझे..."

"हाँ, बस अपने बारे में ही सोचा करो। मैं ऐसा मानती हूँ, मुझे ऐसा लगता है, मैं यह सोचती हूँ, मेरा स्वभाव...मैं मैं मैं। कभी सोचा है मेरे बारे में भी। क्या सोचता हूँ मैं? मेरा स्वभाव क्या है? मुझे क्या चाहिए? ऐसे ही कभी मैं मना कर दूँ तुम्हारी इच्छा के लिए तो? लेकिन नहीं। तुम्हें कभी उसका मौक़ा ही नहीं मिलेगा। कभी मिला है आजतक तुम्हें यह कहने का मौक़ा? एक बार याद दिला दो जब तुमने कहा हो कि यह मेरी इच्छा है... और मैं पलटकर सो गया हूँ? और सिर्फ़ देह का मामला है भी नहीं यह। बहुत कुछ है जो तुम्हारी तरफ़ से कम है। बहुत कुछ ख़लता है मुझे जो मैं कहता नहीं हूँ। कोई नई ख़बर दूँ तुम्हें अपने काम से जुड़ी तो तुम उत्साहित नहीं होतीं। सुबह भेजती हो तो एकदम ठंडी और रूखी! लौटता हूँ तो सिर्फ़

शिकायतें! माँ यह, दीदी वह सबके सामने भली बनती हो वहाँ अच्छी बहू बनना होता है और कमरा बन्द करते ही मेरे सामने शिकायतों की पोथी खुल जाती है। अपना दोगला चरित्र देखा है कभी तुमने? तुम चाहती हो तुम्हारे लिए लड़ूँ? तुम्हीं आकर सबसे पहले कहोगी नहीं माँ से ऐसे बात मत करो। मुझे बुरा लगता है। कभी सोचा है कि दो प्यार के बोल मुझे भी चाहिए होते हैं, हौसला बढ़ाने वाले, हिम्मत देने वाले कभी सोचा है?"

यह फिर वही अटैक था। अभी मुझे चोट तो लग रही थी लेकिन मैंने रोना शुरू नहीं किया था। माने मैं अभी ढंग से आहत नहीं हुई हूँ। इसलिए अभी जगजीत को और बोलना था तब तक कि जब तक मेरा ठीक से आहत होना न दिखने लगे। पहले हम अपना ग़ुस्सा अलग-अलग तरीक़े से दिखाते थे। जगजीत ख़ूब बोलते थे। मैं चुप हो जाती थी। हम अपनी-अपनी हिंसाएँ एक तरीक़े से दिखाते थे। हम दोनों ख़ुद को कष्ट पहुँचाकर चोट देने में यक़ीन करते थे। मेरा भूखे रहना और दिन भर काम करना। जगजीत का सड़कों पर देर रात तक भटकना। मेरा रो-रोकर माफ़ियाँ माँगना। फिर उसका न पिघलते हुए अपने आप को सताकर मुझे और ग्लानि में डाल देना। मैं भूखी रहती थी और इन्तज़ार करती थी कि चक्कर खाकर गिर पड़ूँ। मुझे अस्पताल में दाख़िल करना पड़े ऐसी दुर्घटना हो जाए मेरे साथ या इतनी मानसिक यातना दूँ ख़ुद को कि आत्महत्या करने की हिम्मत आ जाए और आख़िर जगजीत को एहसास हो कि वह कितना ग़लत है। उसने मुझे किस क़दर आहत किया है जितना वह करना नहीं चाहता था। ऐसा ही वह भी सोचा करता था शायद। कितनी बार हुआ था यह कि रात को वह निकल गया यह कहकर कि अब मेरा चेहरा कभी न देखोगी, कितनी बार मैं यह कहकर सोई थी कि सुबह उठूँगी तो निकल जाऊँगी हमेशा के लिए। यह छिछली भावुकता सिर्फ़ ज़रूरत भर का सन्तुलन बनाए रखती है, हासिल इससे कुछ नहीं होता था। हम कहीं नहीं बढ़ रहे थे। एक बढ़ता था तो उसकी राह में दूसरा रुकावट की तरह खड़ा हो जाता था। अगला बढ़ता था तो पिछला उसे किसी गड्ढे में खींच लेता था। आहत

करने में जगजीत का जवाब नहीं था और यह ऐसा सम्बन्ध था जिसमें मेरे पास साँस लेने की जगह अब ख़त्म हो चुकी थी। ख़ूब कहा था मैंने कि मुझे कुछ समय अलग कर दो ख़ुद से। मुझे महीने दो महीने का ब्रेक दे दो। तुम झाँको अपने भीतर। मुझे अपना मन टटोलने दो। मैं ऐसे फाँसी के फंदे पर झूल रही हूँ जिसके नीचे की स्टूल कभी नहीं हटेगी। सिर्फ़ डाँवाडोल रहेगा वह। जगजीत ग़ुस्सा करता रहा, अनदेखा करता रहा। एक दिन मैं सामान लेकर चली गई माँ के घर। एकदम अनामंत्रित। और मुझे देखकर पापा के गाल सूज गए, सूजे रहे। उन्हें एक शब्द भी बोलना पड़ता तो उस वक़्त तो वह सूजन संक्रमित होकर फैल जाती। सूजी हुई हवा में जितना भी कोशिश करो पाँव नहीं टिक सकता। मुझे लौटना पड़ा। मज़बूती से मैंने सब कहा था एक दिन जगजीत को और वह पहली बार मेरे पैरों में गिर गया था।

"नहीं...प्लीज़! यह मैं सोच भी नहीं सकता। तुम नहीं जानती तुम नहीं रहोगी तो मैं कटी पतंग जैसा हो जाऊँगा। मुझे समझ ही नहीं आएगा कि करना क्या है, जाना कहाँ है, मैं ज़िन्दा क्यों हूँ, तुम और बच्चे ही तो सब कुछ हो। बताओ ऐसा भी मैंने क्या अपराध किया है कि मुझे यह सब झेलना पड़े?" जगजीत की आँखें क़भी भीगती नहीं थीं, कम से कम मेरे सामने। लेकिन लाल हो जाती थीं और मैं उसके उन आँसुओं से बेहद डरती थी जो कभी नहीं बहे थे। कहीं तो वे बहते ही होंगे, भले ही मन के भीतर कहीं। फिर प्यार का एक बुखार, जो कुछ दिन चलता था। वह उन दिनों सुबह की चाय बनाने लगा था बग़ैर यह सोचे कि माँ-पिताजी क्या सोचेंगे कि बहू के लिए काम करता है। इसके लिए वह अम्मा के उठने से पहले उठता था। जिस दिन देर हो जाती वह कहता अब रसोई में अम्मा आ गईं अब तुम ही चाय बनाओ। कुछ दिनों के लिए वे रातें कहीं चली गई थीं जिनमें वह मुझसे बच्चों को सुलाकर उठने और उसके पास आने की अपेक्षा करता था। यह असम्भव सा था। दिन भर पार्लर का काम करने के बाद लौटकर ताने सुनना, फिर खाना बनाना, होमवर्क कराना, कोई बच्चा बीमार

हो तो उसे डॉक्टर के पास ले जाना, समय पर दवा देना और उसके बाद जब बिस्तर पर लेटो तो सुबह तक के लिए मर जाओ ऐसी नींद घेर लेती थी। ऐसे में वह कभी कंधे झकझोरकर कान में फुसफुसाता—"उठ जाओ, आज साथ बैठकर फिल्म देखेंगे..." तो कान बन्द कर लेने को जी होता था। उन शब्दों की हवा कान में ज़हर सी लगती थी। वह कुछ देर बैठा रहता बिस्तर के कोने पर। कभी पाँव में चिकोटी काटता। कभी कमर के खुले हिस्से को सहलाता। कभी बाल सहलाता। फिर तलवे पर एक हाथ मारता और कहता—"ऐसी भी क्या नींद है यार! हुँह।" शुरू में मैं ग्लानि से भर जाती थी। फिर ग़ुस्से से भरने लगी।

मुझे कुछ काट रहा था। कचोट रहा था। लगातार कोई पेच सा कसता था कुछ दिन फिर ख़ुद-ब-ख़ुद ढीला होता था। जिस दिन घर पर रहना होता था मुझे अचानक पेट में एक मरोड़ सी उठती और लगता था अभी उलटी हो जाएगी या मैं किसी का सर फोड़ दूँगी। इतना ग़ुस्सा मेरी भँवों के बीच हथौड़े चलाता रहता था। घर था और घर जैसा अपनापन कहीं न था। परिवार था लेकिन मजबूरियों से बंधा हुआ। सास-ससुर ने अपनी एक अलग दुनिया बना ली थी। जेठ अच्छा कमाता था तो जेठानी रुआब से रहती थी। घर पर रहते-रहते घर की कमज़ोर नसों पर उसकी पकड़ मज़बूत हो गई थी। ननद आती थीं तो एक वाक्य बिना ताने दिए नहीं बोल पाती थीं। हर बार उनके आने के साथ एक नया शगूफ़ा भी घर में आता था। एक दिन घर लौटी थी तो सास ने कहा—"यह तुम्हारी ननद ने चाँदी का बनवाया है बड़ी बहू के लिए। अच्छा है न! अहोई पे पूजते हैं इसे पहनकर। इसमें धागे में एक चाँद होता है और लड़के की माँ पहनती है इसे व्रत के दिन। अब तुम्हारे लड़का है पर तुम व्रत तो रहती नहीं इसलिए एक ही बनवाया है।"

उस गर्मी के दिन में जितना बर्तन मांजते हुए भीगी थी उतना ही आँसुओं से भी भीगी। अपमान करने के कितने तरीक़े होते हैं घरेलू औरतों के पास। अच्छी औरतें! पूजा, व्रत, उपवास वाली। धरम-करम वाली। बेटे वाली। सच्चरित्रा। वह दौर याद आता है मुझे जब पार्लरों में छापे पड़ना शुरू हुए

थे। बहुत कुछ अपने ही घर में सुनना पड़ा था मुझे। बाहर से आप किसी पार्लर को देखकर पता नहीं लगा सकते कि यहाँ एक्स मसाज होता है। लेकिन जब भीतर रहकर काम करने लगो तो अंदाज़ होता है कि पर्दे के पीछे कितना कुछ होता है। किसी अजीब बात पर एक बार आँख पड़ जाए तो सब ग़लत ही ग़लत दिखाई देने लगता है। वे मजबूरी के दिन थे। मुझे किसी भी तरह काम चाहिए था। जगजीत की मौसी का एक पार्लर था जो एकदम नहीं चल रहा था। बात-बात में जगजीत ने कहा कि मीना काम कर लेगी। कुछ घर में भी मदद होगी। पूरा सेटअप तो था ही पार्लर का। दो लड़कियाँ भी थीं। मेरा बाहर निकलकर काम करना तभी शुरू हुआ था। कुछ ही महीनों में मैंने जी-जान से पार्लर जमा दिया। काम आने लगा ख़ूब और नाम भी हो गया। यही मौसी की चिन्ता का कारण हो गया। मौसा ने कई बार मुझे एहसास दिलाने की कोशिश की कि मैं महज़ एक कर्मचारी हूँ मालिक नहीं। तभी मैं वहाँ से निकली बेइज़्ज़त होकर तो 'एल्प्स' में नौकरी की। मेरी दूसरी बच्ची एक साल की थी और आर्थिक तंगी बढ़ती जा रही थी। रूपा को बेटा होने वाला था। एक ही दिन मैंने पार्लर जॉइन किया अपनी बेटी के लिए और उसी दिन रूपा ने एल्प्स छोड़ा अपने बेटे के लिए। रूपा की आत्महत्या की कोशिश की ख़बर भी मिली थी मुझे। एकाध साल के ब्रेक के बाद मुझे चकाचौंध वाले पहले यूनिसेक्स सैलों में नौकरी मिली। जिस पार्लर में भी जाओ वे कुछ दिन अपनी ही ट्रेनिंग देते हैं। सब चकाचक था। बस मुझे पहला झटका तब लगा जब एक पुरुष क्लाइंट ने मुझसे मसाज कराने की इच्छा ज़ाहिर की। उसने प्यार से रिसेप्शन पर कहा कि उसे एक्स मसाज चाहिए और मुझे घूरा। उसका स्वागत अलग तरीक़े से किया गया। मैंने भी पूछा—"हाऊ कैन आई हेल्प यू सर?" फिर वह जिस तरह मेरी ओर बढ़ा सौरभ को एकदम से आगे आना पड़ा कि "सर बताइए क्या करें आपके लिए?" अन्दर काम करने वाले लड़के भी सब जानते थे और इस तरह की महिलाओं का स्वागत भी करते थे। लेकिन इतना भलापन किसी-किसी में बचा होता है कि वह आपका भोलापन बचा ले जाता है।

सलून की मालकिन को जब पहली बार देखा था तो भय से मेरी घिग्घी बँध गई थी। नीली जीन्स पर हमेशा सफ़ेद टॉप और जेब में लाइसेंस वाली बन्दूक। कभी-कभी कोई पहलवान या बिगड़ा शहज़ादा बदमाशी पर उतरता था तो उसे औक़ात बताने के लिए मैडम अपने पास बन्दूक रखती थीं। लड़के अपनी गर्लफ्रेंड्स को लाते थे काम कराने के लिए तो उन्हें हम अलग सेक्शन देते थे। लड़कियाँ मैनीक्योर पेडीक्योर कराती थीं और लड़का बगल में बैठकर शोना-मोना टाइप गप्प लड़ाने के बाद बिल चुकाता था। मैं सोचती थी कभी क़ीमत भी वसूल करता होगा न यह!

दबे शब्दों में सब मेरे पार्लर में काम करने को लेकर कुछ न कुछ कहते थे। लेकिन, मजबूरी यह भी थी कि एक बड़ी आर्थिक मदद थी मेरे काम से। किसी महँगी साड़ी को हाथ लगाते जब ननद झिझकती थीं तो सास कहती थीं इतना क्या सोचना, आख़िर मीना इतना कमाती है। बच्चे गर्मी की छुट्टियों में आते थे तो उन्हें देने-दिलाने के लिए सबसे आगे मुझे खड़ा कर दिया जाता। शाम को लौटती थी तो फ़ोन आ जाता था—मामी ये ले आना वो ले आना। मेरे अपने बच्चे भी ऐसा करते। अक्सर मैं ही फ़ोन कर लेती थी कि क्या लाऊँ। एक बड़ा अपराधबोध था कि अपने बच्चों को सारा दिन के लिए वहाँ छोड़ती हूँ। पढ़ाई पर ध्यान नहीं देती। लड़का ज़िद्दी हो गया है। लड़कियाँ काम नहीं सीख रहीं। एक शाम घर पहुँची तो मुन्नू ग़ायब। पूछने पर पता चला कि दादी ने पूरे मोहल्ले में उसे वैष्णो देवी का प्रसाद बाँटने के लिए भेजा है दो घंटे से। किसी के घर रुक गया होगा खेलने, खाने, गप्प करने।

फिर इतना तो था जगजीत में कि वह सन्तुलन बनाने की कोशिश करता था। जब मेरे चरित्र पर सवाल उठे, जब मैंने यूनिसेक्स सलून की घटना सुनाई जगजीत को तो उसने यह नहीं कहा कि घर बैठो और सिर्फ़ चूल्हा फूँको। उसने कहा कि "कोई बात नहीं। अनुभव लो और आगे बढ़ो। घर पर दुबकने से दुनिया का कैसे पता लगेगा? कैसे-कैसे लोग होते हैं हमारे आस-पास देखो, समझो और रास्ते निकालो। अकेली मेरी सैलरी में काम

नहीं चलेगा, यह तुम्हें पता है। बहादुर बनो।" लॉकेट वाली बात का भी जगजीत के पास उपाय था। उसने माँ से ज़िद करके वैसा ही पूजा का लॉकेट मेरे लिए बनवाया। एक बार मैंने पूजा भी की उसके चक्कर में। लेकिन मेरा जन्म अच्छा बनने के लिए कहाँ हुआ था? होली के व्रत में जब सबके लिए पकौड़े तल रही थी और स्वादिष्ट हरी चटनी बनाई थी मैंने तो रसोई में चुपके से खा लिए थे मैंने पकौड़े। शाम को पूजा भी कर आई थी मन्दिर के अहाते में बनी होलिका की। धागा बाँधा, रोली लगाई, फेरे लगाए और हाथ जोड़कर पूरी निष्ठा से बुदबुदाई थी अपने बच्चों के लिए। मेरे तईं यह एकदम ग़लत न था।

और फिर उस रात भी जब जगजीत को मेरे मना करने पर अटैक पड़ा था बड़बड़ करने का तो वह आहत ही करना चाहता था मुझे। जितना ख़ुद आहत है उतना मुझे भी दर्द देना चाहता था और एक लम्बे वक़्त तक यह बेहद आसान काम था। सब नज़रअंदाज़ करके मैंने सोने की कोशिश की। जवाब देती तो बात बढ़ती। जवाब न देती तो भी जगजीत चुप नहीं होता। ऐसे में नींद का साथ देना ही समझदारी थी, बहस करना नहीं। पलटकर सोने से पहले उसने बहुत कुछ बोला लेकिन मुझे सिर्फ़ आख़िरी बात सुनाई दी—"कैसे टाँगें फाड़कर सोती हो कितना भद्दा लगता है...कम से कम सोना सीख लो ढंग से...औरतों की तरह।"

इसका जवाब दिए बिना आज मुझे नींद नहीं आने वाली थी और जवाब जैसे खट से टपका मेरी इच्छा के बिना ज़बान से बाहर—"सिर्फ़ सेक्स के लिए नहीं कभी अपने आराम के लिए भी पैर फैला सकती हूँ कि नहीं? अगर उसमें भद्दी नहीं लगती तो इसमें क्यों लगती हूँ? क्योंकि यह मुझे आराम पहुँचाता है?"

उसने 'मरो' जैसा कुछ कहा था और हम दोनों पीठ करके सो गए थे।

मलाला यूसुफ़ज़ाई मेरी सास की दुश्मन है

सात पीरियड लगातार बोलते-सुनते अब जैसे चुप्पी का अटैक पड़ा हो। दोनों होंठ सूखकर सिर्फ़ प्यास से नहीं चिपके हुए, उनमें इच्छाशक्ति भी नहीं रही। भरोसा नहीं रहा कि वे कभी होंठ ही थे, इनसे कभी एक भीगा हुआ प्रेमिल चुम्बन लिया गया होगा। कभी इनसे खिलखिलाहटें बिखरी होंगी, कभी तप्त हुए होंगे, कभी काँपे होंगे, कभी प्यार की सिसकारी फूटी होगी इनसे! आँख बन्द करके पढ़ना चाहती हूँ एक उपन्यास और बिन बोले मैं इस वक़्त सिर्फ़ खिड़की के बाहर आसमान से बात कर सकती हूँ। पूछना चाहती हूँ वह इतना उदास क्यों है? इतना साफ़ और नीला आसमान डराता है। सर के ऊपर औंधा नीला समंदर, बीच-बीच में फेन से कुछ बादल। एक पंछी गुज़र जाता है जिसके सहारे कुछ लोग दुनिया का एक से दूसरा कोना छूने चले हैं।

चोर की तरह भाग रही हूँ, सारे रास्ते याद हैं, इस वक़्त छाँव के टुकड़े कहाँ पड़ते हैं, यह भी पता है, पाँव वहीं पड़ रहे हैं। गुलमोहर, अमलतास तैयार हो रहे हैं। ऐसी सड़कें नसीब वाले शहरातियों को मिलती हैं। तीन-चार आवारा कुत्ते कुछ देर की नींद में मर गए हैं। कोई गुज़रे बगल से, वे फ़िलहाल लाश हैं। ज़रा सी आँधी चलने लगी है और आसमान पियरा

गया है, सेमल के पेड़ से रुई के फाहे ऐसे उड़ते फिर ग़ायब हो जाते हैं मानो कोई बच्ची फूँक मारकर बबल बना रही हो। अपनी सीढ़ियाँ देखकर राहत मिली अजीब हुआ लेकिन...एक सीढ़ी पर पाँव रखती हूँ और दूसरी सीढ़ी ऊँची हो जाती है, पाँव उठाती हूँ और ज़्यादा जैसे दो सीढ़ियाँ एक साथ फलाँगने का खेल खेलते वक़्त करते थे बचपन में! अगली सीढ़ी और ऊँची हो गई है और सन्तुलन गया, ये गिरी!

एक ज़ोर के झटके से आगे वाली सीट से टकराती हूँ, बचने के लिए हाथ टिकाती हूँ, सारा ज़ोर एक हाथ की कोहनी पर आ गया है। बस में आजू-बाजू किसी को परवाह नहीं। अभी जो घटा है वह मेरे भीतर घटा है शायद...बादलों का कोई टुकड़ा इस सूरज के मुँह पर चिपका दे कोई तो! सराय काले खाँ। सवारियों के लालच में यहाँ सबसे ज़्यादा देर रुकता है बस वाला। रेलवे स्टेशन की सवारियाँ और बस की सवारियाँ सब मिल जाती हैं। मुसलसल आना-जाना, चहल-पहल, रेहड़ियाँ, खोमचे। एक आइस्क्रीम वाले के यहाँ तीन बच्चों वाला परिवार खड़ा है। साँवली-दुबली माँ किनारी वाली लाल साड़ी में है और एक नकली पीलापन लिए ढेर सारे गहने, एक लड़की की सी अदा उस पर छाई है। उसे कैसे देखा जा रहा होगा? दुनियावाले उसे देख क्या सोचते होंगे? आइस्क्रीम पकड़ने और बच्चों से बात करने के तरीक़े से लेकर अपनी साड़ी की किनारी सीधी करने को लेकर भी वह सचेत हो गई है जबकि कहीं किसी को कोई नहीं देख रहा सिवा मेरी आँखों के। पिघलती आइस्क्रीम न सँभाल पाने की वजह से सबसे छोटे ने सारी कमीज़ सान ली है। माँ जल्दी-जल्दी क्लचर पर्स में से रूमाल निकालती है और कमीज़ साफ़ कर रही है कुछ ऐसे कि चिढ़ी हुई, घर में होते बेट्टा तो अभी दो धर देते तुम्हारे थूथ पे। कुटुम्ब को साथ लेकर निकलना साला मुसीबत है ऐसा भाव चेहरे पर चिपकाए बाप भी यहाँ-वहाँ देख रहा है। कोई हसीन लड़की देख ले तो क्या सोचेगी? मैं सोचती हूँ कि कहीं कुछ मज़ेदार नहीं घट रहा है। शून्य में से घूमकर आँखें बस के भीतर

लौट आई हैं। कई जोड़ी आँखों की थकान से बस के भीतर एक धुंध सी पसरी है। मुझे धुंधला सा दिख रहा है सब। कई थकी-तपी देहों की गंध हवा में तिर रही है, ब्लाउज़ सूँघती हूँ अपना कंधे पर से, वहाँ भी वही गंध चिपक गई है। कभी-कभी क्लास में ठीक यही गंध पसर जाती है और थकान भरी देहों की उसाँस से एक ऐसी ही धुंध भर जाती है। टीन की छत से बरसती आग में तपे, बच्चियों के लम्बे बालों की, सीली कोठरी जैसी गंध भी उसमें शामिल रहती है। मेरे पाँवों को बुख़ार हो गया है। चप्पल उतार देती हूँ कुछ देर,अभी वक़्त है स्टॉप आने में।

मैं सीढ़ियाँ चढ़ पाई अबकी बार। लगता था जैसे ये सीढ़ियाँ कभी ख़त्म नहीं होंगी। कोई पहाड़ चढ़ा हो इतनी मुश्किल से कि जैसे पाँवों में किसी ने बड़े-बड़े पत्थर बाँध दिए हों। एक दरवाज़ा है जिसकी जालियों में धूल ऐसे फँसी है कि जैसे धूल ही का बना हो। अभी हाथ लगाओ और पूरा ही झड़ जाएगा। दीवाली पर लगाई गई नकली पत्तों वाली झालर जैसे उतनी ही पुरानी हो जितनी कि वह दीवार जिस पर वह टँगी है। अब सब अगली दीवाली में ही उतरेगा। पीली दीवार पर दाईं तरफ़ पेंसिल से कुछ बारीक अक्षरों में लिखा है। ज़रूर पोलियो ड्रॉप्स पिलाने आई टीचर की हेल्पर ने लिखा होगा। घंटी का स्विच कभी सफ़ेद हुआ करता था अब ब्लैक एण्ड व्हाइट है। अँगूठे से स्विच जहाँ दबता है बस उतना भर हिस्सा सफ़ेद है। मनुष्य जिसे बरतता है उस पर अपने कितने निशान छोड़ देता है। सब निशान हमारी भाषा में अनुवाद किए जा सकते तो शायद हम सृष्टि के क्रूरतम प्राणी ठहराए जाते। कल शाम नीचेवाले अंकल अपनी गाड़ी पर लगे निशानों को लेकर किसी अदृश्य शत्रु से लड़ रहे थे। एक निशान छूटने पर ऊपर वाली आँटी शीला की जान ही खा जाती हैं। इन्हीं सीढ़ियों से उतरती है शीला भुनभुनाती हुई।

एक निशान पर किसी की शिनाख़्त हो सकती है।

एक निशान पर हत्याएँ हो सकती हैं।

घंटी बजाने की हिम्मत नहीं होती। जैसे अक्सर ही बस स्टॉप से उठकर अपनी बस पकड़ने के लिए दौड़ने की हिम्मत नहीं हो पाती। एक 364 आती है, मैं अपने पाँवों को पीछे सरकाकर चप्पल पर छपे अपने पंजों के निशान को देखती हूँ, लोग बस में कूद गए हैं। बस चली गई है। मुझे घर क्यों जाना है...बड़े स्कूल में अयुज एडजस्ट नहीं हो पा रहा...पूरे सिस्टम से विद्रोह मानो टिफ़िन नहीं खाकर ही दिखाना है उसे...मैं कलाई की घड़ी देखती हूँ...अगली 364 में चढ़ गई हूँ।

बहुत सारे दरवाज़े हैं और सब पर काटे का निशान लगा है। मैंने अपने वाला पहचान लिया है। धूल का दरवाज़ा...खुलता है...भीतर पहला क़दम रखती हूँ और रेत में धँस गया है...उफ़! दूसरा रखती हूँ...सलवार के पाँयचे से रेत भीतर त्वचा पर छू गई है...ठंडी और सूखी, और आगे बढ़ती हूँ जैसे दलदल में पाँव रखती हूँ...अगला क़दम उठाते चप्पल ही भीतर छूट गई है...दूसरी में इतनी रेत है...दीवार का सहारा लेती हूँ...कम से कम यह मज़बूत है...आह! टखनों से दीवान का पाया टकरा जाता है...पाया! इसका मतलब नीचे ज़मीन होगी ही जहाँ यह टिका है...मैं झुककर हाथों से रेत हटाती हूँ जल्दी-जल्दी...कोई फ़र्श नहीं...जहाँ से रेत हटाती हूँ वहाँ फिर रेत भर जाती है...इतना ठंडा पसीना! नीचे से उठती हूँ तो एक पल के लिए सब अँधेरा हो जाता है....ज़ोर का चक्कर...उफ़! अपने कमरे तक कैसे पहुँचूँगी? पूरा घर ज्यों रेगिस्तान है। इतनी रेत! कहाँ से आई? आंधी भी नहीं चली! जैसे रेत में डूबा हुआ एक घर अचानक उबर आया हो। दीवारें एकदम चकाचक और फ़र्श का नामोनिशान नहीं। दो आँसू लटक जाते हैं होंठ पर। बाल्टी भर-भरकर भी फेंकूँगी तो बरसों लग जाएँगे। मेरे होश उड़ने लगे हैं। आवाज़ लगाती हूँ। सन्नाटा है। अयुज की आवाज़ आ रही है सिर्फ़ जैसे भीतर बैठा टीवी देख रहा हो और किलकारियाँ भर रहा हो। कमर के नीचे एक तेज़ खिंचाव महसूस करती हूँ...वह इस रेत में कैसे रह सकेगा? तेज़ चलकर भीतर जाना चाहती हूँ लेकिन धँस रही हूँ। अयुज

ने ज़ोर से पुकारा है...मैं गिरी हूँ...गिर...गिरी...हूँ...।

बस के रुकने से गर्दन तेज़ झटका खाती है तो मालूम पड़ता है आँख लग गई थी। मुँह खुला रह गया था तो होंठ बुरी तरह सूख गए हैं। बदन पसीने से तर है।

दरवाज़ा खुलते ही शिकायतें शुरू हुईं।

"आज याने मोए दिनभर चैन न लेने दई। मैंने खूब कई बेटा मम्मी मोपे गुस्सा करेगी कि दिन भर टीवी दिखाओ तम, अब तैने बेल बजाई जब याने कई 'हो-हो दादी, रिमोट लाओ जल्दी बन्द करना है...हाहाहा... बालक तो ऐसे ही रहें। अब बता काम्बाली ना हाई सबरी किचन भर रई है बर्तनन से। याने मोए सफाई भी ना करने दई। अब याके मन में तो न्यूं रहे के दादी बैठी रहे और मैं कार्टून देखता रहूँ। जरा उठूँ तो झट आवाज दै दै...अब सम्हाल अपना बालक। मेरी फिरेंड आएगी उसके साथ जाके अचार के लिए नीबू लाऊँगी सस्ते बाले।" मेरे पास मुस्कुराहट के सिवा कुछ जवाब नहीं था। पेट में भूख के मरोड़ उठ रहे थे। लग रहा था जैसे आज रसोई का पूरा राशन खाकर भी मेरी भूख नहीं मिटेगी। अयुज आकर लिपट गया तो उसे ख़ूब चूम लिया। ज़ोर से बाँहों में कसा कि मन की सब थकान उतर जाए।

"आज बाबू ने स्कूल में..." मेरे बात पूरी करने से पहले ही वह बोला—"मुझे पता है आप पूछोगे टिफ़िन खाया? आप कितना गन्दा खाना देती हो! मैक्रोनी क्यों नहीं देतीं?"

"इसका मतलब आज भी पराँठा बचाया है! कितनी ग़लत बात है। पता है सुबह कितनी जल्दी उठकर मम्मा को किचन में खाना बनाना होता है।"

"तो आप मैक्रोनी क्यों नहीं बनाते?" उसने चिढ़कर कहा। मुझे लगा बच्चा सबसे मनमौजी शोषक होता है। कल मैं सबका खाना बनाने के बाद अलग से मैक्रोनी बनाऊँगी तो भी टिफ़िन पूरा ख़त्म होकर लौटेगा इसकी

गारंटी नहीं है। कह देगा—"तो? आपने मिर्ची कितनी डाली थी! मेरा पानी भी ख़तम हो गया। बार-बार बाहर जाने से आँटी डाँटती हैं।" इसने जबसे भाषा सीखी, तभी से तर्क और फिर झूठ और कल्पना। रचनात्मक होने का रास्ता बालसुलभ झूठों से ही शुरू होता है क्या! सच पल-पल निर्मित होता हुआ, ध्वस्त होता हुआ हम बड़ों की दुनिया में। जो झूठ हम सिखाते हैं वे आख़िर धूर्त बनाते हैं इन्हें। एक दिन हम कहेंगे कि झूठ बोलता है। जबकि अयुज 'माई पेट एनिमल' में पाँच लाइन लिखने को तैयार नहीं हुआ था कि मेरे पास पेट एनिमल है ही नहीं तो क्या लिखूँ? मैडम ने कहा है कुछ भी लिख दो। फिश लिख दो। उसका नाम बना दो जो पसन्द हो। मैं यही लिखूँगा कि मुझे पेट पसन्द नहीं हैं। मैं उनकी पॉटी नहीं साफ़ करना चाहता। मेरी मम्मा के पास टाइम नहीं है। जब वह सच में 'कुछ भी' लिखना चाहता है तो भी डाँट पड़ती है। कविता की एक लाइन याद नहीं करता। याद रखता है तो कविता गद्य हो जाती है। बुढ़िया ने एक दाना बोया...और सारी तुक गई...बुढ़िया ने एक बोया दाना/गाजर का था पौध लगाना। थोड़ी-थोड़ी खाद पड़ी, गाजर हाथोहाथ बढ़ी...लेकिन 'खाद डाली तो गाजर बढ़ने लगी' कहने से कविता तो नहीं होगी। मैं हँस सकती हूँ लेकिन टीचर, जिसे चालीस बच्चों को देखना है, चिढ़ ही जाती होगी। कॉपी में अक्सर लिखा आता है—वर्तनी पर ध्यान दो। इम्प्रूव योर हैंडराइटिंग। लाल-लाल निशान।

"अच्छा चलो एक पेज हैंडराइटिंग करके दिखा दो फिर हम खाना खाएँगे..." मुझे रसोई दिख रही थी और रात से इकट्ठे हो रहे बर्तनों की बदबू दिमाग़ में चढ़ रही थी।

"आज स्विमिंग थी तो थक गया। आपने जूस भी नईं दिया था। स्वीमिंग टीचर कहती हैं जूस लाया करो।" कहकर वह कमरे में चला गया। मुझे पता था लेटते ही इसकी आँख लग जाएगी। आख़िर भूखा सो जाएगा। ससुर बाहर के टीवी के आगे बैठे थे। बीच-बीच में अपनी डायरी में कुछ नोट करते थे। कुछ अख़बारों में उन्होंने लेख भी लिखकर भेजे थे। कहीं छपे नहीं कभी। वे घर में रहकर भी घर में नहीं थे। मैंने जल्दी से एक नमक

का पराँठा बनाया और अयुज को खिलाया। ज़रा सी थपकी में वह सो गया था। सोते हुए बच्चे की बगल में लेटकर सो जाना कितना सुखद है। कोई मेरा भी है! मुझसे नाभिनाल बद्ध नहीं भी है तो भी उसका होना मेरा सुख है, उतना ही जितना दुख है। उसे निहारा है जी भरकर। मैं तेरे जागते जितनी ताकतवर हूँ, तेरे सोते ही निरीह बच्ची हूँ मेरे गुड्डे! और चूम लेती हूँ उसे सिर पर, उसकी बगल में घुस जाती हूँ जैसे माँ हो वह मेरी। अभी इसके पसीने में लड़कों वाले पसीने की गंध नहीं आई है।

शाम को पार्क की तरफ़ जाते हुए अयुज ने पूछा—"यह कौन सा पेड़ है मम्मा?"

"बरगद का।"

"वाव! बरगर का! जब इस पर बरगर लगेंगे मैं ख़ूब खाऊँगा...।" और खीखी करके हँसने लगा।

"अच्छा, मुझे बुद्धू बनाने की कोशिश!" मैंने भी झूठा ग़ुस्सा दिखाया।

यह पार्क में भागना चाहता है। बॉल से खेलना होता है, बैडमिंटन भी या मिट्टी की खुदाई ही। मैं एक बेंच पर पसर जाती हूँ। थकी हुई मम्मी बहुत निराश करती है बच्चों को। रोज़ यह सुनना कि थकी हूँ कितना चिढ़ा देता है उसे। इसे भी चैन नहीं है, अत्याचारी कहीं का। मुझे अचानक याद आया जब अयुज हुआ था। अस्पताल से लौटे दो-तीन दिन हुए थे...इसे सिर्फ़ दूध चाहिए होता था। रातों को नींद ख़राब करके सिर्फ़ इसलिए उठना होता था कि लाटसाहब भूखे हैं। एक ऐसी ही रात जब टाँके बुरी तरह दर्द कर रहे थे, कमर भी जवाब दे चुकी थी, रात के दो बजे जब कमरा ज़ीरो वॉट के बल्ब से नीम अँधेरे में अस्पताल के कमरे जैसा दिख रहा था, बदहवास दूध पीता हुआ अयुज एक राक्षस लगा था। यह मुझे ख़त्म करने आया है। एक रात बहुत रोने के बाद यह सोया तो अजीब सा ख़याल आया कि बिस्तर से धक्का दे दूँ इसे। मैं 40 दिन एक कमरे में क़ैद थी एक ऐसे बेज़ुबान नन्हे जानवर के साथ जो मेरे रक्त पर पलने जितना निरीह

था। जिसको न भावनाएँ थीं न रिश्ते। ना काहू से दोस्ती ना काहू से बैर। उस दिन सेमिनार में बायॉलजी की एक मैडम ने कह दिया था—"भ्रूण भी एक तरह का ट्यूमर होता है, एक ऐसा सेल ग्रोथ आपके भीतर जो आपके रक्त पर बनता-पलता है..." तो सब लोग कैसे कैसे नाराज़ हो गए थे। विजयलक्ष्मी सबसे ज़्यादा आहत थीं—"बताओ कोई बच्चों के लिए ऐसे बोलता है भला? ट्यूमर! इन्हीं के बच्चे होंगे ट्यूमर।" मुझे हँसी आई थी। विज्ञान की नज़र से देखो वाकई ट्यूमर है, बस वह तुम्हें प्रिय है, तुम उसे चाहते हो। लेकिन बच्चों में भगवान या भगवान की देन बच्चे वाली ट्रेनिंग पर कोई तर्क नहीं चलता। बाक़ी सबने कहा था—"छोड़ न विजयलक्ष्मी। सेमिनार था। हो गया। चाय-पकौड़ी खाओ, घर को जाओ।" इससे हुआ बस यही कि स्टाफ़ रूम में सब अपने अपने लेबर रूम अनुभवों की कहानियाँ सुनाने लगीं। कैसे आख़िरी दिनों में बच्चा हिलना बन्द हो गया। डॉक्टर ने कहा बच्चे के गले में नाल लिपट गई है, आप कुछ घंटे और नहीं आते तो उसकी साँस घुट जाती...जैसे-तैसे गुड़िया सिज़ेरियन से हुई...मुझे लगा हम सब जैसे-तैसे जन्मे हैं और इन ज़बानी आँकड़ों के बलबूते यह तथ्य सामने आएगा कि निन्यानवे प्रतिशत लोग जन्म लेते हुए बाल-बाल बचे हैं और जन्म लेने के बाद अनेक बार मरते-मरते।

"हमारे टेम तो यह सुख था ही नहीं। रेत बिछाते थे और उसपे जच्चा को सुलाते थे। चालीस दिन ख़ून जाता है न...कितनी कोई सेवा करेगा। लड़का के 21 दिन और लड़की के 11 दिन पे पूजा होती थी तो नहाने को मिलता था। ऐसे ही गन्दे-सन्दे बने रहते थे। बाल में इतना कीच हो जाता था। जुआँ पड़ जाता था। पर हमारा अंग नहीं देखा किसी ने..." वह अयुज की लंगोट बदलते हुए सुना रही थीं और अचानक गर्व से भर गईं। उसी समय नर्स आई थी बुलाने..."सिंकाई के लिए आ जाओ" सिंकाई से टाँके पकते नहीं और जल्दी घुल जाते हैं। जितनी बार टॉयलेट जाओ बीटाडीन से धोवो, टी बैक्ट लगाओ। गर्म पानी से सेंक करो।

"गरम पानी तो सबसे बड़ी दवाई है जच्चा के लिए। सिर में हवा न

लगे ज़रा सी। टीवी एकदम नहीं। किताब नहीं। आँख कच्ची होती है जच्चा की। चश्मा लगेगा बाद में।" मैं पूछना चाहती थी जून के महीने में इतनी बेरहमी क्यों मेरे साथ? लेकिन पसीने में भीगे बालों की बदबू, रिसती हुई घायल वजाइना और बार-बार कपड़े भिगोते स्तनों के साथ मैं एक नवजात की बगल में एक कमरे के बिस्तर के एक कोने पर लेटी रहती थी। वह कोना एक छोटा अस्पताल था। माँ ने सिद्धान्त को सख़्त हिदायत दी थी कि जच्चा के पास न जाना। बेटे ने इसका अभिधार्थ ही समझा था। अयुज से खेलने एक दोपहर आए तो मैंने खींच के लिटा लिया था अपने पास। सीने के घोंसले में सर छिपाया और देर तक रोई थी।

सुबह-शाम मालिश के नुस्खे, तरह-तरह की हिदायतें, छिपे हुए ताने... सुन-सुनकर लगा था पागल हो जाऊँगी। सिद्धान्त ने कहा था—"माँ ने मना किया है इसलिए मैं तो नहीं आता, तुम्हारे भले के लिए...मुझे क्या है मैं यहीं सो जाया करूँगा नीचे गद्दा बिछाकर।" मुझे ही लगा था माँ सोचेंगी बहू को ही आग लगी है। मुझे सिर्फ़ सिद्धान्त का साथ होना ही महसूस करना था। माँ-बाप हम दोनों बने थे न! हम इस सुख को या दुख को साथ-साथ क्यों नहीं भोग रहे थे। नैनिका ने बताया था उसकी तो बेटी के जन्म के समय लेबर रूम में पति को भी बुलाया गया था। पति के सामने ही नाल काटी गई थी। मैं तो सुबह जब दर्द के साथ ही सोकर उठी और अस्पताल ले जाया गया तब से लेकर अयुज के बारह बजे आ जाने तक मैंने घरवालों का चेहरा नहीं देखा था। क्रिश्चियन मिशनरीज़ के अस्पताल में अनुशासन बहुत कड़ा था लेकिन डॉक्टर्स कर्मठ। चार किलो का बच्चा नॉर्मल करके दिखा दिया था। माँ ने कई दिन कइयों के सामने गाया था गाना—"चार किलो का था, हट्टा-कट्टा। आँख खोल के सबको टुकुर-टुकुर देख रहा था, डॉक्टर भी खुस था कि माताजी लड़का हुआ है और बड़ा सुन्दर गोल-मटोल भगमान भली करे मेरी बहू के पहला लड़का हो गया। बेचारी ऐसे घर से आई थी। कुछ तो खुसी मिलेगी इसके माँ-बाप को। मेरा बेटा हमेशा कहता था कि माँ मैं ऐसी लड़की से शादी करूँगा कि कुछ समाज

का भी भला हो...आठ लाख की शादी तय होने वाली थी, इसने मना कर दिया कि बिकाऊ हूँ मैं?" और फिर मालिश करने लगीं अयुज की। कई साल तक मैंने कई क़िस्से सुने थे। कई ताने। एक एनिवर्सरी के बाद माँ के घर से लौटी तो बोला गया—"दिखाओ क्या लाई हो?" मैंने चादर दिखाई। सुनने को मिला—"बस! यही निकला माँ से तुम्हारी एनिवर्सरी पर? चलो, क्या कर सकते हैं।" अयुज के जन्म के सारे उत्सव मेरे लिए अपमान सहने के अवसर में तब्दील हो गए। माँ की फिरेण्ड आकर कह गईं—"इस घर के दो ही बच्चे सबसे सुन्दर और सुशील हैं, एक अयुज और एक उसकी चाची।" मैं पर्दा नहीं करती थी यह बात मेरे सामने न कही गई लेकिन इसे मैंने कई साल तक सुना जब-जब अयुज के जन्मोत्सव की चर्चा छिड़ी।

साल बीतते-बीतते माँ की आदतें अजीब होती गईं। मैं कुछ लाकर रसोई में रखती और वे पीछे से उसकी जगह बदल देतीं। फिर भूल जातीं। पूरा ड्राइंग रूम ख़ाली होने पर भी सोफ़े और दीवान के बीच ऐसे मूढ़ा लगाकर बैठतीं कि आते-जाते हुए सब उन्हें हिलने के लिए कहें। किसी दिन कहतीं—"दूसरे रक्षाबंधन को जब तेरी माँ आई...वाकी बहू ने जो मेरे लिए साड़ी दई...फलाँ की बेटी ऐसी दुष्ट है गई...तेरो बाप..." और मेरे कान अपने आप बन्द होने लगते...एक कीं ई ई ई ई ऐसे बजती रहती थी जैसे कान पर झापड़ पड़ा हो। फिर वे चीज़ें छिपाने लगीं। अयुज की स्कूल बेल्ट, टेबल मैट या आई कार्ड...कहाँ रखा है माँ? मैं सुबह खीजकर कहती तो वे स्वेटर बुनते हुए कहतीं—"देख ले, मो न पतो कहाँ क्या धरा है..." फिर बुदबुदाती रहतीं देर तक। दबा सको तो दबा लो मुझे वर्ना मुझसे शासित हो जाओ।

रामकरण जी इलेक्ट्रीशियन से उनकी ख़ूब गप्प होती थी। पंखा ठीक करने के बाद उन्हें बिठाकर चाय पिलाई और शुरू हो गईं—"आजकल की बहून के भरोसे घर नहीं छोड़ सकते। नौकरी वाली तो मुझे फूटी आँख नहीं जँचती। घर बिखरा रहे ये बन-सँवर के चल देती हैं, बालक रोवे, भूखा टीवी देखता रहे इनके सेमिनार जरूरी हैं। फिरिज में रखके भूल जाँय। आधा

फल और सब्जी फेंकना पड़ता है। बताओ दर्द नहीं होता?"

उधर रामकरण जी भी बोले—"ठीक कहती हैं माताजी। अपनी भतीजी की शादी कर दी मैंने अबकी बार। बारहवीं पास है। लड़के वालों को कह दिया है, भैया नौकरी करानी है तो आगे पढ़ा लो।"

"और का। ठीक है। वे अपने आप देखें। नौकरी कराएँ तो नखरे भी उठाएँ बहू के। उनके राजी!" ससुरजी का टीवी चल रहा था। पाकिस्तान की ख़बर थी जिस पर माताजी ने प्रतिक्रिया दी थी—

"चोखी करी। ससुरी लड़कीन के स्कूलन पे ही बम गिरा देना चाहिए।" रसोई में मेरे हाथ से कप गिरा और टूट गया। पाँव काँप रहे थे। वे भागी आईं। नीचे देखकर बोलीं—"कोई ना, आराम से कर ले। हड़बड़ी क्यों करती है।"

कामकाजी औरतों को जान से मार दिए जाने का ख़तरा और नौकरियों से बाहर निकाली गई औरतों का सिलाई क्लास के बहाने चोरी-छुपे घर पर पढ़ाई की कक्षाएँ लेना अफ़गानिस्तान से आने वाली लगातार की ख़बरें थीं। वह दिन कभी नहीं आना था कि औरत घर से बाहर निकले और सड़कें, दफ़्तर, कॉलेज, स्कूल मर्दों की परछाईं से भी ख़ाली हों।

अयुज और मैं अब बेंच पर साथ बैठे थे और अयुज की साँस फूली थी भागने से। दादी पार्क में ही आ रही थीं सामने से। अपनी दोस्त के साथ। कुँठा से विकृत हो गया एक चेहरा। कभी वे बेहद दयनीय लगती थीं और उन्हें पढ़ना बहुत आसान हो जाता था। उस दिन सैनी आण्टी के सामने रोई थीं तो यक़ीन न हुआ ये वहीं हैं जो लड़कियों के पढ़ने-लिखने के ख़िलाफ़ हैं। उस दिन जब अपने परित्यक्त पिता के कहानी सुना रही थीं तो आँसू इसी बात पर फूटे थे कि मैं भी नौकरी करती होती, कमाती होती तो मेरे बाप बुढ़ापे में ऐसे धक्का न खाते। भाभी ने जितनी बेक़दरी की उनकी उतना ही बुरा सिद्धान्त के पापा और दादा ने भी किया। आख़िरी दिनों में उन्हें यहाँ नहीं रहने दिया। जब वे आए थे तो बेइज़्ज़त किया ख़ूब और

न मुझे जाने दिया उनके पास कि बच्चे छोटे हैं इन्हें कौन देखेगा। कमाती होती तो अकेली ही रह जाती अपने बाप की गैल और सेवा करती। मोय तो उनकी सेवा भी नसीब न हुई।

मन हुआ था उन्हें कलेजे से लगा लूँ उस वक़्त और कहूँ कि उस सबका बदला मुझसे और बाक़ी सबसे कब तक लेंगी? लेकिन शत्रु के रूप में अगर मेरी निशानदेही हो चुकी थी और ज़िन्दा रहने की सारी प्रतिद्वंद्विता मुझी से है तो कुछ कवच बनाने मेरे लिए बेहद ज़रूरी थे।

खाते-पीते घर की लुगाइयों के नाटक से हमें क्या!

आज एक प्री ब्राइडल आना था। परसों शादी है। तीन दिन मैं बहुत व्यस्त रहूँगी। अपना पार्लर खोलना भी आसान नहीं है। बीच में तो बुरी तरह दर-बदर हो गई थी। 'एल्प्स' वालों के यहाँ से लड़कर निकली थी। वापस 'मेपल्स' में जा नहीं सकती थी। थूककर कैसे चाट लेती? पिछले कुछ सालों में बोलना-बहसियाना-लड़ना ख़ूब सीख लिया था। यह तो जगजीत भी कहता था, लड़ाकिन हो गई है। उधर अबीर का मैसेज आ रहा था—मिलो, मिलो, मिलो। ख़ाक तुमसे मिलूँ! एक बार मिले तो पीछे ही पड़ गए। शादीशुदा हूँ। तीन बच्चे हैं। तुम सोच रहे हो तुमसे पींगें बढ़ाने लगूँ। तुम्हें तो एक टाइमपास मिल जाए और अपना इधर घर बिगड़ जाए। सब मर्द देखे। सब एक से। एक गुजराती मिला था। छह मुलाक़ातों में एक बार भी कह नहीं पाया। सोचना था न कि मैं टकराने के बहाने क्यों ढूँढ़ती हूँ बच्चू जी। अच्छा होता वही समझदार होता तो पार्लर में दिन भर की रँगाई-पुताई से मैं बचती। कहीं सेठानी बन बैठी होती। लेकिन अच्छा हुआ नहीं मिला। ज़िन्दगी भर फाफड़ा-खाखरा खाती। उई! क्लाइन्ट चिल्लाई थी...मेरा हाथ चेहरे पर ज़रा सख़्त होकर पड़ा था। उसने आराम से मालिश करने को कहा। लेकिन ऐसे नाज़ुक हाथ फिराऊँगी तो रौनक कैसे आएगी चेहरे पर। क्रीम में तो कोई जादू होता नहीं। जैसे डेढ़ सौ की ऐसे डेढ़ हज़ार की।

जिसको भीतर से ख़ुशी हो सजना उसी के चेहरे पर खिलता है। मन भी तभी करता है पहनने-ओढ़ने का। तभी तो दुल्हन कैसी भी हो मेकअप करने के बाद शादी में वही खिलती है।

सारी दुनिया से लड़-भिड़कर काम पर आती थी उदास तो सोचती थी क्या वाकई मुझे नौकरी करना इतना बुरा लगता है? शायद नहीं। नौकरी न करती होती तो जगजीत मुझे ज़िन्दगी भर के मज़े चखा देता। ससुराल वाले मेरी पीठ पर सवारी करते और जेठानी मुझे कान पकड़कर चलाती। उसकी सारी खुन्दक ही यही है कि सुबह चली जाती हूँ शाम को आती हूँ। हाथ में अपने कमाए चार पैसे आते हैं। जेठ जी भले ही ख़ूब कमाते हैं लेकिन माँगे हुए पैसे में वह आनन्द, वह आत्मसम्मान कभी नहीं मिल सकता। जब तैयार होकर निकलती हूँ तो चोर की तरह दोनों का मुझे देखना गन्दा लगता है। सर से पाँव तक घूरती हैं जैसे नौकरी पर नहीं लड़के पटाने निकली हूँ। दिक़्क़त यही थी कि मैं उनके गैंग में शामिल नहीं होना चाहती थी। उसके लिए बहुत वक़्त चाहिए जो मेरे पास नहीं था। एल्प्स वाली बबली भी यही कहती थी, मीना कैसे रहती है बिना सिन्दूर लगाए, अब भी किसी को पटाना है क्या? यह हँसने वाली बात नहीं थी, मन करता था मुँह तोड़ दूँ। "तू करवाचौथ की विज्ञापन बन जा, मुझे नज़र मत लगा..." उसे बुरा लगा था लेकिन मैं क्या कर सकती थी? अब लोग सँभल कर न बोलें तो बुरा बनना ही पड़ता है।

प्री ब्राइडल की क्लाइन्ट बहुत देर से हिल-डुल रही थी। मैंने पूछा कुछ परेशानी है? तो बोली नहीं। फिर भी उसकी असहजता ख़त्म नहीं हो रही थी। आख़िर उसने हिम्मत करके कहा—"आण्टी मेरा वी-वैक्स कर दोगे?" मैं मुस्कुराई और कहा—"आप चाहती हैं तो एकदम कर देंगे, बबीता वैक्स हीट करने रखा? जब लेग्स करोगी तो बिकिनी लाइन भी कर देना दीदी का।" अब क्लाइन्ट ने चैन से आँखें बन्द कीं और चेहरे की मसाज का आनन्द लेने लगी।

हम तीन लड़कियाँ, तीनों थकीं थीं आज। ग़ज़ल से मैंने कहा—"आजा

ग़ज़ल, आज तो तेरा रेड अलर्ट है, नमाज़ भी नहीं पढ़नी होगी, आज साथ खाना खा ले। वो क्या कहते हैं वज़ू कर ले और टिफ़िन ले आ।" ग़ज़ल के यहाँ बना मीट मुझे बेहद पसन्द है, हालाँकि वह पार्लर में कभी नहीं लाती नॉनवेज। मुझे भी छुपकर ही खिलाया था। बाड़ा हिंदूराव के पास उसका घर है, इतनी दूर आना-जाना करती है रोज़। बहुत कम बोलती है। चश्मा लगाती है। चश्मे वाली लड़की को पार्लर में मैंने इससे पहले कभी नहीं देखा था। लगता है ख़ूब पढ़ी है लेकिन ग्यारहवीं ही पास है। कहती है मदरसा जाती थी। काम के लिए निकलना मजबूरी थी। बात करने में ख़ूब तहज़ीब, तमीज़ और ठीक-ठाक काम लायक अंग्रेज़ी भी। बहुत दिन तक आईब्रोज़ बनाते हुए क्लाइन्ट को स्टिच करने के लिए कहती थी...मैंने समझाया था स्टिच नहीं, स्ट्रेच कीजिए कहा करो। वे स्ट्रेच करेंगी तो तुम ठीक से थ्रेडिंग कर सकोगी। हँसी थी वह ख़ूब और मैडम की बजाय दीदी कहने लगी उसी दिन से।

हर बार की तरह विशाखा दीदी बिना अपॉइटमेंट लिए काम करवाने आई थीं। पुराने लोगों को मना भी नहीं किया जाता। हमने फटाफट कटे हुए बालों को एक तरफ़ किया झाड़ू से और कैंची वगैरह ढंग से लगा दी शीशे के सामने। ग़ज़ल के मुँह में धागा था और हाथ तेज़ चल रहे थे। मैं उनके बालों के लिए रंग बनाने लगी। डार्क ब्राउन! काम करते-करते बात न करो तो थकान दोगुनी हो जाती है। विशाखा दीदी बातें भी मस्त करती हैं तो मैंने भी यों ही उनसे पूछ लिया—"आपकी ननद की शादी हुई थी न पिछले साल! कैसी हैं वो?"

मानो विशाखा दीदी की दुखती रग छेड़ दी हो। उन्होंने कहा—"पता नहीं भई, आजकल की लड़कियाँ अजीब हैं। इतनी बिगाड़ी हुई लड़की है कि क्या कहें। अभी बच्चा हुआ है, सारा दिन उसे डायपर में रखती हैं। हम तो नैपियाँ बदलते-धोते, पसीना बहाते बच्चे पालते थे। ये हवा भी नहीं लगने देती लड़के की मुन्नो में। रैशेज़ पड़ेंगे तो पता चलेगा। पता क्या चलेगा, इन्हें पड़ी ही क्या है। एक दिन भी दूध नहीं पिलाया। घड़ी-घड़ी पाउडर

मिलाती है पानी में। अभी गला भरा होता है बच्चे का कि फिर से बोतल ठूँस देती है। कहती है ले पी साले, कितना रोता है।"

"हा हा हा...दीदी आपकी ननद तो निराली है! साला कहती है बच्चे को? और मुन्नो क्या होती है?" मैंने चटखारे लेते हुए पूछा।

"मुन्नो होती है सूसू बच्चे की...लेकिन बाईगॉड अगर कोई मशीन होती न कि बच्चे के मुँह पर लगाओ और उसके मन की बात सुनाई देने लगे तो यह बच्चा बाईगॉड माँ-बहन एक कर देता माँ-बाप की।"

वे अब ज़रा संयत लग रही थीं। मैं फिर बोर होने लगी—"तो अभी वे आपके पास आई हुई हैं?"

"अरे पूछ मत मीना, जब रहने आती है मेरी जान निकल जाती है। इस बार तो आज सुबह आई है कैब से और तब से पति को मैसेज पर मैसेज फ़ोन पर फ़ोन चल रहे हैं। मैंने कहा जैसे आई हो वैसे ही चली जाओ—कैब से। बोलीं ऐसे कैसे चली जाऊँ भाभी—सुबह ये जल्दी निकल गए थे तो एहसान जता के आई हूँ कि अकेले जा रही हूँ बच्चा लेकर। शाम को भी ले जाने के लिए नहीं बुलाऊँगी तो आदत पड़ जाएगी इन्हें। कल को कह देंगे जैसे गई थी वैसे ही लौट भी आ। आज ब्लीच मत करना, पिछली बार का चल रहा है। तो मैं यहाँ आ गई कि करो भई माँ-बेटी चुगलियाँ आराम से। इतने नाटक हमारी माँ भी सिखा देतीं!"

विशाखा दी की आँखें बन्द थीं और मेरे-बबीता के इशारे चल रहे थे। खाते-पीते घरों की लुगाइयों के भी अजीब नाटक होते हैं। इनकी सारी ज़िन्दगी पतियों को काबू करने की ज़द्दोजहद में ही बीत जाती है। पीछे से गालियाँ बकती हैं और करवाचौथ पर कार्टून की तरह तैयार भी होती हैं। अपना क्या है, ये हैं तो बिज़नेस है हमारा।

मेरी रिटायरमेंट पर कैसा ख़त पढ़ा जाएगा?

स्कूल का ओपन डे होना था। इस बार विभाग से यह नया फ़रमान आया था। अभिभावकों को बुलाकर उन्हें स्कूल दिखाना, विद्यालय की प्रतिभा की झाँकी दिखाना था ताकि वे प्रेरित हों। अपनी बच्चियों को स्कूल भेजें। दाखिला करवाएँ और पढ़ाएँ। मेरा जोश और प्रतिभा देखकर स्टाफ़ ने मुझे अपना प्रतिनिधि चुन लिया था। मुझे नहीं पता था कि इस नाते मुझे घड़ी-घड़ी प्रिंसिपल के कमरे में जाना होगा। अपने क्लासरूम और स्टाफ़ रूम के अलावा किसी रूम में जाना मुझे एकदम पसन्द नहीं था। मिसेज़ लाल, हमारी प्रिंसिपल, जब-तब मुझे बुलातीं और विभाग की तरफ़ से आने वाले नित नए फ़रमान सुना देतीं "निवेदिता जी, देखिए ओपन डे मनाए जाने का फ़रमान आया है अब यह कैसे करवाना है स्टाफ़ से, आप तो स्टाफ़ रैप हैं।" लेकिन मुझे लगा था मैं पी ए टु प्रिंसिपल हूँ। कभी लगता था मैं चुगलख़ोर हो गई हूँ। मुझे स्टाफ़ से वे काम करवाने हैं जो प्रिंसिपल चाहती हैं कि हो जाएँ और स्टाफ़ ऐसा जिसमें ज़्यादातर अध्यापिकाएँ मुझसे अधिक अनुभवी हैं। परीक्षा का पूरा ढाँचा शबनम के भरोसे खड़ा था। उसे और उसकी सहयोगी को हर काम से छूट थी। ग्यारहवीं-बारहवीं को पढ़ाने वाली अध्यापिकाएँ ख़ुद का अलग ही ओहदा समझती थीं भले ही हम सब बराबर थे। हम सब टी.जी.टी. थे लेकिन स्कूल के ग्यारहवीं-बारहवीं के

दूसरे बैच को पढ़ा रहे थे। सिर्फ़ नैनिका अकेली पी.जी.टी. थी गृह विज्ञान की। उसे भी छूट थी। कुछ इस तर्ज के भी लोग थे कि 'बने रहो पगले, काम करें अगले'। सुविधाओं के नाम पर टॉयलेट भी ढंग से नहीं थे। चाय तक बनाने का इन्तज़ाम स्कूल में नहीं था। स्कूल में स्कूल का ही पैसा ख़र्च करना आसान नहीं था। बात-बात पर ढेर सारा काग़ज़ी काम करना होता था। आजकल विभाग से फ्लाइंग स्क्वाड भी आ जाते थे। पड़ोस के स्कूलों में अक्सर यह सुनने को मिला था कि किसी अध्यापक को शो कॉज़ नोटिस या मेमो मिल गया कि वह क्लास में देर से गई या गई ही नहीं और स्कूल का कोई काम कर रही थी। धीरे-धीरे समझ आया कि यह मेरी प्रतिभा और जोश नहीं था कि मेरा चुनाव स्टाफ़ ने प्रतिनिधि के रूप में एक स्वर से किया।

स्कूल में एक हारमोनियम था लेकिन कोई म्यूज़िक टीचर नहीं था। उसकी धूल झाड़ी और बजाने की कोशिश की...सा रे ग म...थोड़ा-बहुत अपने स्कूल में सीखा हुआ याद आया। जन गण मन तो बजाना आता ही था मुझे। ड्रम निकाला गया। राष्ट्रगान के साथ सुबह दो लड़कियों ने उसे बजाया। डेढ़ मिनट में राष्ट्रगान पूरा हो सका। मैंने तुरन्त उनके हाथ से लिया और दोबारा राष्ट्रगान करने को कहा। उसे इस तेज़ी से बजाया कि 52 सेकेंड न सही कम से कम एक मिनट में ही पूरा हो गान। माइक नहीं था। लेकिन उसका इन्तज़ाम किए जाने का आश्वासन मिल चुका था। टेपरिकॉर्डर नहीं था कि बच्चे उसमें कसेट बजाकर गाने का अभ्यास करते। अच्छे नृत्य, समूह गायन, भाषण तैयार किए जाने थे। मैं एकदम नहीं चाहती थी कि छब्बीस जनवरी की तरह इस बार भी लड़कियाँ एक हाथ कमर पर रखकर दूसरे से गाल के पास हथेली को गोल-गोल घुमाते हुए पाँव पटक पटक कर नाचें और 'होलिया में उड़े से गुलाल कहियो रे मंगेतर से..' गाएँ। इन दिनों गर्मी और धूप इतनी थी कि ग्राउंड के बीचोबीच बने सीमेंटेड स्टेज पर कुछ भी करने की सोचा ही नहीं जा सकता था। एक तरफ़ बिल्डिंग जहाँ 'L' का आकार बनाती थी वहाँ धूप नहीं आती थी और वह सबसे उपयुक्त जगह

थी ओपन डे मनाए जाने के लिए। इस बार लड़कियों को 'मधुबन में जो कन्हैया किसी गोपी से मिले...' पर मैं ढंग से तैयार कराना चाहती थी। एक समूह गान अपने स्कूल के दिनों का मुझे याद आ गया था 'गूँजे गगन में, महके पवन में, हर एक मन में सद्भावना...।' नाचना फिर भी चल जाता कि उसमें कॉस्ट्यूम का रंग-बिरंगापन है, पीछे से कैसेट का मधुर गाना है और कुछ स्टेप्स हैं, फ़ॉर्मेशन है। समूह गान के लिए लड़कियाँ चुनना एक बेहद मुश्किल काम था। ज़्यादातर बेसुरी थीं और समूह गान में सुर का न रहना उसे पूरी तरह नष्ट कर देता। दसवीं और बारहवीं को छोड़ दिया गया और आठवीं, नौवीं, ग्यारहवीं से लड़कियाँ बुलाई गईं। टी.सी. की रिकॉर्ड फ़ाइल्स की अलमारियाँ जिस धूल भरे कमरे में रहती थीं उसे अभ्यास के लिए चुना गया।

उमस से भरा कमरा और चीं-चीं करती ढेरों लड़कियाँ। उन्हें मैंने पूरा गीत गाकर धुन समझाई और गाना लिखवाया। भूख से अंतड़ियाँ मरोड़ खा रही थीं मेरी। सर घूमने लगा था। माथे पर ठंडा पसीना चिपक गया। "मे आई कम इन मैम?" सुनकर मैंने सिर घुमाया और एक पल को सारी पृथ्वी क्रिकेट की गेंद की तरह स्पिन हो गईं। आँखें बन्द हो गई, अँधेरा हो गया कमरा, कानों को चीरता हुआ सन्नाटा दिमाग़ की नसों को शिथिल करने लगा। किसी लड़की को पता नहीं चला कि उस आधे मिनट में मेरे साथ क्या हुआ लेकिन मैं शायद समझ गई थी कि यह चौथी बार है। अपने ही दिल की धड़कन सुनाई देने लगी अचानक। धमनियों में रक्त नहीं पहुँच रहा...वह रास्तों में जम गया है...बर्फ़ पड़ गई है...पाला मार गया है...उतना ही पहाड़ चढ़कर फिर लुढ़क गई हूँ मैं...फिर से मुझे किट में दो गुलाबी लाइनें नहीं देखनी! आँखों को गोल-गोल घुमाकर दो आँसुओं को भीतर ही समेट लिया और फिर से गाने की धुन समझाने लगी लड़कियों को।

अभी पीरियड आने में तीन दिन बाक़ी हैं लेकिन सारे लक्षण प्रकट हो चुके हैं। फिर से वही सब होगा। पर्दे के रंग से, रसोई के किसी मसाले या तेल

से, सुबह उठकर दाँत माँजते हुए, घर में घुसते हुए घर की घर वाली गंध से...किसी भी बात से कै हो सकती थी। चाय पीना छूट जाएगी फिर से। खाना खाते ही फिर से भूखी हो जाऊँगी जन्म जन्म की, मुँह में थूक के बड़े घूँट जाएँगे और लगेगा जैसे समुद्र के बीचोबीच किसी क्रूज़ में हूँ। पानी के गिलास में अचानक मछली की गंध मिल जाएगी। सबको अण्डे उबालने से कैसे रोकूँगी। उसकी बदबू बरदाश्त नहीं होगी मुझसे। रात तक पाँव सूजकर दुगने मोटे हो जाएँगे। सुबह उठने का मन नहीं करेगा और रोते हुए रसोई की शक्ल देखूँगी। सिद्धान्त कहेंगे 'तुम तो साहसी हो, तुमसे तो मुझे हिम्मत मिलती है। बहादुर बनो। उठो।' अभी एक के लिए ताने मिलते हैं, फिर दो को सँभालने के लिए मिलेंगे। 'बालक छोड़ के चलीं जा मज़े से...हमारी बहू की बात निराली...बालकन से बचती डोलें, बालकन के पढ़ने के दिन हैं और ये आप किताब लिए बैठी रहें...' अपनी उलटियों के बाद एक और प्राणी की उलटी, सूसू, नींद, भूख, बीमारी...फिर से... नौकरी में ज़िम्मेदारियों से पीछे हटना होगा। प्रतिभा को कुछ और साल तरसती आँखों से झाँकना होगा बालकनी से। डिलीवरी से ठीक पहले तक भयानक उपेक्षा झेलूँगी। कितने सालों से चलता आ रहा है, अस्पतालों के अकेले चक्कर लगाना, अकेले ख़रीदना मल्टीलोड, अकेले गाइनी के पास जाकर लगवाना, पाँव फैलाए अकेले ऑटो में लौटना, बस के पीछे भागते हुए अचानक ब्लीड करने लगना। सहवास के बाद भी। महीना आने पर भी। मेहनत करने पर भी। फिर निकलवा आना मल्टीलोड। डॉक्टर कहती हैं तुम अजीब हो, तुम्हें सूट ही नहीं करता। सब औरतें लगवाती हैं। देखो भीतर से छिल गई हो। हफ़्ता भर यह गोली भीतर डालना सोने से पहले। और आप फिर कंडोम की दया पर। और फिर धोखा। कभी अकेले घूमने नहीं जा सकूँगी न अब! क्या सलीब तय है?

मीटिंग में ओपन डे के बारे में सब खुलकर अपनी राय दे रहे थे। प्रिंसिपल के पास दीवारों को सजाने के तरह-तरह के आइडिया थे। विजयलक्ष्मी ने

सबके लिए सिर हिलाया। अपने कला-कक्ष में वह होशियार लड़कियों को बिठाकर काट-पीटकर रँगाई-पुताई करके बहुत कुछ बनाने को तैयार थी। वह एक स्टेज सा तैयार करे उस कोने को मैडम की यह इच्छा थी। मैंने कहा था—"आख़िर, हम दीवारों को पेंट क्यों नहीं कर सकते, उनकी गन्दगी छिपाने से अच्छा नहीं है कि वे साफ़ कर दी जाएँ, हमेशा के लिए। हमारा ही फ़ायदा है।"

"नहीं-नहीं...शाम की पाली में लड़के आते हैं, वो सब ख़राब कर देते हैं। पंखे की पत्तियाँ काट के ले जाते हैं, डेस्क तोड़ते हैं, काँच की खिड़कियाँ तोड़ते हैं, लड़कियों के टॉयलेट के पीछे के दीवार कितनी दफ़ा टूटी मिली है, कितनी दफ़ा बनवाई है हमने। न, हम ऐसा कुछ नहीं कर सकते जो स्थाई हो और जिसे समेटकर कमरे में ताला लगाकर नहीं रखा जा सकता हो...।

"याद कीजिए हम सब लम्बे वक़्त तक लड़कियों का टॉयलेट इस्तेमाल करते थे जिसकी दीवारों और दरवाज़ों पर यौनांगों और यौनक्रियाओं की रीडिंग्स तैयार करने में मेहनत करते थे सेकेंड शिफ़्ट के लड़के। हम रिस्क नहीं ले सकते।" इससे सब लोग सहमत थे। सबसे ज़्यादा मिसेज़ लाल। इतनी डरी हुई प्रिंसिपल कभी नहीं देखी थी मैंने। आख़िर इनसानी बस्ती में ही थे न हम, दिल्ली शहर की, फिर इतना भय क्यों?

छठी में आने पर जो मोठ की बोरी सी पड़ी रहती थीं क्लास में लड़कियाँ वे अगर आगे जा पाती थीं तो आठवीं-नौवीं तक आते-आते होमो सेपियंस लगने लगती थीं। उन्हें कभी-कभार हँसी आती थी। उनमें कोई बेहद शरारती भी निकल आती थी। कोई बेहद प्रतिभावान भी। अर्चना को जब डांस में लिया तब यही लगा था। उसके भरोसे अक्सर अभ्यास छोड़कर समूह गान देखने आ जाती थी। भाषण लिखवा दिया था और कोशिश थी कि लड़की उसे पूरा बोल भी पाए। लेकिन लड़की रटने में कच्ची थी।

मीटिंग ख़त्म करके मैं वापस गई अभ्यास देखने। डांस करते हुए वे क्या पहनेंगी इस पर चर्चा हुई। आख़िर हम बाहर से कॉस्ट्यूम किराए पर नहीं ला सकते थे सिर्फ़ एक ओपन डे के लिए, यह मुझे बता दिया गया था। माँ की साड़ियों से लहंगा कैसे बनाया जाए यह सबको समझाया और स्टाफ़ रूम में लौटी। आज मल्होत्रा मैडम की विदाई पार्टी भी थी। ग्यारह बजते बजते वे सपरिवार आ जाएँगी। हाफ़ डे में बच्चे घर चले जाएँगे। दसवीं का कोर्स दो दिन भी पीछे नहीं किया जा सकता। फिर भी, विदाई पार्टी एक राहत थी। मुझसे खड़ा नहीं हुआ जा रहा था। लगातार के चक्कर और भूख से चेहरा उतर गया था। नीना मैम ने पूछ ही लिया—"तबीयत ठीक नहीं है?"

"नहीं, बहुत थकान सी लग रही है...।"

"चलो, अब तो पढ़ाना नहीं है। आराम से बैठो और खाओ-पियो। लंच का इन्तज़ाम किया गया है।" उनके चेहरे पर कोई भाव नहीं था, कभी नहीं होता था, वे ख़ुद सादगी थीं अपने आप में। सुलझी हुई। देखने वाला एक आचार संहिता पढ़ सकता था अपने लिए। उनकी निष्ठा सन्देह से परे थी। वे इतनी विनम्र थीं और इतनी स्पष्टवक्ता कि उनसे लड़ा भी नहीं जा सकता था। मन की बात तो एकदम नहीं कही जा सकती थी। मन की बात वैसे भी यहाँ किसी से की नहीं जा सकती थी। कौन मुझे इस बारे में सलाह देता, जिस स्थिति में मैं इस वक़्त घिरी हूँ।

मिसेज़ मल्होत्रा की तारीफ़ में कसीदे पढ़े जाना शुरू हो गया था। सब कुछ न कुछ बोल चुके थे। उनके पति, पहले भी सुना था बहुत मज़ाकिया हैं। आज देख लिया था। बीच-बीच में वे पत्नी से डर के रहने को ख़ूब रस ले-लेकर कह रहे थे। मिसेज़ मल्होत्रा दो चीज़ें बहुत अच्छी बनाती हैं—खाना और बेवकूफ़! फिर ठठाकर हँसे। सत्तर के तो होंगे ही। हम सब भी हँसे और मिसेज़ मल्होत्रा ने अपनी कुहनी मिस्टर मल्होत्रा को छुआई तो बाँह की थुलथुल मासपेशियाँ ज़ोर से हिलीं। और यह आख़िरी तारीफ़ उन्होंने गद्गद भाव से की थी—"तीसरा लड़का भी स्कूल में आ गया तो इन्होंने साफ़ कह दिया कि मिस्टर मल्होत्रा अब ट्यूशन पढ़ाना छोड़ दीजिए

मैं तीन लड़के नहीं सँभाल सकूँगी, अपने बच्चे पढ़ाइए अब, हम कम में गुज़ारा कर लेंगे। बहुओं से कभी इनका मनमुटाव नहीं हुआ। इतने साल हो गए आज तक कभी इन्होंने हमें ठंडा खाना नहीं खिलाया।"

सब मुस्कुरा रहे थे। मैं सोच रही थी मिसेज़ मल्होत्रा कभी टीचर भी रहीं? रचना गर्ग जब रिटायर हुई थीं उनकी बेटी का यू.एस. से आया मेल पढ़ा गया था। मैं उस पत्र को सुनकर भीतर ही भीतर रो दी थी। कैसे लिखा था उस लड़की ने कि माँ जब हम छोटे से थे और आपको नौकरी पर जाना होता था तो हम बहुत उदास होते थे। मैं अक्सर सोचती थी कि माँ को हमारे साथ रहना चाहिए। मुझे बुरा लगता था। आज जब मैं ख़ुद नौकरी में हूँ और मेरी एक बच्ची है मुझे आपके नौकरी करने की अहमियत समझ आती है। अपने काम को तवज्जो देते हुए अपने बच्चों को भी काम की वैल्यू समझा सकना कितना ज़रूरी है आपने सिर्फ़ नौकरी नहीं की बल्कि मेरे लिए सीढ़ी तैयार की है। आज मैं ख़ुश हूँ कि आपने अपनी नौकरी इतनी अच्छे तरीक़े से निभाई और आज सम्मान से वहाँ से विदा ले रही हो। आपको बहुत-बहुत शुभकामनाएँ माँ! आइ लव यू!

ज़िन्दगी जब भी तेरी बज़्म में लाती है हमें...

उस दिन ग़ज़ल के साथ चाँदनी चौक न गई होती तो अबीर से कभी मुलाक़ात नहीं होती। मेरे बच्चों ने भी मुझे ऐसे कभी हँसते हुए नहीं देखा होगा जैसे उस दिन मैं और ग़ज़ल हँसते रहे थे रास्ते भर। ग़ज़ल शुरू में ज़रा घबराई थी मेरी हरकतों से। बाद में बोलीं—"आप तो बहुत शरारती हो दीदी। आप तो मेरा चांस भी मार लो।" जगजीत सोच भी नहीं सकते होंगे कि उस दिन हमने रेस्त्राँ में बैठकर एक लड़के को देर तक घूरा। वह ज़रूर एक कश्मीरी लड़का था। काला पठानी सूट। एकदम तीखी नाक। इतनी तीखी कि दिल में खुभ जाए और निकाले न निकले। मैंने उसे तब तक घूरा जब तक कि नज़र की आँच उस तक पहुँच नहीं गई और वह असहज नहीं हो गया। हम रेस्त्राँ से बाहर निकल आए थे लेकिन मेरी निगाहें उस कश्मीरी का पीछा कर रही थीं और उसकी नज़रें मेरी टोह ले रही थीं। एक दुकान के सामने हम रूबरू हो गए तो मैं मुस्कुरा दी मानो उसे जताया हो कि बच्चू कुछ ग़लत न समझना। तुम मोहिनी मुस्कान वाले प्यारे, भोले, कमसिन लड़के हो बस इसलिए तुम्हें देख रही हूँ। लेकिन उसने जो समझना था वही समझा होगा और जितनी देर वह अपने दोस्तों के साथ आस-पास रहा नज़रें मिलाने का मौक़ा तलाशता रहा। मेरी ख़्वाहिश थी कि तीख़ी नाक की आवाज़ भी एक बार सुनने को मिलती तो मैं मुतमइन हो

जाती उसकी ख़ूबसूरती को लेकर। ज़रा और देर में यह खेल बोरिंग हो गया और हमें अपने काम याद आ गए।

भीड़ में टक्करें खाते हुए, कभी कबाब का स्वाद चखते और कभी रिक्शे की सवारी का आनन्द लेते हम बढ़ रहे थे। चमचन चप्पल-जूतियाँ, फिरनी, मन को मोह लेने वाला शाही टुकड़ा, ख़ूब सारे सूखे मेवे। हर फल को सुखाकर रखा जा सकता है उसी दिन जाना। इतनी सारी तंग गलियाँ और गलियों में धड़कता जीवन। लेकिन रास्ता भटको तो बताने वाले कई। कोई तो गंतव्य तक ही पहुँचा आता। अचानक जामा मस्जिद और उसकी सीढ़ियाँ दिखीं। अवाक देखती रह गई। अपने पुरानेपन में इतनी भव्य! इतने साल दिल्ली में रहकर भी मैंने यह इलाक़ा कभी नहीं देखा था। सिर्फ़ सफ़ेद नहीं, हरी और लाल भी होती है टोपियाँ! कितने सारे सलमे-सितारे वाले बुर्क़े पहने महिलाएँ। मुझे यही लगा कि ये पार्लर जाती भी होंगी तो उसका फ़ायदा क्या है...तभी एक महिला ने ज़रा देर के लिए नक़ाब हटाया और नूर ही नूर बिखर गया चारों ओर। ग़ज़ल ने बताया था कि ज़रूर ईरानी मूल की होगी। इसे तो पार्लर जाने की ज़रूरत ही क्या है। दिल्ली के एक हिस्से की इतनी सारी रौनक का अंदाज़ा जी.के. या सी.पी घूमने वालों को कभी नहीं होगा। इतने में अज़ान सुनकर एक अवसाद सा घिरने लगा। मन जाने कैसे उदास हो गया एकदम से कि जैसे नीचे दिखती एक बड़ी दुनिया अचानक इतनी दूर हो गई कि हाथ बढ़ा के किसी को छू नहीं सकूँगी। बोलूँगी और दृश्य में कहीं हलचल नहीं होगी। कोई देखेगा नहीं, कोई सुनेगा नहीं। मैं सीढ़ियाँ उतर के चली जाऊँगी और सीढ़ियाँ ठीक वैसी ही रह जाएँगी और सीढ़ियों पर उतने ही लोग हमेशा रह जाएँगे। अबीर कितनी देर से पीछे-पीछे था मुझे पता भी नहीं चला। करीम की दुकान पर पहुँचकर उसने रोका मुझे। उसे याद दिलाना नहीं पड़ा। वही तो थोड़े से दिन थे न कॉलेज के जिनकी यादें बच्चे के छोटे हो गए कपड़ों सी बार-बार सहेजती थी स्नेह से। ख़ुशी तो मुझे ऐसी हुई थी कि एकदम से उसे गले लगा लेती। वे दिन कितने

अकेलेपन के दिन थे। ग़ज़ल भी दस-बारह बरस छोटी थी। उससे सब बात नहीं की जा सकती थी। कोई हमउम्र नहीं था जिससे मन खोलना चाहें तो नए सिरे से हलो, मैं मीना हूँ...से शुरुआत न करनी हो और यह भय भी न हो कि वह हमारी हरकतें देखकर हमारे चरित्र का हिसाब-किताब करता होगा।

हैरानी तो हमें तब हुई जब अबीर ने पूछा—"तो फिर, उस कश्मीरी लड़के से बात नहीं हुई न?" हम दोनों लड़कियाँ सुन्न रह गईं। जनाब कब से पीछे हैं! फिर भी बुरा मानने का मेरा मन न हुआ। न, एकदम नहीं। खा-पीकर अबीर हमें गली कासिम जान ले चला। जब से दिल्ली लौटा है इधर-उधर भटक रहा है। उसने कहा—"जानती हो न चचा को! उन्हीं की हवेली है।" हवेली का आधा हिस्सा एक पंखे की दुकान में तब्दील हो गया था। मैंने दरवाज़े में घुसने से पहले पढ़ा और भीतर जाते हुए मिर्ज़ा ग़ालिब सीरियल याद किया। मैंने ग़ालिब को उसी से जाना था और ग़ज़ल न मिलती तो चचा का सिर्फ़ उतना ही लिखा मुझे पता रहता जितना जगजीत और चित्रा ने गाया। उर्दू सीखने की भी एक बार कोशिश की थी मैंने। पे के नीचे कैसे तीन बिन्दी लगती है जैसे किसी आदिवासी स्त्री ने गोदना गुदवाया हो ठोढ़ी पर। ते पर तराज़ू के दो पलड़ों सी दो बिंदियाँ। ओह, नुक़्ते। यहाँ दीवारों पर सब्ज़ा नहीं शेर उगे थे अंग्रेज़ी अनुवाद के साथ। विदेशी आते होंगे न। पढ़ तो रही थी मैं लेकिन समझना ज़रा मुश्किल हो रहा था।

"ये कहाँ की दोस्ती है कि बने हैं दोस्त नासेह..." मैंने पढ़ा तो अबीर बोला—"नसीहत देने वाले। ऐसे करो वैसे करो, यह ठीक है वह ग़लत है, हिम्मत करो...आगे पढ़ा मैंने—"कोई चारासाज़ होता कोई ग़म-गुसार होता..." अबीर ने कहा—"कोई घाव पर मलहम लगाने वाला होता, कोई कंधे पर हाथ रखकर कहता ठीक है यार होता है इनसान ही तो हैं हम। दिल ही तो है न संग-ओ-खिश्त दर्द से भर न आए क्यों, रोएँगे हम हज़ार बार कोई हमें सताए क्यों।"

और हम दीवान की शक्ल देखकर रात भर याद करते रहे ये कहाँ की दोस्ती है कि बने हैं दोस्त नासेह...सपनों की तासीर बदल गई, माहौल

बदल गया, सपना सा ही आया कि जैसे अबीर बैठा है और शाइरी लिख रहा है। मैं चचा की हवेली की दीवारें छूती हूँ तो अबीर की आवाज़ में चचा का कोई शेर सुनाई देता है। उनकी जूतियों की चर्र-चर्र की आवाज़ आँख बन्द करते ही गूँजने लगती है। इसी सड़क से गुज़रता था वह! वह सपने में आता रहा।

एक गहरी आवाज़ गूँजती रही। सुबह पर्दे के हिलने से लगा जैसे किसी ने फुसफुसाया मेरा नाम, मीना!

पार्लर को सातों दिन खोले रखना ज़रूरी था। अभी नया काम था। लेकिन सोमवार को बाहर का साप्ताहिक पटरी बाज़ार लगता था इसलिए शाम के चार बजते-बजते हम पार्लर बन्द करते थे। उस दिन क्लाइन्ट भी नहीं आते थे ज़्यादा। किसी एक शाम मिलने का अबीर का प्रस्ताव आज स्वीकार किया जा सकता था। कुछ तो था जो उसकी तरफ़ खींचता था। खिंचते हुए अपने भीतर तनाव महसूस होता था। क्या जीवन में एक ही बार प्यार होता है? क्या उन्नीस की उम्र में और पैंतीस की उम्र में प्यार एक जैसा ही होता है? एक उम्र में आप उसके लिए हर ख़तरा उठा सकते हो। एक उम्र में ख़तरों से बचकर चलना पड़ता है। एक उम्र में वह मासूम है तो एक उम्र में दुनिया की नज़र में वह व्यभिचार! लेकिन मिलने में क्या हर्ज़ है? मुझे भी उसकी और सीमा की कहानी जाननी थी। असम जाने की कहानी पता लगानी थी। मुझे भी जानना था कि कॉलेज छोड़ने के मेरे फ़ैसले पर उसने क्यों कहा था कि पछताओगी बहुत। क्यों कहा था दिमाग़ ख़राब है तुम्हारा। उसे कैसे पता चला था कि मैं गाती भी थी। उसने क्यों कहा था कि मेरा नाम मीना अधूरा लगता है। नाम तो मीनाक्षी होना चाहिए था। और मुझे यह भी जानना था कि इतनी सारी किताबें पढ़कर उसे क्या मिला?

उस शाम ढेर सारी गप्पें हुईं और हम इतनी जल्दी सहज हुए जैसे कॉलेज साथ ही पास किया था। मुझे नहीं मालूम था अबीर को भी गोलगप्पे इतने पसन्द हैं। मुँह में ले जाते हुए रास्ते में ही एक गोलगप्पे के फूट जाने

पर जब वह खिलखिलाया था तो मुझे एकदम बुरा नहीं लगा। उस हँसी में बच्चों की सी अबोधता थी। मैंने कहा—"एक साबुत फुचका मुँह तक ठीक-ठाक ले जाना कोई हँसी-ठट्ठा नहीं है कुँवर जी! बड़ी मेहनत लगती है।" और मेरी ठोढ़ी पर चिपकी जलजीरे की बूँद को उसने रुमाल से पोंछते हुए कहा—"बस करें देवी। औरों को भी फुचका सुख लेने दें। देखिए पीछे।" हम पैसे चुकाकर चल दिए। महीने दो महीने का कॉलेज जिसे भूल चुकी थी अबीर की संगत में उसका एक-एक दिन याद आने लगा था। हम मस्ती करते हुए बस यूँ ही चल रहे थे। प्रगति मैदान के पास अबीर को अचानक सूझा—"हे, आज मंडी हाउस तक पैदल चलोगी मेरे साथ?" एक पल को मुझे इस प्रस्ताव पर शंका हुई। मैं चल सकूँगी? लेकिन अगले ही पल आँखें चमक उठीं। कब से ऐसे पागलपन नहीं किए हैं।

ट्रैफिक, शोर और धुआँ सब रोमांच का सबब बन गए। मैंने दुपट्टे से मुँह-नाक और सिर ढक लिया तो अबीर ने रास्ता बदल लिया कि उस तरफ़ कम ट्रैफिक होता है। अबीर मस्ती में सड़क पार करने लगा तो मैंने तेज़ आती कार के सामने से उसे बाँह पकड़कर खींच लिया। बातों का एक सिरा कोई एक उछालता तो दूसरा झट से उसे पकड़ लेता। हम कॉलेज से निकलते तो सीधे अपने बचपन में जाकर ठहरते। दोनों को बातें कहने की जल्दी। इतना शोर कि कोई-कोई बात दोहरानी पड़ती और इसलिए वह ख़ास याद रहने लायक हो जाती।

"पता है, बचपन में मैं पैसे चुराकर टॉफी खाया करता था...बताओ सोचकर कहाँ से चुराता होऊँगा पैसे?"

झट से जवाब आता—"मन्दिर से?"

"बाप रे! कितना सही जवाब! इसका मतलब तुम भी?"

"और क्या! भगवान के सामने ख़ूब सिक्के पड़े रहते थे। मुझे टाटरी, इमली, कमरख सब खाना होता था जो मना था। लेकिन मुझे लगता है यह राज़ आज तक किसी को नहीं पता चला कि भगवान के सामने से सिक्के धीरे-धीरे कैसे कम होते थे।"

"देखो जामुन का पेड़। यह दिल्ली की सड़क न होती तो अपन नीचे पककर गिरे जामुन उठा लेते।"

"अरे! कैसी शर्म, चलो उठा लेते हैं।" मैंने दो-चार जामुन उठा लिये और बैग में से बोतल निकालकर उन्हें धोया। अबीर ने ज़रा सन्देह से देखा और फिर झट से खा लिया।

"तुमने काफल खाए हैं कभी?" सड़क पार करते हुए मुझे अपने बाएँ लेते हुए अबीर ने पूछा। बत्ती खुलने ही वाली थी, मैंने जल्दी-जल्दी पैर बढ़ाते हुए कहा—"नहीं तो, तुम्हारे पहाड़ का फल है क्या?" मुझे शोर में "हाँ" सुनाई पड़ा। पाँव दुखने लगे थे मेरे लेकिन उसकी एकदम परवाह नहीं रह गई थी। "मुझे लगा था अबीर, कि तुम कैसे नकचढ़े होंगे, सड़क पर खाने-पीने को लेकर ना-नुकुर करोगे और सोचोगे कैसी गँवार है यह।" वह जवाब में सिर्फ़ मुसकुराया। एक ठीये से हमने एक-एक रोल बनवा लिया और सड़क किनारे बैठ गए जैसे और सब बैठे थे। मदहोश सा अँधेरा हो चला था और शाम ख़ुशनुमा। एक तरफ़ चाँद ने आसमान में अपनी पोज़ीशन ले ली थी। कभी रात को बाहर निकलूँ तो इन महाशय पर मेरी नज़र सबसे पहले पड़ती है। कमबख़्त मुझे ऐसे घूर रहा है जैसे पूछ रहा हो—माजरा क्या है! मैंने भी मुस्कुराकर सिर हिला दिया—कुछ भी नहीं।

"कुछ कहा मीना?" अबीर ने मुझे ऐसे मुस्कुराते देखकर पूछा।

"ऊहूँ। कुछ नहीं। बस वह चाँद देखकर मुस्कुराई। एक बार इसकी तरफ़ प्यार से देख लो तो सारा रास्ता साथ चलता है। कभी पीछे भागता हुआ, कभी अपने पीछे दौड़ाता हुआ...हर महीने बढ़ता है, कम होता है। इसके साथ जैसे मेरा भी एक चक्र पूरा होता है। पूरी होती हूँ, अधूरी होती हूँ, ग़ायब हो जाती हूँ फिर उग आती हूँ चमकने लगती हूँ।" मैं अबीर की आँखों में अपने लिए एक चुम्बन पढ़ पा रही थी। मैंने नज़रें फेरकर मुट्ठियों को खोला और बन्द किया, फिर खोलकर हथेली फैला ली और घुटने पर एक कुहनी जमा कर उस पर गाल टिका दिया।

"पता है, आज पार्लर में एक बेहद मोटी औरत आई। उसे अपने नाख़ूनों

पर कुछ कलाकारी करवानी थी। नेल आर्ट कहते हैं उसे "मैंने बबीता को देखा और हम दोनों की हँसी मुश्किल से रुकी। बबीता ने कहा—सोचो दीदी, भूसे के ढेर में भला सूई किसे दिखाई देगी...हाहाहा...कैसे तो वह महिला चटपट-चटपट बोले ही जा रही थी...उफ़!" कहकर मैंने रोल का अगला टुकड़ा चबाया।

अबीर मुस्कुराया। मेरी किसी भी बात पर मुस्कुराते हुए जैसे उसमें टिमकते तारों की चंचलता और शीतलता आ जाती थी। कुछ पल मेरी हथेलियों को निहारने के बाद उसने कहा—"वैसे मीना, तुम ख़ुद ब्यूटिशियन हो तो मैं जानना चाहता हूँ कि क्या तुमने सोचा है कभी कि ख़ूबसूरती क्या है? तुम क्या सोचती हो इसके बारे में?" और फिर वही मुस्कुराहट एकदम सहज। लेकिन इस सवाल ने मुझे उलझन में डाल दिया था। कोई जवाब देते नहीं बना मुझसे। "पता नहीं अबीर। हम बाज़ार में बैठे हैं। जैसे बाज़ार समझा देता है उसे ही सब ब्यूटी मानने लगते हैं। हमारे सामने कैसा भी क्लाइन्ट आए, कुछ भी चाहे, वह पैसे देगा तो उसे हमें सर्विस देनी होगी। कोई चमत्कार तो कर नहीं सकते हम। हम तो समझाना चाहते हैं कि जो सादा है वह सबसे सुन्दर है, अगर उसे ज़रा सा निखार दिया जाए। इससे ज़्यादा कुछ कभी सोचा नहीं।"

हूँ कहता हुआ वह अपना रोल खाने लगा। मुझे याद आई शिवानी। उसकी शादी से चार दिन पहले जब उसे देखा था तो होश उड़ गए थे। वह एकदम बुरी नहीं लग रही थी। लेकिन वह हमेशा जैसी नहीं लग रही थी। चेहरा था कि जैसे जंगल उगा हो। भवें एकदम बनी हुई नहीं। पूछने पर उसने बताया कि अपने होने वाले पति से मिलकर आ रही हूँ, उसे दिखाने गई थी कि असल में ऐसी ही हूँ, पसन्द हो तो चार दिन बाद मंडप में बैठें वर्ना अभी सोच लो। मुझे लगा कि अब से दस साल बाद जो पेट बढ़ने वाला है, दोनों का, जो बाल सफ़ेद होंगे इनके और जो चाँद उगने वाला है उसके पति के सर पर, जो झुर्रियाँ आएँगी पचास के बाद...क्या उस सबकी भी गारंटी अभी ली जा सकती है? ऐसी कितनी गारंटियों के

बाद कोई शादी टिकाऊ मानी जानी चाहिए?

"अबीर! तुमने मुझे मीनाक्षी क्यों कहा था?" मुझे अचानक याद आया।

"क्योंकि मछली जैसी आँखें हैं तुम्हारी।" और वही मारक मुस्कुराहट।

"इसका मतलब मैं सुन्दर हूँ?"

"हाँ। बेशक तुम सुन्दर हो।" और मोहिनी मुस्कान।

इस बात का मुझ पर कोई असर नहीं हुआ था। इसे हज़ार बार मैंने जगजीत से सुना था। मुझ पर असर किसी और बात का था। हम उठे और अब मण्डी हाउस से इण्डिया गेट की तरफ़ जाने वाली सड़क पर चलने लगे। हलकी हवा चलने लगी थी और पसीना सूख रहा था तो राहत मिली। अबीर की एक लट पसीने में भीगी थी जो माथे पर आ गिरी थी। नाक ज़रा चपटी थी लेकिन बुरी नहीं लगती थी। बहुत लम्बा नहीं था वह, बस इतना कि मेरा माथा उसकी नाक से टकराए। आँखें ठीक-ठाक लेकिन जैसे एक अँधेरी गुफा धँसो तो धँसते चले जाओ। आवाज़ ऐसी जैसे पाताल से निकलती हो। बातें ऐसी जैसे कोई पहाड़ी सौदागर अपनी पोटली लिए भागा जा रहा हो और मैं पीछे घास में गिरे मोती चुनती जाऊँ। कुल मिलाकर वह बार-बार एक आमंत्रण था।

"पता है मीना तुम सबसे ख़ूबसूरत कब लगती हो?" मैंने सिर हिलाया और नहीं का इशारा किया। "तब जब तुम अपने मन का काम कर रही होती हो। कुछ ऐसा जो तुम्हें सबसे ज़्यादा पसन्द है। तुम सबसे हसीन लगती हो जब कुछ नया और अनोखा देखकर तुम्हारी आँखें चमक जाती हैं। वह बाल सुलभ अबोधता और जिज्ञासा दुनिया को जानने की, समझने की वह तुम्हें जितना ज़िन्दा रखती है उतना ही भोला भी बनाती है। एक तरफ़ तुम एक बिज़नेस चला ही रही हो। अपना काम ख़ुद सँभालती हो। अपने पार्लर की बॉस हो। जाने कैसी-कैसी परिस्थितियों में से गुज़री हो। लेकिन वक़्त तुमसे तुम्हारी यह मासूमियत नहीं छीन पाया जो तुम्हारी आँखों में दिखती है जब सड़क पर बिछे ढेर सारे पीले कुरकुरे पत्तों पर तुम पाँव रखती हो और चर्र की आवाज़ सुनकर चहक जाती हो। हर बार चाँद को

देखकर खिल जाती हो जैसे पहली बार देखा हो उसे। यही तुम्हारी सुन्दरता है। यह दुर्लभ है। गम्भीरता और अबोधता का यह मेल। और यह किसी और के लिए नहीं है। आँखों में वह चमक किसी और के लिए नहीं है, वह तुम्हारे अपने लिए है...असली मीना वही है जिसे तुमने सात परदों में छुपाना चाहा है, जिसे दुर्भेद्य बनाना चाहा है।"

कोई भरे हुए गले से और ढहती हुई आँखों से देखे तो कैसा निरीह लगता होगा! ऐसी मैं लगी हूँगी। लेकिन ऐसे मुझे पढ़ने की इजाज़त नहीं है किसी को।

"तो तुम असम पहुँच कैसे गए? और पहुँचे तो पहुँचे, शादी भी!" मैं खी-खी कर हँसी थी कि एक कोमल पल आसानी से टरकाया जा सकेगा। अबीर भी आख़िर उत्तर-पूर्व की ख़ूबसूरती के जाल में जा फँसा...

"अरे नहीं यार, एक प्रोजेक्ट था वह। नॉर्थ ईस्टर्न काउंसिल और वहाँ की सरकार का जिसमें मैं एक एन.जी.ओ. के साथ शामिल था। बड़ा काम था। वहाँ के स्थानीय लोगों, गैर सरकारी और सरकारी एजेंसियों के बीच तालमेल से कैसे उत्तर-पूर्व के ग़रीबी और विद्रोह से प्रभावित इलाकों में बेहतर जीवन और रोज़गार के मौक़े बढ़ाए जा सकते हैं। असम, मणिपुर और मेघालय ये तीन इलाके हमने मार्क किए थे। सरकार की नीतियों और योजनाओं में कैसे ज़्यादा से ज़्यादा स्थानीय लोगों को शामिल किया जा सकता है इसके तरीक़े खोजने थे हमें। आख़िर असन्तोष तभी ख़त्म हो सकता है जब किसी ख़ास इलाक़े की ज़रूरत के हिसाब से ही योजनाएँ और नीतियाँ तैयार की जाएँ। ज़्यादा से ज़्यादा लोगों के सहयोग से हमें इसमें सफलता मिलती।" फिर एक पल रुककर उसने मेरी तरफ़ देखा कि यह जो एकदम सुन्न होकर सुन रही है इसके पल्ले कुछ पड़ भी रहा है या नहीं? वह फिर मुस्कुराया, शायद उसे डेलीना के बारे में बताने के लिए ज़रा सी हिम्मत चाहिए थी। वह दुखती रग तो थी ही।

"उसी दौरान मैं डेलीना से मिला। अपने नाम की तरह ही ख़ूबसूरत।" अबीर को देखकर लगा जैसे वह उसके सामने ही आकर खड़ी हो गई थी।

ख़यालों में ही उसने जैसे डेलीना को हाथ हिलाया और वापसी की ओर चल पड़ा। मेरी तरफ़ मुख़ातिब।

"वह ब्रह्मपुत्र की तरह लगती थी जिसमें सूरज धीरे-धीरे डूबता है। शान्त और फूल की सुगंध सी एक सुखद अनुभूति देती उसकी उपस्थिति। न तेज़ी न बड़बोलापन, मधुर कंठ, नृत्य भी जानने वाली, आधुनिक भी और अपनी परम्पराओं से गहरी जुड़ी हुई भी। एक ऐसी असीम सम्पूर्णता जहाँ निवेदन के लिए कोई जगह नहीं थी। मैंने उस नदी के भीतर झाँका तो उसने मेरा अक्स लिया और तैरने दिया ऊपर। भीतर नहीं लिया और मैं लौटने लगा निराश...।" किसी पास के पेड़ पर अपने घर लौटी चिड़ियों का शोर कुछ ज़्यादा ही सुनाई देने लगा जैसे वे अभी तक चुप थीं सब सुनने का धैर्य लिए। एक गिलहरी और एक कबूतर आपस में खेलते हुए अजीब लगते हैं लेकिन ऐसा हो रहा था पास ही एक मुँडेर पर और यह बेहद ख़ूबसूरत लग रहा था। गिलहरी का डिज़ाइन मुझे बेहद पसन्द है और उसकी पूँछ का झबरापन।

"फिर?"

"फिर क्या?" वह लगातार बच रहा है यह मुझे दिख रहा था। मुझे लगा उसे घेर तो नहीं रही हूँ? आगे मैंने जानना नहीं चाहा। हम कुछ पल गिलहरी और कबूतर के दर्शक हो गए। फिर चिड़ियों के श्रोता। अपनी कोई आवाज़ नहीं सुनना ज़्यादा बेहतर था।

"फिर एक दिन उसने महसूस किया कि जादू ख़त्म हो चुका है। वह मेरी तरह भावुक नहीं थी। मेरी तरह पागल भी नहीं शायद। शायद उसे उम्मीद थी कि मैं दिल्ली लौटूँगा और एक बेहतर जीवन मिलेगा हमें। लेकिन मैं प्रोजेक्ट ख़त्म करके वहीं बस जाना चाहता था। चाय बागान में काम करने वाली औरतों की समस्याएँ थीं, अंधविश्वास और कुसंस्कार। न जाने कैसी-कैसी समस्याएँ थीं। उस इलाक़े की प्राकृतिक ख़ूबसूरती और परिवेश की अशान्ति ने मुझे रोके रखना चाहा। आख़िर वह छिछली भावुकता से निकलकर फ़ैसला ले सकी और मैंने स्वीकारा। एनजीओपन्ती से भी मेरा

मोह भंग हुआ आख़िर। लगने लगा कि कहीं ऐसा तो नहीं कि एक बड़े खेल का हिस्सा अनजाने में ही बन गया हूँ मैं तो दिल्ली कूच करने का फ़ैसला किया। बेटा बोर्डिंग में है तो उसके लिए नियमित पैसे भेजने होते हैं, एक ढंग की नौकरी करनी अब ज़रूरी हो गई थी।" मुझे घूरते देख कहा उसने "मुझे डेलीना से कोई शिकायत नहीं।" फिर मुस्कुराया और झट से गर्दन मोड़ ली दाईं ओर जैसे वहाँ से किसी ने उसका नाम पुकारा हो।

हर बार ख़ूबसूरत नहीं होता गुलाबी

दूसरी गुलाबी लाइन भी एकदम साफ़ थी। मैं धम्म से कमोड पर बैठ गई। सारी देह से जैसे पानी निचुड़ रहा था। वॉशिंग मशीन को ड्रायर मोड पर सेट कर दिया गया था। मोमबत्तियों वाला झूमर मेरे सर पर आन गिरा था। ख़ूब देर तक पहाड़ की चढ़ाई के बाद जैसे काँपती हैं टाँगें। खड़ी होने की काबिल नहीं हूँ अब जैसे। इस यातना से बेहतर है जान ही दे दी जाए, क़िस्सा ख़त्म हो। एक शादीशुदा महिला अपनी प्रेग्नेंसी को लेकर ऐसे अवसाद में कैसे जा सकती है जो इस समाज में किसी बिन ब्याही माँ को झेलनी पड़ती है? कैसी पीड़ा है यह? कैसा भय है? क्यों? क्यों गुज़रना है मुझे इन परीक्षाओं से? यह कोख नष्ट क्यों नहीं होती? कहा था सिद्धान्त से, ख़ुद का ऑपरेशन करा लो, वह सरल है डॉक्टर कहती है। स्त्री देह की जटिल संरचना को छेड़ने से बेहतर है पुरुष इस सरल से उपाय को अपना ले। क्या बुराई है वेसक्टॉमी में?

वह चिढ़ा नहीं था, विगलित स्वर में उसने कहा था—"नहीं यार, ब्रह्मचर्य ले लूँगा, यह मत करवाओ। मुझसे यह नहीं हो सकेगा, सॉरी। कोई भी और उपाय करो, मैं साथ हूँ। गोलियाँ, इंजेक्शन, डबल प्रोटेक्शन।"

मैंने कहा—"मैं कराऊँ?" तो भी एक ढीला सा वाक्य—"अपने शरीर के साथ चीर फाड़ क्यों कराती हो?"

"सिद्धान्त तुम्हें चाहिए दूसरा बच्चा? बहुत हो गया है, अब फ़ैसला होना चाहिए। मैं और नहीं झूल सकती अधर में। साफ़ कहो क्योंकि मुझे नहीं चाहिए। मैं क्यों बार-बार इस व्यथा से इस यातना से गुज़रूँ, क्या ग़लती है मेरी, यही कि उपजाऊ है भूमि।" लगभग रो दी थी मैं।

"कोई उपचार तो करना होगा न, कहो अब क्या करूँ मैं?" सिद्धान्त नें मेरे बालों में उँगलियाँ फिराते हुए कहा था "तुम्हे नहीं चाहिए तो मैं कैसे ज़बरदस्ती कर सकता हूँ। हाँ, मेरा मन है दूसरे का लेकिन कोख तुम्हारी है, फ़ैसला तुम्हारा ही होगा। तुम देख लो, जो फ़ैसला लोगी उसमें मैं साथ हूँ, अब तक हर फ़ैसले में साथ ही रहा हूँ। जब जहाँ कहा है खड़ा हो गया हूँ, जो कहा है काम वह किया है। लेकिन परमानेंट मत कराओ। माँ सब बरदाश्त कर लेगी यह नहीं। याद है न उस दिन कहा था कि कुछ भी करना परमानेंट मत करा लेना मुझसे बिना पूछे।"

मुझे साफ़ हो रहा था अब कि इस बार भी एनेस्थीसिया की मौत मरना होगा कुछ घंटों के लिए। उठकर जाते हुए इतना ज़रूर दोहराया था सिद्धान्त ने पहले की तरह—"घर में किसी को बताने की ज़रूरत नहीं है, ख़्वाहमख़ाह हंगामा होगा, तुम्हें सँभालूँगा या माँ-बाप को।" और चले गए थे दूसरे कमरे में काम करने।

मेरे लिए फ़ैसले की घड़ी थी फिर से। देर नहीं कर सकती थी। उस संतान से मोह कैसा जिसका आना तय नहीं है। जिसका स्वागत ही नहीं है। जिसके लिए मेरे मन के द्वार बन्द हैं। आँसुओं की नदी में मृत देह विसर्जित कर दी अपनी। नींद के श्मशान में शरण ली।

भयानक शोर था भीतर। बाहर भी शोर था। लगातार किंकियाहट, जाली के दरवाज़े पर एक खटखटाहट। टीन की छत पर जैसे कोई चल रहा हो।

डर से सफ़ेद पड़ गया था चेहरा। काटो तो ख़ून नहीं। आधी रात बीत चुकी। आँख खुली तो दरवाज़े के एक तरफ़ एक भयानक दहाड़ वाला सिंह जिसका जाली को नाखूनों से खरोंचना भी सुनाई दे रहा था, दूसरी तरफ़

के दरवाज़े पर एक भेड़िया हमला करने के तीखे तेवरों से झाँकता हुआ। यह कमरा लेकिन...यह तो मम्मी के घर का कमरा है वह भी तब का जब पूरा घर नहीं बना था, सिर्फ़ एक कमरा तैयार हुआ था! मैं यहाँ अकेली कैसे? कैसे बचूँगी इनसे? सिंह लगातार नाखूनों से जाली को काट देने की कोशिश में है और भेड़िया बस हमला करने ही वाला है। लकड़ी के पतले फ्रेम वाला जाली का दरवाज़ा कितना मज़बूत होगा? कितनी देर टिकेगा? न रोना आ रहा है, न चीख़ निकल रही है। मुँह ज़ोर से फटता है लेकिन स्वर नहीं फूटता। कोई नहीं सुन रहा। कोई उठ के नहीं आ रहा। मेरे हाथ एक कैंची पड़ गई है। उसे उठाते ही सिंह ग़ायब हो गया है। लेकिन भेड़िया अब भी घूर रहा है। ख़ून भरी आँखें उसकी, देह पर घने बाल लहराते हुए काले, चुस्त चिकनी मांसपेशियाँ। वह कूद गया है, एक तेज़ झपट्टा और यह जाली के भीतर...ताबड़तोड़ मैंने कैंची चला दी है...पागलों की तरह चिल्लाते हुए...पसीना-पसीना...बिखरे हुए बाल...आँख बन्द किए मैं कैंची चलाती जा रही हूँ...खच्च खच्च खच्च...असीम शान्ति फिर आँख खोली। लेकिन यह क्या यह भेड़िया नहीं था? नहीं था यह भेड़िया। नन्हे बच्चे थे भेड़िए के। सात बच्चे! भेड़िए के बच्चे? उफ़ माँ! यह क्या है? मेरा ग़ुस्सा अचानक एक विकृत रुदन में बदल गया है। एक भद्दी बेसुरी महीन ऊँ ऊँ ऊँ की आवाज़...तेज़ और तेज़ होती...एक लम्बी बीप और ऊँचा उठता विलाप...काँपती देह...अभी-अभी गाड़ी के पहिए के नीचे आ गए आवारा कुत्ते की तरह...और फिर चित...ख़ामोश...।

दिल्ली का टॉप स्कूल। समर स्प्रिंग। आप डॉक्टर से लिखवा लाइए कि आप 'फ़ैमिली' वे में नहीं हैं। कोई डॉक्टर यह क्यों लिखकर देगा? तो डॉक्टर से लिखवा लाइए कि आपकी आख़िरी एल.एल.पी., मासिक तिथि क्या है? मैं ख़ुद लिख के देती हूँ। नहीं यह रूल है, अब जो नया ज्वाइनिंग होगा उसे डॉक्टर से लिखवाकर देना होगा। लिखवा दिया। लेकिन छह महीने में ही अयुज के आने की ख़बर मिल गई। जैसा कि समझाया गया था तीन

महीने तक छिपाना होता है, छिपाया, लेकिन घाघ होती हैं प्रौढाएँ,चाल-ढाल,शक्ल-सूरत से सब अंदाज़ा था सबको। फिर ट्रिप पर भेजे जाने की योजना बनने लगी, चालीस बच्चों की पाँचवीं कक्षा के साथ। मैंने मना किया तो खुसुरफुसुर शुरू हो गई। रातोरात प्रेग्नेंट हुई है क्या, हमें कब छूट मिली जो इसे मिलनी चाहिए। और फिर टाइम टेबल बना अगले सत्र का। एक क्लास तीसरी मंज़िल पर, एक पहली मंज़िल पर फिर तीसरी मंज़िल और फिर ग्राउण्ड। मुझे पंद्रह दिन की छुट्टी लेनी पड़ी तो घर पर जवाबदेही की चिट्ठी आ पहुँची मैनेजमेंट की ओर से। ज्वाइन करने के बाद प्रिंसिपल ने अपने कमरे में आने भी नहीं दिया बात करने के लिए अपन घिसटते रहे।

"सिद्धान्त मुझे अपमान लगता है, अब नहीं जाऊँगी, मैं रिज़ाइन करूँगी। इतना तुमने देखा ही है जिस स्कूल में साक्षात्कार दे आऊँ वहाँ सिलेक्ट हो जाती हूँ। मेरे विषय की पीजीटी मुझे प्रिंसिपल तक जाने नहीं देती। उसके ज़्यादातर काम मैं करती हूँ और वह प्रिंसिपल की बगल में खड़ी होती है जो भी ईवेन्ट हो। माँ को तवे से उतरी रोटी चाहिए, उधर मैं सुबह डाँट खाती हूँ कि डेडलाइन तक पेपर चेक करके क्यों नहीं दिए? नहीं होती नौकरी तो घर बैठिए आप।"

मेरे बालों में उँगलियाँ फिराते हुए कहा था सिद्धान्त ने—"समझता हूँ सब। लेकिन तुमने क्या ग़लती की है? ग़लती उनकी है, तुम क्यों रिज़ाइन करो, जब तक वे नहीं कह दें तब तक सोचो भी मत ख़ुद से निकलने की।"

"लेकिन मुझे अपमानित होना महसूस होता है..."

"वही तो, सब महसूस करने पर है, लेकिन तुम क्यों अपमानित महसूस करती हो? इसे ऐसे मत देखो। तुम क्यों अपना काम ख़राब करती हो? यह भी सोचो कि अभी पिछले छह महीने से मेरी नौकरी नहीं है। हम पेरेन्ट्स से थोड़े न पैसे माँगेंगे।"

"क्या वाकई इतना आसान है कि महसूस करो तो अपमान, न करो तो नहीं। अपना काम न बिगड़े इसके लिए कितना नीचे गिरते जाना चाहिए सिद्धान्त?"

"इसमें नीचे गिरने की क्या बात है? वे चाहते हैं कि तुम ख़ुद-ब-ख़ुद रिज़ाइन कर दो, इसलिए तुम्हें तंग किया जा रहा है। ऐसे में तुम्हें डटे रहना चाहिए। वे चाहते ही हैं कि अपमानित महसूस करो, तुम कर रही हो।"

"लेकिन किस बात पर डटी रहूँ? मुझे इशारा किया गया था कि आप 'फ़ैमिली वे' में नहीं जाएँगी और मेरा पाँचवाँ महीना चल रहा है। प्राइवेट स्कूल है और मुझे सिर्फ़ गर्मी की छुट्टियाँ शुरू होने तक काम चलाने को रखा जाएगा। जल्द ही मुझे बुलाकर कहा जाएगा रिज़ाइन कीजिए नहीं तो हमें आपको टर्मिनेशन लेटर देना होगा। पंद्रह दिन की छुट्टी और 'फैमिली वे' वाला प्वाइन्ट उनके पास है ही। न भी हो कोई प्वाइन्ट तो इन स्कूलों में एक टीचर को हटाने के लिए कितना बड़ा रीज़न लगता है? आपसे बच्चे सन्तुष्ट नहीं हैं। तीसरी मंज़िल से ग्राउण्ड फ्लोर की क्लास तक पहुँचने में दस मिनट लगता है कहा जाएगा आप रोज़ क्लास में लेट होती हैं, इससे स्कूल का अनुशासन बिगड़ता है। कुछ भी। कुछ भी वजह बन सकती है। थोड़ा ब्रेक लेकर मैं एम.ए. के लिए अप्लाई कर दूँगी।" सिद्धान्त चुप थे। कुछ पल की चुप्पी के बाद मैंने पूछा—"तुम हमेशा कहते हो बहादुर बनो निवेदिता, तुम इतनी मज़बूत हो कि मैं ख़ुद तुमसे स्ट्रेन्थ लेता हूँ...लेकिन मैं पूछती हूँ कि क्या डटे रहना हमेशा ही बहादुरी है? क्या कभी-कभी भाग निकलना बहादुरी नहीं है? यहाँ लड़ते और सड़ते रहने की बजाय मैं अपनी आगे की पढ़ाई पूरी कर लूँ, यह बेहतर नहीं है?"

"एम.ए. तो नौकरी के साथ-साथ भी किया जा सकता है। हालाँकि मुझे यह ठीक नहीं लगता। तुम दूसरों से प्रभावित होती हो। सोच लेना किसी और के एजेण्डा पर तो अनजाने में काम नहीं कर रहीं? हो सकता है तुम ख़ुद बाद में पछताओ। लेकिन चलो, सोचते हैं।" और मुझे बाँहों में समेट लिया सिद्धान्त ने। यह बाँहों का घेरा कितनी बड़ी कमज़ोरी है तुम्हें क्या कहूँ सिद्धान्त! यह मुझे पंख समेट लेने को विवश कर देता है। अचानक जैसे रात घिर आती है और मैं अकेली हो जाती हूँ तब सिर्फ़ तुम पास होते

हो। मेरी घबराहट प्यार में बदल जाती है। मेरी दलीलों के आगे तुम शान्त हो जाते हो तो बच्चों सा प्यार उमड़ आता है मुझमें। मेरे जीवन में कुछ नहीं बदलता लेकिन मेरी सहने की शक्ति और बढ़ जाती है।

नए बच्चों के पैदा होने पर सिद्धान्त को गाँव में ही बाबा-दादी के पास छोड़कर सास-ससुर शहर आ बसे थे। नए बच्चे शहरी स्कूल में पढ़ते रहे। जब सिद्धान्त को गाँव से लिवा लाया गया और आठवीं में शहर के स्कूल में भर्ती कराया गया तो यह लड़का जिससे गाँव का लठैत भी काँपे, जिसके बिंदासपने और देहयष्टि को देख बाबा-दादी गर्व करें, भीगी बिल्ली में बदल गया। शहरी भाई-बहन ने पहले तो पहचानने और इस गँवार को अपना भाई ही मानने से इनकार कर दिया। बच्चे होते हैं तो घुल-मिल जाते ही हैं। लेकिन एक दब्बूपना जो इस लड़के में बस गया वह जा नहीं सका। यहाँ शहर में स्कूल के अन्दर, बस में वह किसी छोरे को पकड़कर उसकी धमर-कुटाई नहीं कर सकता था। अस्मिता का यह संकट आज तक सिद्धान्त के साथ चला आया है। कभी किसी पल में अफ़सोस करता है कि ऐन कॉलेज के एडमिशन के दिनों में माँ-पापा हाथ में फ़ीस के पैसे पकड़ाकर गाँव चले गए थे। फसल कटने का वक़्त था। ज़मीनें थीं। आठ क्लास तक गाँव में पढ़ा लड़का बारहवीं पास होकर तय ही नहीं कर पाया कि किस कोर्स में एडिमशन ले तो डी. फार्मा का एग्ज़ाम देकर फ़ीस भर आया। हैदराबाद जाने से माँ ने रोक दिया कि दूर नहीं भेजूँगी। जानती हूँ वह लड़ सकता है जो कभी नहीं लड़ा। अपने लड़ने की काबिलियत और तरीक़े से वह बुरी तरह दहशत में रहा, इतना कि फ़ैसले लेने की ताकत खो चुका है

व्हेन टु फाइट, व्हेन टु स्टैंड...वह इतनी क़ीमतें दे चुका कि अब उससे और वसूला नहीं जा सकता...मुझ तक वह ढलान से उतरते हुए पहुँचा है। पस्त! मैं इसे तिरा दूँगी, इसे हारने नहीं दूँगी, इसे कमज़ोर महसूस करने नहीं दूँगी, इसे कष्टों से बचा लूँगी। यही सोचती थी उन दिनों।

सरकारी नौकरी में आ जाने के बाद लोन लेकर घर ख़रीद लेना चाहा था। माँ ने सीधे आकर कह दिया तेरे नाम लोन होगा तो मकान भी तेरे नाम होगा। हम यह नहीं चाहते। हमारे घरों में बहुओं के नाम से मकान नहीं होते। जहाँ यह हुआ है पत्नी-पत्नी अलग हो गए हैं। न लोन लोगे न मकान। इतने तुम लोग मज़बूत नहीं हो कि बीस साल तक लोन चुका लो। फिर भी एक मकान के लिए दस हज़ार देकर उसे रोक लिया गया। लोन के लिए मैंने एप्लिकेशन लगा दी थी। पता चलते ही भयानक हंगामा हुआ। पोता दूर हो जाएगा, बेटा दूर हो जाएगा, बहू बहुत होशियार निकली, मैं न रह सकूँगी बेटा और पोता के बिन और वे चक्कर खाकर गिर पड़ीं। सिद्धान्त कमरे में आए, उस रात तो चेहरा देखने लायक था। मेरे सामने नतमस्तक। एक शब्द नहीं बोला लेकिन लगातार परेशान। अगले दिन दफ़्तर से तीन बार फ़ोन करके माँ की तबीयत पूछी। शाम को लौटे तो मैं दस हज़ार का काग़ज़ फाड़ चुकी थी।

हिरना समझ-बूझि वन चरना

कड़ी धूप में मैं चली जा रही थी। पिछली मुलाक़ात में जो कुछ हुआ था उसे अब तक पचास बार रट चुकी थी। अबीर इस तरह लौटेगा कभी सोचा भी न था। शुरू के ज़माने का फ़्लर्ट! लेकिन कभी नुकसान पहुँचाने की नीयत नहीं। कम से कम मेरे साथ नहीं। महीना-दो महीना ही कॉलेज गई थी, मेरे बस का रोग नहीं था कॉलेज। स्कूल के और बाप के अनुशासन से तंग आ चुकी थी। ख़्वाहमख़ाह फ़ीस के पैसे बर्बाद होते, पढ़ना मुझे था नहीं। बिज़नेस करना था। ब्यूटीशियन के कोर्स में मन जा लगा। अबीर ने तो कॉलेज किया। बाद में असम चला गया था। एक असमिया लड़की से शादी भी की। उससे नहीं चली इसकी लम्बी। मैं स्वाद लेकर कई क़िस्तों में सुनना चाहती थी उससे कहानी। उसने एक ही बार में निबटा दिया। लेकिन आँखें क़िस्तों में दर्द उड़ेलती रहीं। आँखों का अँधेरा मुझे हमेशा से सम्मोहित करता है। अबीर की आँखों में उस दिन झाँका था तो कई रात सो नहीं पाई थी। मैं न पूछती तो वह अपना दर्द कभी न कहता। मर्द को ऐसा कठकरेजा कौन बना देता है? कुछ आँसू आते कम से कम तो अँधेरा बहा ले जाते।

कितना पी लिया था मैंने उस दिन। न आदत थी न सलीक़ा। सिर्फ़ एक चिढ़ थी। कुछ भी बदल नहीं रहा था। न घर, न घर के लोग, न जगजीत।

लेकिन उससे भी ज़्यादा जानने की इच्छा कि दुनिया औरत का पीना इतना भी बुरा क्यों समझती है? ऐसी भी क्या ख़राबी कर जाती है शराब औरत की देह में पसरते ही? पीना ही बुरा है या औरत होना बुरा है? शादी के शुरुआती दिनों में जगजीत से यह इच्छा जता दी थी तो कितना लम्बा सबक सुनाया गया था। वह शायद ख़ुद से ही डरता था। किनारे खड़ा टाँगें कँपाने और सर में चक्कर खाने वाला प्राणी अपनों को भी पानी की धारा में पाँव नहीं रखने देता। शायद चार पेग पी गई थी। दूसरे तक लगा था एकदम ठीक है। तीसरे के बाद अपनी जगह से उठना मुश्किल हो गया था। लड़खड़ाते हुए टॉयलेट तक गई थी। किसी ने बताया ही न था कि पीते हुए किडनी इतनी तेज़ी से ओवरटाइम करने लगती है। चौथी के बाद उठी तो गिर ही गई। अपना मन ज़रा होश में था लेकिन देह एकदम पराई हो गई थी। नसों में से तितलियाँ उड़ने को बेक़रार थीं। एकदम बेक़ाबू और मुझे ज़ोर से लगी थी। अबीर ने पकड़ा कंधे से।

"नहीं! मैं ख़ुद जाऊँगी।"

"लेकिन तुम एकदम ठीक हालत में नहीं हो। मैं पकड़कर ले चलता हूँ बस कमोड पर बिठा दूँगा।"

वह हँसता जब भी याद करता फ़ोन पर—"कैसे उँगली दिखाकर कहा था तुमने एक मिनट...एक मिनट मुझे कोशिश तो करने दो। मुझे हँसी भी आ रही थी कि एकदम आउट है लेकिन ज़िद नहीं छोड़ती...कैसे तुमने तीन-चार नाम गिनाए थे कि ये मुझे सबसे प्यारे हैं। और वह डायलॉग... कभी नहीं भूलूँगा।"

"क्या...?"

"उहूँ! नहीं बताऊँगा। वह सीक्रेट है। तुमने नशे में मुझे एक राज़ बताया था। दिल को दहलाने वाला एक गहरा राज़!" मैं कल्पना कर रही थी कि उसने बैगन-सा मुँह घुटने तक लटकाया। मेरी साँसें चलना रुक गई कि आख़िर क्या राज़ मैंने नशे में बक दिया?

मुझे देर तक चुप पाकर हँसा था ठठाकर।

"कुछ नहीं, एक बहुत प्यारी बात थी। तुमने कहा था, लेकिन प्यार तो मैं तुम्ही से करती हूँ।"

"झूठ!"

"हाँ, झूठ, एकदम सफ़ेद वाला।" खिलखिलाकर हँसा वह।

शर्माना भी कोई चीज़ होती है! लेकिन याद करती हूँ कि शायद मैं एकदम चोर जैसी हो गई होऊँगी उस वक़्त। जब माँ रसोई में जाती थी आम काटने सबके लिए तो सब गुठलियाँ वह ख़ुद चूसती थी, आम नहीं खाती थी। एक दिन अचानक उसी वक़्त पहुँची तो गुठली चूसती माँ मुझे चोर जैसी लगी। आज भी रसोई में अकेले आम की गुठली चूसती हूँ तो चोर सी लगती हूँ ख़ुद को।

उस 'एक मिनट, एक मिनट' की टेक के बावजूद अबीर मुझे पकड़कर टॉयलेट के अन्दर तक ले गया था। तब भी मैंने कहा कि अब जाओ! लेकिन न खड़ी हो सकती थी, न अपनी लोवर उतार सकती थी, न उतार कर बैठ ही सकती थी कमोड पर। शर्म भी आ रही थी और एक एहसास भी कि आज चौथा दिन है, ज़्यादा गन्दा तो नहीं होगा लेकिन पैड तो लगा है। अबीर ने कैसे बच्ची की तरह लोवर सरकाई और मुझे कमोड पर बिठा दिया। ठीक उस वक़्त मुझे पूरी तरह वह एहसास हुआ, जो अबीर को बहुत देर से मेरी बकबक सुनकर हो रहा था—कि मैं एक बच्ची हूँ जो अपनी गर्दन भी ठीक से नहीं सँभाल पा रही थी। मैंने कमोड पर बैठे हुए अबीर की कमर पर हाथ रखकर टीशर्ट को कसकर पकड़ लिया। उठाया भी अबीर ने। पूछा—"हो गया?" मेरे सिर हिलाने पर पहले पैन्टी और फिर लोवर को कमर तक उठाया, और मुझे बच्ची की ही तरह पकड़े हुए वापस लाकर बिस्तर पर लिटा दिया। उस वक़्त एक ही चिन्ता थी उसे, एक बहकी हुई बच्ची को सुरक्षित बिस्तर पर लिटा देना और फिर होश आने पर घर पहुँचा देना। एक बार भी एहसास नहीं हुआ कि यह देह उसके लिए एक मादा देह है और पुरुष है वह...एक लम्बे अर्से से अकेला, प्यास को भी भुला बैठा; किसी ने बहकी हुई लड़की को ऐसे सुस्सू कराया है कभी? सोचती

थी और आँखें भींग जाती थीं मेरी। बराबरी में कृतज्ञता तो क्या होती होगी लेकिन कभी आप अनजाने सिखा देते हो कि प्रेम में हम किस हद तक और क्या हो सकते हैं, और यही सीख दूसरे को कृतज्ञता से भर देती है। कैसे तरल हो गई थी मैं। एक अभेद्य क़िला जैसे उस दिन ढह गया था।

इसे मन में जाने कितनी बार दोहरा लिया था इतने दिनों में। हँसती थी अकेले में। मेरे दरवाज़े से भीतर घुसते ही अबीर ने उँगली दिखाकर कहा—"एक मिनट!" और हम दोनों हँस पड़े।

कितनी बातें थीं। अबीर ने तसवीरें दिखाईं कॉलेज की। उस लड़की की भी जो उस पर मरती थी दिलो-जान से। जब वे सब पिकनिक पर गए थे...आधा सुन रही थी और आधा ख़ुद बुन रही थी मैं। लड़कियाँ कैसे सहज थीं उसके साथ। वह कितना अलग था सबसे। लस्सू टाइप नहीं रहा होगा कभी। न तब लगा था न अब लगता था। औरत को ख़ुद से कई दर्जे ऊपर रखकर उससे बात करता हुआ, दिल जीत लेने वाला और तेज़ भी। और बाद को अँधेरी हो चलीं एक जोड़ी सबसे चमकदार आँखों वाला भी। मैं उसके अतीत में जाकर उसे तलाशने लगी। छूने की इच्छा करने लगी। तसवीर में दिखती उन घनेरी ज़ुल्फों में उँगलियाँ फिरा सकती काश। मैं अतीत में जाकर उसे प्यार करना चाहती थी। अबीर ने याद दिलाया कैसे उसने मेरा नाम रखा था—

"जब देखो इन्हें पहाड़ की यात्राएँ याद आती हैं! वैष्णो देवी छोड़कर और कोई पहाड़ देखा भी है कभी?" वह हँसा तो मेरा मुँह फीका पड़ गया। तब भी मुझे बच्ची सा लड़ियाकर कहा था अबीर ने—"पहाड़ की दीवानी हो न तुम चलो आज से तुम्हें घुघुती कहूँगा...मेरि लाडि चखुलि, घुघुती।"

"घुघुती!"

"हाँ, हमारे यहाँ पहाड़ में एक चिड़िया होती है, नन्ही सी, तुम जैसी, प्यारी सी चिड़िया पंख पसार आसमान नाप लेने की ख़्वाहिश रखने वाली, तुम, घुघुती।" और उसकी मुस्कुराहट ने वह पल अमर कर दिया था मेरे

जीवन में। लौट आई थी मैं, कभी न जाने के लिए कॉलेज, लेकिन हमारा वह संक्षिप्त सा मिलना अचानक ख़ास हो गया था। नहीं मिले तब हम। लेकिन मिल जाते तो? अबीर का दिल तोड़ने वाली अनु की बजाय उसे मैंने चाहा होता तो!

याद किया और एक लालसा जागी भीतर...मैंने कहा—"चलो, एक खेल खेलें। मैं सीमा बन जाती हूँ, वही जो तुम पर फ़िदा थी।"

फिर हमने एक खेल खेला...

"तुम इस शहर में?"

"हाँ, पति का ट्रांसफर हो गया है न।"

"ओह, यह तो अच्छा है, दिल्ली कौन नहीं आना चाहता।"

"दिल्ली रहूँ या बँगलुरु क्या फ़र्क़ पड़ता है?"

"क्या तुम ख़ुश नहीं हो...?"

"हाहाहा...।"

"यह जवाब नहीं है! बताओ इतनी कड़वाहट क्यों? प्यार नहीं करता वह?"

"बहुत प्यार करता है। अपनी नौकरी से। तरक़्क़ी से। मुझसे भी। इतना प्यार कि प्यार के मारे तंग हूँ।" अब अबीर को बुरी तरह झेंपते हुए देखा मैंने। शायद तरीक़ा काम कर रहा था। उसे वहाँ चोट पहुँच रही थी जहाँ मेरे लिए एक नर्म जगह थी।

वह शायद समझ गया था। लेकिन बेहथियार था।

"क्या करते हैं तुम्हारे पति?"

"झक्क मारते हैं..."

"हुम...इसमें तो सारा दिन जाता होगा! तुम उस वक़्त क्या करती हो? बोर नहीं होतीं? एक ही शहर में झक्क मारनी होती है या टूरिंग भी है?"

"इसमें सारा दिन नहीं सारा जीवन जाता है जनाब! कुछ भी कमी नहीं है लेकिन दो शब्द बात करना मुश्किल लगता है। मुझे झक्क नहीं मारनी थी ज़िन्दगी में। महीने के तीन दिन पीरियड्स के रोने में और बाक़ी सत्ताइस

पर्दे, चादर, तौलिए, डिनर, मूवी और शॉपिंग में...बोर होती हूँ और शिकायत करना चाहती हूँ।"

"शिकायत!"

"हाँ। उससे जो सब जानता था और चुप रहा। जिसने मेरी नज़रों में प्यार पढ़ा और अपनी नज़रों में परायापन भर लिया। उससे जो..."

"..."

"तुम्हें नहीं लगता हम मिल जाते तो जीवन आज कुछ और होता?"

"बस सीमा! लेकिन यह तुम भी कह सकती थीं न! मैं भी तड़पकर याद करता हूँ वह दिन जब तुम गा रही थीं...'इक ज़रा हाथ बढ़ाओ तो पकड़ लो दामन' एक लट बिखर गई थी चेहरे पर। तुम नहीं जानतीं तुम्हारी बगल में खड़े होकर तुम्हें सुनना और तुम्हारी भीगी आँखों को देख पाना कैसे तोड़ गया था मुझे। मैं हॉल से बाहर निकलकर सिगरेट फूँकता रहा और संयत होने की कोशिश करता रहा था देर तक। बहुत अच्छी थीं तुम... हो...लेकिन...वह सम्भव ही नहीं था। मैं स्वीकार नहीं कर सकता था...तुम जानती थीं अनु है...।"

"..."

"..."

"और अब? अब भी नहीं है सम्भव? अब जब हम इतने सालों की दूरियाँ तय करके मिले हैं अचानक!"

"नहीं। मुझे नहीं लगता। हम दोनों वह रहे नहीं। एक खाई है बीच में जिसकी एक तरफ़ मैं इनकम टैक्स का रिटर्न भरता एक आम आदमी हूँ और तुम पति के अथाह पैसे को सँभालती और बोर होती एक बेहद आम औरत। कॉलेज के सीमा और अबीर तो एकदम नहीं। एक माज़ी है दोनों की पीठ पर सवार...और...और कोई है जो आ चुका है मेरे जीवन में।"

मुझे लगा कि चेहरे पर बिखरी लट को याद करते अचानक पिघलते-पिघलते अबीर यहाँ सावधान हुआ है। अब मिलने की इच्छा व्यक्त कर देता तो वह मैं नहीं होती। हालाँकि यह मेरा वहम भी हो सकता था। आधी

उम्र गुज़रने के बाद पुराने लगाव वैसे नहीं टीसते।

"कौन? कौन है अबीर? बताओ मुझे कौन है?"

"है एक पगली जिसे सुस्सू भी करानी पड़ती है जब वो पीकर आउट होती है।"

"बात तो ऐसे कर रहे हो जैसे मैं हर हफ़्ते बोतल खोलकर बैठती हूँ।" मैंने मुँह चिढ़ाकर फेर लिया।

दो सेकेंड की चुप्पी के बाद हम दोनों ज़ोर से हँसे जैसे सुबह से छाए बादल अचानक दोपहर को बरसने लगें और फिर ओलों की बौछार...और टीन की छत ओलों के शोर से काँप जाए ऐसे देह पर उसकी छुअन... हवाएँ अचानक ठंडी हो जाएँ लिपटती हुई जैसे पागल प्रेमी...पत्ते चटक हरे और धुले...सब तरफ़ बारिश का धुंधला पर्दा और बीच में ज़रा सी छत के नीचे एक बेंच पर अबीर और मैं...पत्तियों से छनता पानी होंठों पर टपकता हुआ...घुलता हुआ एक स्वाद...जाफ़रान शर्बत की बूँदें...आवारा हुए पंछी उड़ने के लिए डैने फैलाकर टटोलने लगे आकाश...दूर बरसात में भीगते पहाड़...और पास भी...अबीर के सीने के जंगलों से एक कस्तूरी मृग मेरे इधर पहाड़ों में झट से कूदा, और कुछ सूँघता हुआ दौड़ने लगा...गुदगुदा गई धरती...नाभि की पोखर के इर्द-गिर्द कुलाँचे भरता बेतहाशा, बेकल एक नन्हे घास के जंगल में खो गया...एक आदिम कुआँ बुला रहा है उसे अपनी ओर...वह भटक रहा है...कमर के गिर्द चक्कर काटता...बेचैन शिखरों को चूमता...कान की लवों पर फिसलपट्टी बनाता...पीठ के मैदानों को धीमे-धीमे बढ़ते हुए सूँघता...पृथ्वी की तहों में ग्लेशियर पिघल रहे हैं...एक आदिम कुआँ बुला रहा है उसे...भाग रहा है वह ख़ुशबुओं से पागल...कूद गया है...कुएँ के भीतर...भागता तेज़ और तेज़ और तेज़...मुक्ति का आकांक्षी... बावरा...और यह...यह...हाँ अब...उलटी ही बह चली एक नदी कुएँ के भीतर से...लावे सी तपती और तेज़...कितने ही अस्फुट स्वर...सुन रही हूँ अबीर के...चुप रहना नहीं जानता...स्वर जैसे अतल की गहराई सा गम्भीर। "सुनो मीना,जैसे पूरी देह में असंख्य घोड़े दौड़ रहे हैं...सब एक दिशा में

उन्मत्त होकर...एक ही दिशा में...।" मैं उसे अपने होठों से चुप कराती हूँ और कहती हूँ—"देखो सूरज की रोशनी में बर्फ़ में चमकते पहाड़ों को, चीड़ की फुनगी पर नाचती हवा को, चाँदी हो गई बहती नदी को चुपचाप देखो अबीर और महसूस करो, बुगियाल में दौड़ते असंख्य घोड़े..."

...असंख्य घोड़े एक दिशा भागते, एक केंद्र से भीतर होकर, बिखरकर फैल जाते मेरी पूरी देह में अबीर! किसी झरोखे से फैलती और बावड़ी पर गिरती धूप की तरह, यह कोसा पानी, ताज़ा...

अबीर का शब्द-शब्द जैसे एक-एक मंत्र पुतले में जान फूँकता हुआ। देर तक ज़मीन भूकम्प के झटके लेती हुई, धीमी सिहरन के साथ, मुझे खींचकर दुबका लिया अबीर ने सीने में और माथा चूम लिया फिर आँखें। जैसे कहता है वह, दुनिया की सबसे ख़ूबसूरत आँखें भोग, आश्वस्ति, विजय और निर्वाण...इस तरह अपना होना मैंने कभी नहीं जाना था, और आँखें मूँद ली उसने। सीने की ओस में भीगी घास में पर मैंने चेहरा टिकाकर जैसे आख़िरी साँस ली हो, आख़िरी साँस छोड़ी हो, इस आनन्द के बाद बस मौत आ जानी चाहिए, इसी के लिए ज़िन्दा थी...

पार्लर से निकले तीन घंटे बीत गए थे। मैंने चाल तेज़ की। कुछ शाकाहारी झूठ बोले और काम करने लगी जैसे बरसों से यही कर रही थी। धागा ग़लत चला और एक दीदी की आईब्रो से दो बाल फालतू निकल आए। वे कहती रहीं कि ग़लत हो गया है शेप, मैं कहती रही नहीं दीदी एकदम ठीक है, आपके यहाँ पहले ही बाल नहीं थे। हमेशा ख़ुश होकर जाने वाली दीदी आज मुझसे नाराज़ गई थीं। मैंने ग़ज़ल से कहा कि उनको ग़लत लगा है। पहले ही नहीं थे बाल वहाँ। आर्च कहाँ से देती। लौटकर बच्चों की शक्ल देखी, उनके काम निबटाए, रसोई निबटाई और अब जब कुछ भी निबटाने की हिम्मत नहीं थी तो बिस्तर पर पैर फाड़कर लेट गई। छुटकी कहानी सुनते-सुनते सो गई। उत्कर्ष और पंखुड़ी भी लेट गए हैं तो सो ही जाएँगे। एक पाँच का, एक नौ का एक चौदह का। छुटकी के साथ गई थी तो

दुकानदार ने कहा था जो आप देख रहे हो वो बड़े बच्चों के कपड़े हैं। कहा मैंने आप चिन्ता मत करो। मेरे पास हर साइज़ के बच्चे हैं। मुस्कुराई और आँखें बन्द कर लीं। एक बार याद किया आज का दिन जो मेरे लिए इतना स्वर्गिक था...क्या अबीर के लिए भी? वह सो सकेगा आज रात? कोई धोखा तो नहीं? हो भी, तो समझूँगी सस्ते में जान छूटी। इसके आगे नहीं। कभी नहीं, लेकिन, वह धोखा नहीं था। इस दुनिया से परे था वह एहसास। आख़िरी साँस लेते हुए जैसे थामा था अबीर ने। जैसे ख़ुद को सौंप दिया हो और अनुरोध किया हो आख़िरी कराह में कि मुझे बचाना, थामना मुझे मीना, एक झपकी ही आई थी कि मोबाइल पर मैसेज की बीप से खुली। लगातार चार मैसेज किए थे किसी ने। झटपट फ़ोन उठाया कि नींद न खुले किसी की। अबीर! अबीर के मैसेज। काली सफ़ेद मोबाइल की छोटी सी स्क्रीन पर कई मैसेज एक के बाद एक! किसी उपन्यास का कोई पन्ना अचानक खुल गया हो जैसे, पढ़ा और सुन्न रही देर तक।

- सब नया था और सब पुराना। प्रतीक्षाएँ बारिश के बाद पत्तियों से लिपटी बूँदों की तरह थिर और बेकल। कामनाएँ मई के महीने की पहाड़ी नदियों सी ज़रा गीली। तुमने चीड़ की पत्तियों सी अपनी अँगुलियाँ मेरे सीने पर बिखरे पुआल में फिराईं और वे हरे हो गए। ज़ुल्फ़ों में अँगुलियाँ फिराते चूम लिया माथा तो तुम्हारी पलकों की सीपी ने छुपा लीं मोतियाँ। कहीं किसी समंदर ने अँगड़ाई ली। कहीं कोई पुरवा नींद से उठ मचलने लगी।
- देह के ढीले पड़े तार कसने लगे। बाँसुरी पर टिके अनाड़ी होंठों को अचानक जैसे याद आ गईं सारी आवृत्तियाँ। स्मृति की किसी कोटर से अँगुलियों ने ढूँढ़ निकालीं राग मधुवंती की हरकतें सारी। मधु जैसे तुम्हारी नाभि से होकर आब-ए-हयात बन गया था। चखा मैंने तो मंद्र से मद्धम हो गए सुर। पुकारा पहाड़ों ने और समेट लिया मुझे अपने पाश में।

- देह अश्व बन गई हो ज्यों। नहीं मृग। नहीं कस्तूरी मृग। नाभि से बिखरा कस्तूर समेटती। उस रहस्यमयी घाटी के प्रथम द्वार पर मणि थी एक। कामनाओं की मणि। गुज़री वहाँ से अँगुलियाँ तो खुल गईं मृग के लिए राहें। बहने लगी नदियाँ जैसे भादों की बारिश में आषाढ़ की प्रतीक्षा।
- सात घोड़ों के रथ पर सवार देह का मृग कस्तूरी चमकता स्फटिक सा नदी का उद्गम ढूँढ़ लेने को आतुर। प्रकंपित शिखर जैसे कोई ज्वालामुखी हो गर्म लावे सा बिखरने को आतुर। तपते रेतीले ढूह जैसे बिखर जाने को बेचैन किसी तीव्र अंधड़ में...ढला दूर पहाड़ों में सूरज जिस क्षण उसी क्षण रुका कस्तूरी की गंध से पागल हिरण।
- उसी पल नदी की देह से उमड़ी धार एक अनंतिम...बाँसुरी की कोर पर एक चाँद उग आया जिसकी रोशनी में सुना मैंने तुम्हारी बन्द आँखों से बिखरता संगीत।

एक दिन ख़ूबसूरती से ऐसे बीता कि उसे बताते-बताते बताने का अधूरापन जीभ पर उगने लगे। जैसे शरबत की ठंडक ख़त्म हो चुके लेकिन जीभ पर मिठास बनी रहे देर तक...ऐसे मेरे अगले कई दिन बीते।

जैसा कि मुझे नहीं होना चाहिए था

मैं वैसी ही थी जैसा मुझे होना चाहिए था। उतनी उदास जितना मुझे नहीं होना चाहिए था। उतना हैरान जितनी मुझे नहीं होना चाहिए था। उतनी व्याकुल जितना मुझे नहीं होना था। ढेर सारे 'नहीं' से 'है' होने की ज़िद।

बाहर भी उतना अँधेरा नहीं था जितना इस वक़्त होना था...

रात जाने से पहले दो शब्द कहना चाहती है और मैं बारह की सुई पर कुहनी टिकाए उसकी एक-एक भाव-भंगिमा पर रिसर्च के मूड में हूँ, जैसा कि मुझे नहीं होना चाहिए था। सिद्धान्त को सोते हुए देखा। ढूँढ़ा वह पतला-दुबला 'भाड़ में जाए दुनिया' वाली चाल चलता हुआ लड़का जिसने बड़ी हिम्मत जुटा कर मेरे पास आकर कहा था—"प्लीज़ किसी को भी चुन लो, उस प्रमोद से दूर रहो, वह तुम्हारे लायक़ एकदम नहीं है। तुम इतनी ब्राइट हो, अपनी क्लास रैप हो, हर एक्टिविटी में हिस्सा लेती हो, तुम्हारी तरफ़ आकृष्ट होना सहज है, सरल है, लेकिन प्लीज़, वह ठीक नहीं है।" मैं पूछना चाहती थी कि इतनी फ़िक्र क्यों है तुम्हें? सुनना चाहती थी उसकी वजह। उसे सुनने के लिए बेताब थी मैं। लेकिन ख़ूब-पढ़ा-लिखा, सबसे इतना सहज लड़का मुझसे कतरा-कतराकर निकल जाता रहा। उस दिन जब पिकनिक से लौटते हुए हम पुराना क़िला उतर गए तो देर तक

चलते रहे चुपचाप। शाम बस उतनी साँवली हुई थी कि सबकुछ दिखे, हम दिखें लेकिन बस छाया की तरह। दूर हाथ पकड़कर चलते जोड़े, दूसरे साथी के कंधे पर सिर टिकाए जोड़े, चूमते हुए जोड़े जैसे पक्षी थे जिन्हें लाल दीवारों के कैनवास पर पेंट कर दिया गया था काले रंग से। लेक में बोटिंग की जा रही थी। सड़कों का शोर बहुत दूर तो नहीं था लेकिन परेशान करने वाला नहीं था। कुछ झाड़ फाइकस के थे। हवा इनसे शुद्ध होती है सुना है। बत्तियाँ जलने लगी थीं। पानी पर बत्तियों का अक्स हिलता था तो लगता था किसी साँवरी सुन्दरी के कान का बूंदा झलकार मारता है। जितना मैंने सिद्धान्त की चुप्पी और आँखों में पढ़ा था उतना उसके मुँह से कभी नहीं सुना था अपने लिए। उसी को सबकुछ मान लेने से अलग भी कोई चीज़ है जिसके होने से प्यार का होना माना जाए? फिर भी, क्योंकि वह मुझे उकसाता था, भड़काता था अपनी चुप्पी से, तो मैंने पूछ ही लिया—"डू यू लव मी?" एकदम बेहूदा सवाल था यह लेकिन जिसका तुरन्त जवाब मिला—"यस" और एक गिलहरी मेरी गर्दन पर से फुदकती हुई पीठ पर फिर फुदकती हुई कमर और फिर पैरों तक आई और दिमाग़ में गुदगुदी मचाती हुई निकल भागी वापस पेड़ पर। सिद्धान्त की आँखें उस वक़्त शहद का छत्ता थीं कि मेरी नज़र की गुलेल चल जाती और निशाना सीधा पड़ता तो...एक भय से मैंने आँखें नीची कर लीं और गिलहरी फिर से अपनी झबरी पूँछ मेरी गर्दन पर फिरा गई। बिना एक शब्द कहे सिद्धान्त ने हाथ थाम लिया। गिलहरी हमारी हथेलियों के बीच हो जैसे, ऐसे कोमलता से मैंने अपनी हथेली सिद्धान्त के हाथ में रह जाने दी। गिलहरी को वहाँ गर्मी मिली और नींद आ गई उसे। हम उसकी नींद तोड़ना नहीं चाहते थे सो हथेलियाँ सटाए उँगलियाँ फँसाकर गिलहरी का झूला बनाया और तब तक चलते रहे जब तक कि पंजों के कसने से गिलहरी कुनमुनाकर उठी और भाग नहीं गई। भागकर मेरे बैग में छिप गई होगी शायद। रात को बिस्तर पर लेटी तो गर्दन पर उसकी पूँछ लगते ही सिहर गई। फिर वहीं मेरे साथ सोती रही वह अगली सुबह तक।

वह मौसम इतना सुहावना था और ज़मीन इतनी नर्म थी कि जहाँ-जहाँ आशंकाएँ गिरीं वहाँ-वहाँ विश्वास के पौधे उगने लगे।

...

लालची, नासमझ बच्चा भरोसे की गुल्लक जल्दी भरने के लिए उसमें कंकर भी डालने लगा। उसे छिपाकर ऐसी जगह रख दिया कि आपात स्थिति में ख़ुद ही को याद न आए कि उस गुल्लक का हुआ क्या। मुझे अपनी ही जेब टटोलनी होती थी। कुछ नहीं भी होता था उसमें तो हाथ डालकर सीना ताने चलती थी। अगल-बगल टोह लेती।

विजयलक्ष्मी का काम लगभग पूरा हो गया था। लेकिन सब कमरे के अन्दर बन्द था। हिफ़ाज़त से। मुझे एकदम भरोसा नहीं था कि सब लड़कियाँ ठीक से नाच लेंगी, गा पाएँगी, भाषण दे सकेंगी। अर्चना परेशान थी और हम हैरान कि उसके पापा ने मना कर दिया था भाग लेने के लिए। बल्कि वे उसे स्कूल से ही निकालना चाहते थे। जबकि वह सबसे अच्छा कर रही थी। मैंने ज्योति से कहा कि उसके पापा से बात की जाए, बुलाया जाए स्कूल? ज्योति की अपनी रीडिंग थी। उसने कहा—"बात तो कर लें, लेकिन हमारी बात समझ में भी आनी चाहिए। कोई और मतलब नहीं लगना चाहिए। हम अनीता से कहते हैं। उसे उन्हें समझाना आएगा,उससे अपनापन लगेगा तो उसकी बात भी सुनेंगे अर्चना के पापा।" मैं ज्योति की बात समझ रही थी। हुआ भी वही। अनीता ने उन्हें बुलाकर समझाया। अपना उदाहरण दिया कि वह कैसे पढ़-लिखकर आज स्कूल का सबसे बड़ा परीक्षा विभाग सँभाल रही है। उसके बिना सब ठप्प है यहाँ। सुविधाओं के इतने बुरे अभाव वाले स्कूल में भी बोर्ड की परीक्षाएँ करवाई हैं उसने। मैं और ज्योति उस लड़के को याद करके हँसे जो परीक्षा में अजीब सी विशालकाय घड़ी बाँधकर आया था कलाई पर। सुनहरी, नहीं, पीली घड़ी। कितने सारे अलग से बटन, इंजर-पिंजर लगे हुए थे उसमें। उस क्लास के लड़के इतना सुसू जा रहे थे

कि मन हुआ अगली मीटिंग में यह सुझाव रखें कि एग्ज़ाम सेन्टर में घुसते हुए सबको एक डायपर दिया जाए ताकि आराम से बैठकर ये पेपर कर सकें। अनीता के पास एग्ज़ाम के अलावा जाने कितनी ही समस्याओं का हल था, मानो तो, इस बात को छोड़कर कि उसकी कोई संतान न थी। कोई टीचर चिढ़कर कह भी देती थी कि बच्चे तो हैं नहीं इसलिए इतना वक़्त देती है स्कूल को। इसमें क्या बड़ी बात है। तरह-तरह के इलाज और दवाइयों से अनीता की देह बेढंगी हो चली थी लेकिन आस अब भी उतनी ही कमसिन थी। बाद में आई.वी.एफ. से उसकी मुराद पूरी भी हुई। कभी बताया था उसने कि इसमें कितना दर्द होता है। बेहद दर्द। मुझे लगा यह भावनात्मक दर्द अधिक है। ससुरालियों के मकान में हिस्से की अब वह पक्की दावेदार हो गई थी। आख़िर किसके लिए कमाते हैं? हँसते हुए वह अपने पति की ड्राइवरी में सुरक्षित कार की सीट पर आसीन हुई। आख़िर किसके लिए कमाते हैं—मुझे एक अश्लील सवाल लगा क्योंकि अपनी ज़िन्दगी तो किन्हीं और सवालों में गर्क हो रही थी। जैसे, मैं अपने लिए क्यों नहीं कमा सकती? और इसके बाद मुझे सारे सवालों को ग़ुलेल में कसकर भिरड़ के छत्ते में मारने का मन हुआ, बस अपने छिपने की जगह नहीं मिल रही थी।

आख़िर अर्चना के पापा मान गए। उनकी माँ ने कृतज्ञ नेत्रों से हमें और घायल पक्षी की निरीहता से अपने पति की ओर देखा। अर्चना ने अपनी ही एक लड़ाई जीती थी, जिसे वह हमारी लड़ाई और अपनी जीत समझ रही थी। हमने हिदायत कर दी थी कि जो-जो मेकअप का सामान जिसके पास हो वह लेता आए। किसी भी तरह के क्लिप, सेफ़्टी पिन, गजरे, नकली बाल, रबड़ बैंड, कंघी, शीशा सब कुछ। जिस जगह कार्यक्रम होना था वहाँ एक भी प्लग प्वॉइंट नहीं था। कसेट कैसे बजता। नैनिका ने अपने घर से बैटरी से चलने वाला कसेट प्लेयर लेकर आने का वादा किया। संचालन मिसेज़ नीना मेस्सी को करना था। बहुत कहने पर उन्होंने हामी भरी थी इस काम के लिए। बगल के स्कूल से पदोन्नत होकर एजुकेशन अफ़सर बनीं रेखा मैडम

भी आने वाली थीं। वे भी विचित्र जीव थीं। उनका भयानक ख़ौफ़ हमने तब देखा जब पदोन्नत होने के ठीक पहले वे दो महीने के लिए हमारे स्कूल में बतौर प्रिंसिपल आई थीं। छोटे कद की लेकिन बेहद विस्तृत पृष्ठ भाग। हम स्टाफ़ रूम में मज़ाक करते थे कि रेखा मैडम का सीना इतना उन्नत है कि चाय का कप रखने के लिए उन्हें टेबल की ज़रूरत नहीं पड़ती होगी। सरकारी नियम-क़ानून-कार्यवाहियों में वे इतनी दक्ष थीं कि उनके आने से पहले यह हवा आ गई कि अगर कोई ग़लती हो जाए ग़लती से तो जाकर चुपचाप रेखा मैडम के पैर पकड़ ले और साफ़ बता दे। उनके अलावा कोई नहीं जो उस ग़लती की सज़ा से बचा सके। वे जितना कानून जानती थीं उतना ही क़ानून की कमियाँ और चोर दरवाज़े भी।

उनका ग़ुस्सा वाक़ई भयानक था। टीसी काटते हुए एक बार एक ग़लती उन्होंने मेरी पकड़ी थी। जिसे टीसी दिया गया उसके नाम के आगे उसकी क्लास के रजिस्टर में यह साफ़-साफ़ दर्ज किया जाना था और प्रिंसिपल के साइन लिए जाने थे जो मैं भूल गई थी। लड़की टीसी लेकर जा चुकी थी। मैं मना रही थी कि मुझसे कोई भयानक ग़लती, जैसे दूसरी बार किसी को टीसी दिया जाना न हो गई हो। कितना ढूँढ़ा था वह रजिस्टर। अंततः नीना मैम के लॉकर में मिला। मुझे याद ही न था कि एक दिन छुट्टी के वक़्त जल्दी-जल्दी में मैंने उसे नीना मैम के पास रखवा दिया था। मेरे अपने लॉकर में इतना कबाड़ था कि काम की चीज़ के लिए जगह ही न बची थी।

तो कुल मिलाकर यह कि ओपन डे की सारी ज़िम्मेदारी मेरी थी और उसमें कोई भी ग़लती नाक़ाबिले बर्दाश्त होनी थी। मैंने अपने आप को सबकी जगह एक-एक बार रखकर देखा। अगर मैं नैनिका होती, अगर मैं नीना मैडम होती, मैं ज्योति होती या विजयलक्ष्मी या, अनीता की जगह, यह सोचना ही अलग बात हो जाती कि क्या महसूस करते जब वे जानते कि उनके गर्भ में एक बार फिर एक शिशु जीवन पाने को तैयार हो रहा है। नीना मेस्सी

मैडम को देखकर मुझे क्रिश्चियन गाइनी की याद आई...अबॉर्शन इन अगेन्स्ट गॉड! नैनिका या विजयलक्ष्मी या ज्योति, विजयलक्ष्मी तो ग़लती प्रूफ़ लगती थी, नैनिका के पास पहले ही दो बच्चे थे और वह पोतड़े धोने की उम्र से आगे निकल चुकी लगती थी, इस तरह के काम के बारे में बात करने से वह दया के भाव से भी देख सकती है ऐसा लगता था। ज्योति मेरे बेहद नज़दीक थी तो मैं मान रही थी कि न उसके साथ ऐसा अनुभव हुआ है न उसने छिपाया है न आगे ही कभी हो सकता है। जिस तरह के अपमानपूर्ण रवैये को झेलने के बाद वह अंततः कई तरह के कष्ट उठाकर अलग हुई थी ससुराल से उसके बाद एक बार फिर वही सब कष्ट उठाना उसके और उसके पति के एजेण्डा में एकदम भी नहीं था। रास्ता आगे बन्द था। मुझे याद आई डॉक्टर की बात—एक अबॉर्शन तो सब लेडीज़ के लाइफ़ में हो सकता है, अक्सर होता भी है। मेरी आँखें अपने आस-पास की हर औरत के चेहरे और हाव-भाव में एक मिटे हुए गर्भ के निशान खोजती रहीं। मुझे चक्कर आ रहा था और जीवन मेरे हाथ से फिसल रहा था। नाटक का अभ्यास चल रहा था और शालिनी की लिखी स्क्रिप्ट को बच्ची पढ़ रही थीं—मैं थक चुकी हूँ तन-मन से, गृहस्थी का बोझ नहीं सहता है।

मुझे हँसी आई कि तेरह साल की बच्ची के चेहरे पर ऐसा भाव कितना विचित्र लग रहा है।

मुझे कम से कम दो दिन का आराम तो चाहिए होगा इसलिए ओपन डे से पहले नहीं जा सकती डॉक्टर के पास। मुझे स्कूल के साथ-साथ ही झेलना होगा भूख को, चक्कर को, कलेजे की जलन को, अनमना हो जाने की आदत को, बढ़ते हुए मूड स्विंग्स को। मैंने और ज्योति ने चार लड़कियों को अपनी साड़ी देने का वादा किया जिससे वे उसका लहंगा बना सकें। ये बच्चियाँ जो एक पेंसिल, एक कॉपी या एक किताब के मिलने पर भी कृतकृत्य हो जाती थीं उनके लिए अपनी साड़ियाँ निकालकर जैसे हमने उन्हें हमेशा के लिए फतह किया हो। ये हमें अपना आदर्श मानती थीं।

कितनी ही लड़कियों के सपने जाग जाते थे। हम मैडम जैसे बनेंगे। बारहवीं पास करती हुई कितनी ही कह गई थीं मैडम हम आगे पढ़कर टीचर बनेगे आप जैसी। एक बच्ची का फ़ोन पिछले चार साल से मुझे लगातार आता था। हर जन्मदिन पर, हर त्योहार पर, नववर्ष पर। मैं नहीं जानती कि मैंने क्या किया उसके लिए, मैं नहीं मानती मैंने कुछ ख़ास किया उसके लिए। लेकिन ज्योति कहती है यही ईनाम है हमारा। यही सर्टिफिकेट। ऐसा हममें से हरेक के साथ कभी न कभी होता था। हमारे लिए स्कूल अक्सर ही सिर्फ़ नौकरी की जगह नहीं रह जाता था जब हमसे कोई लड़की अपने घर के हालात और अपनी मजबूरियाँ बताने में एकदम सहज महसूस करती थी। नीना मैडम के पास तो अक्सर ही लड़कियाँ पैड लेने आती थीं। कोई तो पहली ही बार स्कूल में...तो वे अक्सर ही कोने में ले जाकर पीठ पर हाथ रखकर समझाती हुई पाई जाती थीं कि कैसे इस्तेमाल करना है फिर उसे कैसे लपेटकर फेंकना है। हम जानते थे कि इनमें से अधिकांश बाज़ार से खरीदे पैड्स इस्तेमाल नहीं कर पाती होंगी। रुई और कपड़ा ही...यह एक बड़ा भय एक और तरह से था। मुझे लगा था कि ऐसा न हो इस वजह से कोई लड़की ओपन डे पर घर बैठ जाएँ। अर्द्धपोषित, कुपोषित कुछ लड़कियाँ अकसर ही पेट के दर्द से परेशान होकर तीन-चार दिन घर बैठतीं थीं। कुछ एकदम सहमी हुई रहती थीं और कुछ ऐसी भी थीं जिनके हौसलों और प्यार में कोई कमी नहीं आती थी। दिल्ली के टॉप स्कूल में पढ़ा चुकने के बाद शुरू में यहाँ आकर लगा था कहाँ फँसे...लेकिन एक बार अपने मन के द्वार खोलते ही ये बच्चियाँ जैसे ख़ुदा का दर्जा देने लगती हैं जो आपको बदलने पर मजबूर कर देता है। मैं समझ रही थी कि सारी समस्या छोटी क्लास की है। हारे हुए परिवेश की मात खाई हुई लड़कियाँ अगर किसी तरह से नवीं-दसवीं तक पहुँच जाती हैं तो उस बदलाव को रेखांकित करना आसान होता है, जो चार-पाँच साल के भीतर उनमें आया होता है। एक दिन 'एक कमज़ोर लड़की की कहानी' पढ़ते हुए बात कहाँ से कहाँ पहुँची थी। भेद-भाव की कितनी अलग-अलग कहानियाँ बच्चियों ने

सुनाई थीं। तबस्सुम ने अपने ही घर के क़िस्से कह डाले थे रौ में बहकर। अपने ही चाचा की बेरहमी का क़िस्सा जो उन्होंने अपनी पत्नी को तलाक की चिट्ठी भिजवाकर तब किया जब पत्नी दूसरी बार गर्भवती हुई। या कैसे कमलेश को स्कूल आने की छूट मिलना ही बड़ी बात लगती है। एक बार क्लास का माहौल बने तो सब अपना-अपना मन खोलने लगती थीं। मुझे सिर्फ़ बोलने का मौक़ा देना होता था। उस दिन पूजा तपाक से बोली—"मैम, हमारे साथ तो ऐसा कुछ नहीं होता। न मुझे लगता है मैं कमज़ोर हूँ। पापा तो मुझे सबसे ज़्यादा प्यार करते हैं। भाई से भी ज़्यादा। बल्कि मैं तो छोटे बच्चों को ट्यूशन भी पढ़ाती हूँ और अपना जेबखर्च ख़ुद निकाल लेती हूँ। मेरे यहाँ कोई भेदभाव नहीं होता।" क्लास की सब लड़कियों ने पूजा की तरफ़ मुस्कुराकर देखा था, मैंने भी।

फिर सिर्फ़ इतना कहा था कि पूजा तुम आराम से घर जाकर सोचना, हम कुछ दिन बाद इस पर बात करेंगे। ओपन डे की तैयारियों की वजह से सिलेबस छूटेगा इसका भी भय था मुझे। अर्द्धवार्षिक परीक्षा होगी तो सबसे ज़्यादा मुश्किल मुझे होगी। वही हुआ भी था। जो सब लोग ओपन डे के बाद तारीफ़ करते नहीं थक रहे थे उन्होंने जमकर तंज़ कसे थे बाद में।

उस दिन बस में बैठी तो मन बेहद उचाट था। गर्म हवाओं की थपकियाँ और बस के झटकों से मिलने वाला झूला था लेकिन नींद नहीं थी। मैं याद कर रही थी पहली रात। बस यही हुआ था कि सिद्धान्त बहुत सहज था, निश्चिन्त। दुल्हन की सवारी अब अपने घर उतर गई है, चिन्ता की कोई बात नहीं है। क़िला फतह हो चुका। मैं देख रही थी कैसे विजयी भाव से सिद्धान्त घर भर में घूम रहा था सभी को निर्देश देता, झिड़कता, इठलाता, मुँह में लड्डू या किसी मिठाई का टुकड़ा पिघलाता हुआ। आख़िर हमारी शादी की मंज़ूरी मुश्किल से मिली थी। मैं ग़ौर से देख रही थी सिद्धान्त को। सुन रही थी। अचानक हलचल उठी थी मेरे भीतर जिससे अनजान था वह।

मैं ख़ुद से ज़रा परे हटी एक पल के लिए और ख़ुद को ही देखा दूर से, उसे निहारते हुए, कामना से भरकर। वह इससे भी अनजान था और उसकी यह मासूमियत पागल कर गई थी मुझे। मैं ख़ुद में वापस लौटी और अपने भीतर की लड़की को दिखाए उसकी आँखों के गुलाबी डोरे तो शरमा गई वह। शरमाकर हँसी तो वह पास आ गया यह राज़ जानने के लिए। उसके पास आने से फिर कुछ हुआ था। एक हरी नई मुलायम पत्ती को किसी ने डाल से चटकाया और रस टपक आया...मैंने अपने भाव छिपाने चाहे। छिपा भी लेती तो आवाज़ की कम्पन पहचान लेता वह...बेआवाज़ भी रहती तो स्पर्श सब राज़ खोल देता कि आम बौरा गए हैं। महुआ टपक रहा है। कोई कोयल कुहुकना चाहती है। बादल घिरने लगे हैं...

"इतना सब सिद्धान्त! इतना सब कैसे बदल सकता है! क्यों?" निश्चेष्ट लेटे हुए अपनी जगह पर मैंने पूछा सिद्धान्त से। नीचे कोई कार गुज़रती थी तो खिड़की के सहारे आती रोशनी के निशान छत पर भागते और ग़ायब हो जाते थे। पंखे और कूलर की मिली-जुली आवाज़ एक छोटे घर में पति-पत्नी की निजता के लिए एक मज़बूत पर्दा बन जाती थी। रोने का पता तो बगल में सोया व्यक्ति भी नहीं लगा सकता था, जब तक कि हिलती हुई पीठ पर दो मिनट तक आँखें फाड़े लगातार ध्यान न लगाए।

"कुछ भी नहीं बदला है निवेदिता! तुम्हारा वहम है। सब वैसा ही है। मैं वही हूँ।"

"नहीं, तुम वह नहीं हो। वह कॉलेज वाले सिद्धान्त नहीं हो तुम। सीधी बात कहने वाला बेपरवाह लड़का। वह भरम था क्या? क्यों नहीं एक भी बार पाँव जमा कर तुम खड़े हुए सिध? क्यों एक बार भी तुम्हें नहीं लगा कि यह लड़ने का, भिड़ जाने का वक़्त है और अगर इस वक़्त रीढ़ सीधी नहीं की तो हाथ से सब छूट जाएगा? फ़ैसला लेने की सारी ज़िम्मेदारी हमेशा मेरे सर क्यों रही? मेरे आँसुओं और कष्ट का मोल क्या कुछ भी नहीं? क्या तुम्हें यह लगता रहा कि जैसे दुनिया में सब शादियाँ निभती हैं

और तमाम उठापटक के बाद भी पच्चीसवीं सालगिरह पर वरमाला डाल के फोटो खिंचाए जाते हैं, ऐसे ही तुम भी एक दिन जब तोंदल हो जाओगे और आधे गंजे तब मेरे लिए हीरे की अँगूठी लाओगे और मैं अपनी सफ़ेद लट को कान के पीछे करती मेहमानों की लिस्ट बनाकर ख़ुश होऊँगी कि फलाँ को नहीं बुलाऊँगी इसलिए कि उसने अपने यहाँ मुझे नहीं न्योता था?" अब सिद्धान्त भी छत पर रोशनी के करतब देख रहा था और मेरे कान के पास हाथ से छुआ उसने तो अँगुलियों में गीलापन चिपक आया।

"रोवो नहीं निवेदिता! रोती हो तो हम आगे बात ही नहीं कर पाते। यह नहीं कहता कि किसकी ग़लती रही लेकिन हाँ, हमारे पास न योजना थी कभी न बैठकर हमने कोई योजना बनाने की कोशिश की कि इस शादी को हमें आगे किस दिशा में ले जाना है। हमने सोचा कि प्रेम किया और यह काफी है एक सहजीवन के लिए। हुई होंगी गलतियाँ मुझसे भी लेकिन फ़ैसलों में मैंने सबसे ज़्यादा अहमियत तुम्हें दी।" मेरे बाल सहलाते हुए सिद्धान्त कहता जा रहा था—"मैंने रिश्तों पर ज़रूरत से ज़्यादा विश्वास किया। कभी नहीं सोचा था कि माँ-बाप भी बच्चों के साथ खेल खेल सकते हैं। मैंने उन पर अटल भरोसा किया और दिल के एक कोने में एक अडिग भरोसा भर लिया कि कुछ भी हो, कहीं भी कैसी भी हार हो वे मेरे लिए हमेशा रहेंगे। शायद मैं ग़लत था। शायद मेरी ट्रेनिंग ग़लत थी। कभी लगता है माँ की असुरक्षाओं ने मेरे व्यक्तित्व को सोख लिया अपने भीतर। जब भी भिड़ जाना चाहता था स्टैंड लेने की कोशिश करता था कोई आवाज़ रोकती थी मुझे भीतर से...एक जानी-पहचानी आवाज़। आज शायद पहचान पा रहा हूँ कि वह शायद माँ थी" मेरे आँसू सूख गए थे और एक खिंचाव कान के पास महसूस हो रहा था। मैं पलट गई थी कि सिद्धान्त का चेहरा देख सकूँ।

"यह भी रहा कि ख़ुद को मैंने इन सब बातों से ऊपर समझा और चाहा कि तुम भी रोज़-ब-रोज़ की चिकचिक पर ध्यान न दो, अपना काम किए जाओ। तुम्हारे काम में बाधा न आए। लेकिन तुम भी वैसी कहाँ रहीं निवेदिता? याद है न कॉलेज में कैसी थीं? तुमने भी कहाँ कभी कहा पाँव

ठोककर एक दोस्त की तरह कंधे पर हाथ रखकर कि आगे बढ़ो, देखा जाएगा सिद्धान्त, मैं साथ हूँ। एक दोस्ताना हौसले की कमी मुझे हमेशा खलती रही तुम्हारे भीतर...और..." जैसे अचानक वह होश में आया कि उसने क्या कहा है।

"दोस्ताना नहीं पत्नी वाला हौसला कि सिद्धान्त कूद जाओ कुँए में मैं खड़ी हूँ मुँडेर पर। लौटोगे तो बढ़िया नहीं लौटोगे तो डूबने लायक़ ही थे। दोस्ताना सलाहें कब नहीं दीं मैंने। कब नहीं की हौसला अफ़ज़ाई कि यक़ीन करो ख़ुद पर सिध तुम इससे बेहतर के लिए बने हो। तुम घबराकर लौट आते थे। एक सेंटर की ज़िम्मेदारी मिली थी तुम्हें। मैं ख़ुश थी कि यहाँ बॉस होंगे। तुम वहाँ से भी लौट आए कि एडमिनिस्ट्रेशन अपने बस का नहीं है। पीएच.डी. तुम्हारी दुखती रग थी। ख़ूब कहा था मैंने कि इसे पूरा कर लो वरना यह भूत कभी पीछा नहीं छोड़ेगा। कभी इन दोस्ताना सलाहों को, लोकतांत्रिक रवैये को दिया महत्त्व सिध? सच कहो, तुम्हें दोस्ती ही चाहिए थी? नहीं चाहिए था तुम्हें शासन?"

"तुम घूम-फिर कर बातों को वहीं ला पटकती हो। कैसे कर लेता वह सब जबकि तुम इतनी कमज़ोर हो, परिवार है, बच्चा है, उसकी पढ़ाई है। सब देखना था न मुझे ही तो। सारी ज़िम्मेदारी मेरे ही सर थी। तुम घर बैठना और पढ़ना अफ़ोर्ड कर सकती हो मैं नहीं कर सकता था। ये असम्भव बातें हैं कि मैं आगे बढ़ सकता था।"

"मत मानो कि तुममें हौसले की कमी थी, तुम सुरक्षा घेरे से बाहर नहीं निकलना चाहते थे। सच तो यह है कि जो ख़ुद किनारे पर खड़े होकर काँपते हैं वे अपनों का हाथ भी ज़ोर से अपनी तरफ़ खींचे रहते हैं कि लहरें तेज़ हैं। वे न ख़ुद तैर पाते हैं न अपनों को ही तैरने देते हैं। यही किया माँ ने भी तुम्हारे साथ जब तुम्हें रुड़की जाने से रोका, हैदराबाद नहीं जाने दिया, जब अलग घर में तुम्हें शान्ति से जीवन नहीं जीने दिया। माँ को जबरन महान बनाने की खोखली मानवीयता में देखा ही नहीं तुम सबने कि एक औरत जिसका अपना कोई निजी जीवन, शौक, महत्त्वाकांक्षाएँ नहीं रहीं, उसकी

तमाम असुरक्षाएँ संतान में शरण नहीं लेंगी तो और क्या होगा? उन्होंने तुम्हें कूदने से रोका नदी में सिध और बदले में तुमने मेरी भी कलाई खींच ली जब भी मैंने पाँव बढ़ाकर छूना चाहा ठंडे तेज़ पानी के बहाव को...मैं तैरना चाहती थी और तुम्हारे भय ने मुझे किनारे पर डुबो दिया सिध।" कान के पास खिंचाव नए गीलेपन से फिर दूर हो गया। रोशनी का खेल छत पर बन्द हो गया था। शायद रात बहुत हो गई थी।

"कब? कब रोका तुम्हें? मैंने तुम्हें कभी नहीं रोका...यह ग़लत है...।" सिद्धान्त को चोट पहुँची थी या नहीं मुझे नहीं पता लेकिन मैं उसे छीलकर ख़ुद को सही साबित करने में एक अनैतिकता बोध से भर जाती इसलिए अक्सर ख़ुद में ग़लती तलाशने लगती थी। सब ग़लत दूसरे ही कैसे करते हैं? फिर हम क्या करते हैं? और सब ग़लत अगर हम ही करते हैं फिर दूसरे क्या इतने बेचारे, अबोध हैं!

"याद करो अपने रिएक्शन! मैंने स्कूल में लड़कियों के एनसीसी कैम्प के साथ ट्रेनिंग के लिए तीन महीने के कैम्प में जाना चाहा था, तो पहला ही वाक्य तुम्हारे मुँह से निकला था कि फिर अयुज का टिफ़िन कौन बनाएगा? दो दिन के लिए भी कहीं बाहर जाने की बात हो तो तुम्हें चिन्ता होती थी कि बेटे को कैसे सँभाला जा सकेगा जबकि तुम ख़ुद बाप हो, तुम्हारी माँ भी साथ हैं। लेकिन एक निवेदिता के जाने से सब हिल जाएगा। मुझे यहाँ गाड़े रखने से घर नंदन वन नहीं हो जाएगा। धोखा है यह दिलासा कि एक दिन तुम्हारा आएगा निवेदिता जब तुम सब अपने मन का कर पाओगी। बूढ़ी हो जाएगी निवेदिता और कोसेगी अयुज को अगर आज उसने जीना नहीं सीखा तो। आज नहीं सम्भव वह दिन तो कभी नहीं सम्भव। मैं साँस लेने के लिए करवट भी बदलूँ तो तुम्हें लगता है गई निवेदिता। याद करो जब तीन दिन के लिए माँ के पास गई थी तो तुम पहले ही दिन की शाम को लिवा लाए थे कि माँ-बाबा को गाँव जाना है सुबह। किसी सेमिनार में मैं सिर्फ़ इसलिए नहीं जा सकती थी कि मेरा बच्चा छोटा है और मेरा पति तो उससे भी छोटा है। उसके हाथ-पाँव यह सोचकर फूल जाएँगे कि बच्चा

माँ की अनुपस्थिति में रोनी सूरत बनाए है। इस पर तुम्हें पाँच बात सुननी होगी और तुम जवाब नहीं दे सकोगे क्योंकि ख़ुद ही मन में स्वीकार करते होंगे कि ग़लती निवेदिता की है। हद है तुम्हारी छिछली भावुकता की। जैसे ख़ुद आत्मनिर्भर नहीं हुए भावनात्मक रूप से अयुज को भी कभी नहीं होने दोगे। नहीं करूँगी आच्छादित अयुज के व्यक्तित्व को ख़ुद के व्यक्तित्व से, यह याद रखना। अपना भी एक जीवन है मेरा! चौबीस घंटा मैं सिर्फ़ घर और अयुज के बारे में नहीं सोच सकती और इसके लिए तुम लोग बार-बार मुझे ग्लानि में नहीं डाल सकते।" आख़िरी शब्द कूलर की आवाज़ से तेज़ था। एक साँस में जैसे मैंने कितना कुछ बक दिया और कमरे से उठ गई। बाहर के कमरे में भी कूलर चल रहा था जिसकी उमस ने दम घोंट दिया था। फ्रिज से बोतल निकाल कर पानी पिया ख़ूब सारा। निढाल हो गई वहीं...चक्कर और भूख की मरोड़। जितनी भूख उतनी की तीव्र उलटी की इच्छा। मैंने झटपट तीन केले खाए। मीठे से पक्का मितली आती थी तो तलाश करके एक कटोरी भरकर नमकीन खाया। फिर भी तसल्ली नहीं हुई तो एक मैगी बनाई। कमरे में लौटी तो वही कूलर की उमस और बातों की बासी गरमी। एक अजीब सी गंध थी पसीने और आँसुओं की जिसे सूँघते ही मुझे उलटी हो गई। जितना खाया था सब बाहर। उलटते-पलटते किसी तरह रात गुज़री थी...

ज़िन्दगी में जो किया हिमाक़त की हो जैसे

सोमवार का इन्तज़ार एक नियम ही बन जाता अगर अबीर की एक अख़बार में नौकरी न हो गई होती। शाम पाँच बजे के बाद उसका मिलना अब मुश्किल था। डेस्क पर बैठना होता था। अक्सर ही कोई अच्छा लेख मुझे पढ़ा देता था वह। घर पर मैंने जैसे-तैसे उसका अख़बार लगवा लिया था। पार्लर में पढ़ लेती थी ख़ाली वक़्त में। बच्चे, पार्लर, अबीर और थोड़ा दुनिया को जानना। मैं इतनी व्यस्त हो गई थी कि जगजीत मुझसे छूट रहा था। जगजीत भी महसूस कर रहा था लेकिन जीवन में विचलन उसे इतने ख़ौफ़नाक लगते थे कि वह सच स्वीकारना नहीं चाहता था। जितने के लिए उसे तैयार किया गया था, उतना ही वह ठीक से निभा रहा था। वह ठीक से नौकरी कर रहा था जैसी भी थी। वह ठीक से ग़ुस्सा करता था कि जैसा उसने सीखा होगा। एक दिन लौटी थी घर तो माँ-बेटे धीमे-धीमे बातें कर रहे थे। मेरे मन के चोर ने हौले से मुझे दरवाज़े के पीछे खींचकर खड़ा कर दिया। माँ अपना सपना सुना रही थीं कि कैसे उन्होंने देखा कि वे घर भर में पोंछा लगा रही हैं और मीना सामने खड़ी है। बेटा परेशान होकर सुन रहा था लेकिन एक बार मुझे ज़ोर से हँसी आई थी इस बात पर कि मेरा सपना होना था इसे तो...लेकिन आज भी यह स्त्री मेरे सामने रोई तो मैं पिघल जाऊँगी। अपमान का तो सोच भी नहीं सकती भले इन्होंने कोई

कसर न छोड़ी हो मेरे अपमान में। शादी के तीसरे ही महीने जब देवर का एक्सीडेन्ट हो गया था तो मुझ पर चिल्लाई थीं कि मेरे तीनों बच्चों में से किसी को भी कुछ हुआ तो बख्शूँगी नहीं। उन्नीस की उम्र में मेरे लिए वह स्त्री माँ समान हो सकती थी, जिसने मुझे अपने सामने ठीक से जवान होते और परिपक्व होते देखा। जो हर उस बात से वाक़िफ़ थी जो मुझे रुला सकती थी जो मुझे परेशान कर सकती थी। वे मेरी रग-रग जानती थीं। उन्नीस साल की मीना जो कल तक जवाब देना क्या कपड़े पछींटना भी ढंग से नहीं जानती थी, वह आज अपने पार्लर की मालिक है। जो चाहती है, अपने हाथ से पैसा निकालती है और ख़रीद लाती है घर के लिए। जब बाहर निकलती है तो मुहल्ले के चार लोग उससे बात करना चाहते हैं। जो कल तक फ़र्श पर पोंछा लगाती थी तो हम पाँव ऊपर करके उस पर उपकार करते थे वह ऐसी मालकिन हो गई! एक अनजान भय पसर गया। मुझे लाइन पर लाने की कोई नई कोशिश तो नहीं शुरू होने वाली? न, अब नहीं। जब सबसे मुश्किल वक़्त में मैं अकेले खड़ी रही, लड़ती रही तो अब जब आत्मनिर्भर हूँ तब मुझे किसी की दया की क्या ज़रूरत? अब तो मैंने अपना पोटला बाँध लिया है, जब कहेंगे निकल जाऊँगी। यूँ भी लड़कियाँ तो जन्मती ही हैं अपना बस्ता बाँधकर। ख़ुद जगजीत की माँ ही तो कहती हैं न कि भैया सामान बाँध रखा है हमने तो, जब कहो हरिद्वार चले जाएँगे, बेइज़्ज़ती न सहेंगे। इतना मैं भी जानने लगी हूँ कि ये कभी हरिद्वार नहीं जा सकेंगे। जगजीत को ऐसा ही बनाया गया है कि ऐसी गरमागरमी में वह ख़्वाहमख़ाह की हप-हप-हप करता है और फिर अगले दिन से पस्त हो जाता है। उसे परिवर्तन नहीं भाते। बनी मैं भी तो ऐसी थी कि नईं-नईं कहती हुई पाँव पकड़ लूँ...लेकिन अब जानती हूँ कि गला घोंटने वाले हाथ या माचिस की तीली जलाने वाले हाथ आगे बढ़कर रोक लेने वाले कमज़ोर हाथों के इन्तज़ार में रहते हैं।

मैंने दरवाज़े के भीतर कदम रखा तो जगजीत मुँह फुलाए था। आदत से मजबूर मैं भी थी ही सो पूछ लिया कि क्या बात है?

"सुबह गईं थीं तुम तो दरवाज़ा भी बन्द नहीं किया अपने पीछे। ऐसे ही खुला छोड़ गईं। कोई घुस जाता तो? पता है न माँ घर पर अकेली थी? उस दिन भी तवे के नीचे गैस ऑफ नहीं की थी। गैस तो ख़त्म हुई, आग भी लगती पूरे घर में..." मुझे जगजीत के चिल्लाने से ही भय होता था। जो बात हो आराम से कह लो। चिल्लाते ही मेरा आत्म-नियंत्रण छूटने लगता था। तबियत ख़राब होने लगती थी। चक्कर आने लगते थे। यह तो कोई बात भी नहीं थी।

मैंने कहा—"इतनी सी तो बात है। माँ उठकर बन्द कर लेतीं दरवाज़ा जब मैं निकली थी। उनके सामने ही तो गई थी न! घर में माँ रहती हैं और दीदी होती ही हैं। एक बार किचन में झाँक लेतीं, बल्कि मदद ही कर दें किसी दिन!" मैंने हैरान होते हुए कहा। यह जगजीत के लिए अनपेक्षित था।

"क्यों? माँ के पास यही काम है कि कब कौन आ-जा रहा है यही देखती रहे और दरवाज़ा खोलती बन्द करती रहे? तुम्हारे भी ज़बान है कि नहीं, जाते हुए मुँह से कह सकती थीं न! या सिर्फ़ लड़ने के लिए ज़बान है!" मैंने आगे जगजीत की एक बात नहीं सुनी और सीधे रसोई में घुस गई। पानी पिया एक गिलास कि आकर रसोई में जगजीत ने हाथ पकड़ लिया। "तुम मुझे उकसाया मत करो। सब जान-बूझकर करती हो तुम। जानती हो यह कि मैं तुम्हारे बिना नहीं रह सकता तो ख़ूब जमकर सताती हो। जान-बूझकर इग्नोर करती हो मेरी बातों को। बोलो करती हो न जान-बूझकर?" मैंने भी हाथ झटकते हुए कहा—"तुम्हारा दिमाग़ ख़राब है। बात का बतंगड़ बनाते हो तुम लोग। जैसे ही लगता है मीना में आत्मविश्वास बढ़ रहा है तो कुछ न कुछ हरकत करते हो मिलकर।" मैंने जैसे-तैसे आज मन की बात कही लेकिन तनाव से सर में तेज़ दर्द शुरू हो गया। लगा कि पसीना इतना निकलेगा आज कि बेहोश हो जाऊँगी। मैंने किचन का स्लैब पकड़ लिया और मन में प्रार्थना की कि जगजीत चुप हो जाए। अभी कितने ही काम निबटाने हैं। तबीयत ख़राब हुई तो सब धरे रह जाएँगे।

"कितना बोलती हो मीना। मैं! मैं बातों का बतंगड़ बनाता हूँ? तुम सोच भी कैसे लेती हो? कभी ख़ुद को भी देखती हो कि कैसे रहती हो घर में सबसे बेपरवाह आजकल?" जगजीत ने आँखें सिकोड़कर मुझे घूरा तो एक पल को लगा उसे सब मालूम है। अब मेरी योजना धरी रह जाएगी। उसे भनक है।

"मुझे जाने दो जगजीत। आज जल्दी आ गए तो कौन-सा उपकार किया? कौन सा तुमने बच्चों के स्कूल का काम करा दिया होगा? मुन्नू को फिर मुहल्ले में कीर्तन का न्योता देने भेजा होगा और दोनों लड़कियाँ ख़ुद अपने कपड़े धो रही होंगी। जाने दो मुझे ऊपर। अपना किया भुगतने दो मुझे।" मैं हाथ छुड़ाकर जाना चाहती थी।

"मूर्ख औरत! पछताएगी बता रहा हूँ! ये मैं ही हूँ जो तेरी इतनी बात सुन लेता हूँ और बरदाश्त करता हूँ। मेरे बिना दो कदम नहीं चल सकोगी ज़िन्दगी में। मेरी तो जो बेइज़्ज़ती करती हो सह लेता हूँ। लेकिन हमेशा ऐसे नहीं चलेगा। कभी अपनी वाली पर आ गया न तो रोती रह जाओगी। पता भी न चलेगा कि कहाँ चला गया। लाश ही लौटेगी मेरी।"

जगजीत ने जाने दिया। लेकिन वह रात को ऊपर नहीं आया। दिन भर की कहानियाँ सुनते हम टाँगे पसार कर सोए। गहरी नींद।

अगली रात जगजीत आया एकदम बदले सुर लेकर—"क्यों नाराज़ हो? तुम्हें पता है न मैं नहीं रह सकता हूँ। तुम मेरी ढाल हो। जब न रहें मेरे माँ-बाप तो जो चाहे करना। इतने बुरे लगते हैं तो ज़हर दे दो उन्हें। कुछ नहीं कहूँगा। लेकिन ऐसे अबोला मत करो। कह तो रहा हूँ माफ़ कर दो। इतनी भी क्या बात बढ़ानी मीना! तो क्या कुछ बोला भी न करूँ अब से, बुरा लगे तो मुँह सी लूँ? पालतू कुत्ते की तरह दुम हिलाऊँ? मान जाओ। कल से जाओ पार्लर। देखो अपना काम। अच्छा-ख़ासा सब चल रहा है। सब इतना अच्छा है, अब जब सब सेट हो गया है तो पता नहीं तुम्हें क्या सूझती है बीच-बीच में कि बखेड़ा खड़ा करती हो। आज तक तो कभी ऐसा नहीं किया तुमने...हर हाल में पार्लर तो जाती

ही रही हो।" मैंने बिस्तर पर बैठे पँखुड़ी की चोटी गूँथते हुए जगजीत को देर तक देखा।

मुझे कभी पता नहीं चलेगा कि फ़र्क़ क्या है! मुझे प्यार किया जाता है या दुत्कारा जाता है...।

डार्क हाउस

यह अँधेरा कमरा है, बहुत विशाल
मैंने अपने लिए बनाया है इसे
एक शान्त कोने से शुरू करके कोठरी दर कोठरी
चबाते धूसर पन्नों को
गोंद की बूँदें टपकाते
कुछ और सोचते
सीटियाँ बजती हैं, कुलबुलाता है मेरा कान

रात को एक किताब बगल में रखकर लेटी थी कि पढ़ूँगी और बहस शुरू हो गई थी। सिल्विया प्लाथ की यह कविता डार्क हाउस पूरी भी पढ़ी नहीं जा सकी थी। सुबह उठती हूँ तो झींकती हुई करती हूँ सब काम कि इसे पूरा पढ़ पाती। कुछ तो हो मुझसे पूरा। आज पहली बार किताब हाथ में लेकर चढ़ी बस में। खड़े-खड़े पढ़ने की कोशिश की लेकिन कुछ समझ ही नहीं आया। यह अन्याय है कि कविता के साथ ऐसी धक्कामुक्की कर बैठो जैसी राजीव चौक के मेट्रो स्टेशन पर अक्सर ही रहती है।

कल ही 'ओपन डे' है और आज का सारा दिन तैयारियों में ही जाने वाला है। लड़कियों ने अस्थायी स्टेज के पास वाला छोटा बगीचा साफ़-

सुथरा कर दिया था। सब जगह शीशे, जितने भी बचे हुए थे, चमक गए थे। हालाँकि सफ़ाई अभी से कर देने से कुछ विशेष लाभ होने वाला नहीं था फिर भी एक-एक कोना मानो मांजा गया था। गेट से लेकर भीतर स्टेज तक तीर के निशान चिपका दिए गए थे। क्लास मॉनीटरों को बैज दिया गया था। सबसे सुन्दर लेख वाली लड़की ने जहाँ-जहाँ ज़रूरी था, वहाँ स्वागतम और ओपन डे जी.जी.एस.एस. गर्ल्स स्कूल लिख दिया था। तसवीरें खींचने का इन्तज़ाम हो गया था। चेक लिस्ट बना ली गई थी। सब लड़कियों के घाघरे और मेकअप के सामान मँगवाकर मैंने अपने पुराने रिकॉड्र्स वाले धूल सने कमरे में रखवा लिए थे। कोई चांस नहीं लेना। कोई लापरवाही नहीं। चाभी सँभाल ली थी। कोई दस चक्कर प्रिंसिपल ने लगाए होंगे ड्राइंग रूम में, रिकॉड्र्स रूम में, स्टाफ़ रूम में और पूरे स्कूल में। कोई पंद्रह चक्कर मेरे लगे थे, बावजूद इसके कि बच्चियाँ दौड़-भाग कर रही थीं लगातार। सबसे ज़्यादा काम विजयलक्ष्मी का था। वह जुटी हुई थी। प्रीतम उसके साथ। उसी पर कल के दिन मेकअप की ज़िम्मेदारी थी। हारमोनियम सिर्फ़ मैं जानती थी बजाना स्कूल में तो एक बार 'गूँजे गगन में...' समूह गान का अभ्यास भी करवा लिया था। ठीक-ठाक ही था और इससे ज़्यादा मेहनत मेरे और लड़कियों के वश में थी भी नहीं। मैंने कभी संगीत नहीं सीखा था। हारमोनियम बजाना भी देख-देखकर ही सीखा था। न लड़कियों को ही कभी म्यूज़िक टीचर मिली थी अब से पहले। 'ऑल सेट' की आश्वस्ति के साथ लौट आई थी उस दिन लेकिन किताब मेरे पर्स में ही रह गई थी। गर्मी, थकान और आदत ने मुझे बस में फिर सुला दिया था सीट मिलते ही।

बड़ी ख़ुशक़िस्मती से ऐसी दोपहर मिलती थी कभी कि लौटने पर अयुज सो रहा हो। यूँ मुझसे ज़रा देर पहले ही घर पहुँचता था वह, सोने का क्या सवाल? लेकिन आज तो छुट्टी थी इसकी। पता लगा मेरा इन्तज़ार करते वह बिना खाना खाए सो गया है। लेकिन इसे उठाना आफ़त बुलाना होगा।

इसका भूखा सो जाना जितनी ग्लानि भर रहा था उतना ही गुनाह कर लेने का आनन्द अपनी तरफ़ भी बुला रहा था। मैंने गुनाह की राह चुनी और उसे सोने दिया। जब उठेगा तो ख़ूब प्यार कर लूँगी और खिलाऊँगी ख़ूब। कूलर ने जो उमस पैदा की थी उसके बावजूद कमरा ज़रा ठंडा ही था। पर्दों से नीम अँधेरा और अपना बिस्तर बुला रहा था मुझे अयुज की नन्हीं बाँहों का अवलम्ब भी। लेकिन जीवन से कितनी अरज के बाद मिलता था ऐसा एकान्त मुझे। इसे व्यर्थ नहीं करना चाहती थी। कभी किसी सप्ताहांत में अयुज के जल्दी सो जाने और सब काम निबट जाने के बाद भी ऊर्जा बची रह जाने का दुर्लभ संयोग बनता था तो ऐसा एकान्त रात में मिलता था। रात, जब कोई आवाज़ नहीं लगाएगा—निवेदिता! मुझे अपने नाम से नफ़रत हो गई थी। मम्मा! दिन में सौ बार सुनती थी। कोई घंटी नहीं बजेगी। कोई शिकायत करने नहीं आएगा। कोई नहीं आएगा कमर पर हाथ रखकर खड़े होने दहलीज पर और यह कहने की टीवी क्या देखती है मुझसे सुन ले कहानी, बताती हूँ किस सीरियल में क्या हो रहा है आजकल। ऐसे में बस किसी सौभाग्यशाली रात में कुछ घंटे अपने मानवी होने का एहसास दे देते थे। आज दिन में मिल गया यह समय तो कैसे जाने देती। मैंने किताब निकाली और पूरी कविता पढ़ी।

कितनी कोठरियाँ हैं इसमें
कैसी पनियाले साँप की बाँबियों सी
उल्लुओं के घोंसलों सी
मैं अपनी ख़ुद की रौशनी में देखती हूँ
किसी भी दिन जन सकती हूँ पिल्ले
या किसी घोड़े की बन सकती हूँ माँ।
हिलता है मेरा गर्भ,
मुझे बनाने ही होंगे और नक़्शे...

ये मज़बूत सुरंगें
छछूँदर सी, मैं कुतरती हूँ अपने रास्ते
पूरे चेहरे पर घास चिपकी है
और मांस के टुकड़े!
वह एक पुराने कुएँ में रहता है
पथरीली खोह में, दोष उसका है
कि मोटा सा है वह

कंकड़ों सी गंध, शलजमी कोठरियाँ
छोटी-छोटी नासिकाएँ ले रही हैं साँस
छोटे-छोटे विनयी प्रेमी!
बेकार के, नाक जैसे अस्थिविहीन,
जड़ों की आँत में
क़ाबिल-ए-बर्दाश्त है और स्नेहिल.
एक नर्म दिल माँ है यह।

कोई बस नहीं आती यहाँ, सब सुनसान है। बस स्टैंड के नाम पर एक पेड़ है सिर्फ़ जिस पर किसी ने पेंट से लिख दिया है 'बस स्टैंड'। मुझे शक है कि दूर तक फैले इस सुनसान में बस जैसा कोई वाहन आएगा। मैं ऑटो तलाशने लगती हूँ। एक दिखता है सड़क के दूसरी तरफ़ लेकिन मेरे पहुँचते-पहुँचते वह चल दिया है। मैं हाँफ गई हूँ...सीन बदला है। चिपचिपाती गर्मी में एक खिड़की के आगे मैं लाइन में लगी हूँ। आगे-पीछे अजीब से लोग हैं। एक अंकल जो एक दिन बस की खिड़की से दिखे थे अपने बाल खुजाते हुए एक हाथ से और दूसरे को हवा में घुमा घुमाकर अपने सहकर्मी के सामने कोई डींग हाँकते हुए...लाइन में लगे हुए हैं। उनके चाँद निकल आई है सर के बीचोबीच। एक लड़की जो एक दिन कण्डक्टर को मुस्कुरा कर देख रही थी जब दस की बजाय पाँच का टिकट लेते हुए

टोकी गई थी। उसने फिर भी पूरे रास्ते और पाँच नहीं दिए थे। ब्लूलाइन में चल जाता है यह सब। अब वह सयानी हो गई थी। लाइन में खड़ी होकर वह झगड़ रही थी अपने पीछे वाले से। वह कह रहा था कि पहले से नहीं थीं तुम, बीच से आ गई हो लाइन में हँसी काम नहीं आई उसकी तो चल अपना काम देख के अंदाज़ में उसने हथेली उसके चेहरे के आगे उठाई। मेरा नम्बर आते ही शटर बन्द हो गया है। अब यहाँ मटर-कुलचा मिलेगा। उसके साथ गाजर का अचार। शटर खुलते ही गाजर का अचार गिरने लगा वहाँ से इफ़रात में। ढेर सारे हरे-हरे मीठे अमरूद के ठेले। काटो तो भीतर से लाल। इलाहाबाद के होंगे। इन्हें काले नमक के साथ खाऊँगी। सब सड़क पर बिखर जाते हैं। एक लड़का अपनी प्रेमिका के सीने पर उगे बाल सहला रहा है और प्रेमिका लड़के के होंठों के बीच में जीभ घुसाकर उसकी जीभ को चुभलाती है। लड़का विशालकाय पशु में तब्दील हो रहा है। मैं सीढ़ियों से चढ़ते हुए फिर से गिरी। रेत में धँसते हुए रसोई तक पहुँचती हूँ। सिंक उबल रहा है बर्तनों से। स्लैब पर छिटके सूखे आटे पर लाल चींटियों की लाइन चल रही है मस्ती से। अचानक मेरी गर्दन पर कुछ चुभा है। हथेली पट से मारती हूँ तो कुछ आता है अँगुलियों के बीच। एक लाल चींटी है...। आज कमोड फिर से चोक हो गई होगी। फ़्लश करने पर भी कुछ नहीं हो रहा। गंदला, पीला, मटमैला बदबूदार कीचड़ बजबजाता हुआ अब बाहर ही आने को है। मुझे उबकाई आ रही है। किसे बताऊँ कि घर के एक कोने में कुछ ठीक करती हूँ उतने में दूसरा कोना ढहने लगता है। कमोड साफ़ करके जहाँ रखा था किसी ने उसे उठाकर बाथरूम में दूसरी जगह रख दिया है। बाहर धूप है, रोशनी है। कोई बादल नहीं है। कोई हवा नहीं है। कूलर की हवा से मेरे बाल बिखर गए हैं और हवा की नमी से मूंज से हो गए हैं। धीरे-धीरे पीले होते हुए भूरे और फिर सलेटी। मैं बदहवास रोटियाँ बेल रही हूँ और अचानक रोटियाँ फटे हुए पन्ने बनकर उड़ने लगी हैं। एक दिन चलता जा रहा है। मेरा नाम पुकार रहे हैं सब। घंटियाँ बज रही हैं। बचा हुआ खाना सड़ जाएगा। फ्रिज में रखना है। प्रेस होकर आए

कपड़े यथास्थान रखे जाएँगे। एक दिन अनंत हो गया है। शाम पर आकर रुक गया है। घड़ियाँ इतनी धीरे हो गई हैं जैसे उन्हें चलने के लिए महीनों से तनख़्वाह न मिली हो। रात नहीं होती। कहाँ है रात। क़ीमत चुकाती जा रही हूँ...एक दिन है न बीतने वाला। मुझे साँस नहीं आ रहा। कोई गला दबाए है पंजों में। अँधेरा है कि घिर ही नहीं रहा। आज का दिन कभी नहीं बीतेगा। मैं चिल्लाना चाहती हूँ ज़ोर से...और नींद खुलती है। सुबह हुई है? जगाना है न अयुज को नहीं, बच्चों की आवाज़ें हैं खिड़की से आ रही... खेलने आ गए हैं...शाम हुई है...

एक ज़ोर की भूख महसूस हुई थी उस वक़्त। चाय पीकर और अयुज को दूध पिलाकर पार्क ले गई। गुलमोहर और अमलतास में जैसे जंग छिड़ी है कि कौन ज़्यादा लदेगा फूलों से। पीले-पीले गुच्छे लटके हुए, किसी यौवना ने कानों में लटकाए हों जैसे नए फैशन के डैंगलर। जो बच्चे नियम से नहीं आते रोज़ उनके दोस्त नहीं बनते आसानी से। अयुज कहाँ आ पाता है। कॉलोनी का पार्क घर से इतना दूर है कि अकेले भेज नहीं सकती। जिनकी दोस्तियाँ पुरानी हैं उनके अपने गुट हैं। आज फुटबॉल खेलना तय हुआ है लेकिन अपन लोग तो बैडमिण्टन का सामान लिए चले आए आज। अयुज ने ज़िद की कि वापस चलो और बॉल लाओ। किसी तरह उसे मनाया खेलने को। बहलाया भी कि "जॉब करने वाली मम्मा के बच्चे इतनी ज़िद नहीं करते। अपने रास्ते निकालते हैं। इतनी ज़िद करोगे तो जल्दी बुड्ढी हो जाऊँगी दादी जैसी। तुम्हें चाहिए ऐसी मम्मा? नहीं न!" थोड़ी देर मुँह बनाने के बाद वह खेलने भाग जाता है।

पार्क का एक कोना अचानक बादलों से घिर गया और वहाँ रिमझिम सावन बरसने लगा। एक लड़की अपनी चप्पलें उतारकर पार्क की दीवार पर चल रही थी सन्तुलन बनाती, और नीचे लड़का साथ-साथ उसका हाथ थामे कि गिरे नहीं वह। लड़के के सारे बाल माथे पर ऐसे छाए थे कि उसकी आँखों

को देखना मुश्किल था, लेकिन उसकी छाया में एक आधा समझदार, आधा पगलाया प्रेमी साफ़ दिखाई देता था। इस पूरे खेल में लड़की का चेहरा जितना विनीत था उतने खिलन्दड़ उसके भाव। कैनवास पर बस यही एक तसवीर बसी रही कुछ देर के लिए और धीरे-धीरे धुँधली हो गई।

अभिसार ने कहा था—"बारिश होगी"। मैंने कहा—"देख लेना, नहीं होगी" और बारिश हुई थी। ट्यूशन क्लास से भाग आए थे उस दिन हम दोनों। पढ़ने में दोनों तेज़ थे तो छूटा हुआ काम भी पूरा कर लेंगे यह भरोसा था। लेकिन तपती गर्मियों के कई जुड़वाँ दिनों के बाद अगर बादल घिरने लगें और मीठी-सी हवा चलने लगे जिसमें देवदार के पत्तों की ताज़गी हो तो हम कमरे में बन्द होकर एक बोरिंग किताब कैसे पढ़ते रह सकते थे जबकि खिड़की से झाँकना भी अपराध माना जाए? ट्रिग्नोमैट्री चल रही थी और मैंने बिल्ली के तीन बच्चों को घास पर खेलते देखकर अभिसार का हाथ दबा दिया था। मेरी आँखें बड़ी होती देख उसे समझ में आ गया था। उसने बाहर देखा और हमने मौक़े का इन्तज़ार किया। सर पाँच मिनट वाला ब्रेक लेकर गए तो हम खिसक गए। पास ही एक हरा और बड़ा मैदान होता था जो दोपहर में अक्सर ख़ाली रहता था गर्मियों में। सिर्फ़ पास के घरों से कुछ छोटे लड़कों को, जो घरों में हर वक़्त बहुत उधम मचाते हैं, भेज दिया गया था। एक पेड़ की छाया में शायद माली सोया था। पार्क के दूसरे सिरे पर एक टूटा हुआ मकान था जिसका मलबा उसी की बाउण्ड्री में भर गया था। कुछ पौधे उसी मलबे में उगने लगे थे। बिल्लियों के लिए वह अच्छी जगह थी। अक्सर हम पार्क के उस कोने तक नहीं जाते थे। लाल चम्पा के पौधे थे लाइन से चार-पाँच उसके पास वाली बेंच पर हम बैठ गए। "देखना बारिश होगी।" अभिसार ने कहा। मैंने कहा—"न, बस ऐसे ही चले जाएँगे बादल बैरंग..." और बारिश हुई ऐसी कि भागने का मौक़ा दिए बिना भिगा दे। भीगना किसे बुरा था। हम भीगे और हम भीगते-भीगते बच्चा हो गए। बारिश में हमने क्लास के लड़के-लड़कियों की, टीचर्स की

ख़ूब नकल उतारी। गली के सबसे होशियार कटखने कुत्ते को भीगी बिल्ली बना देखकर ख़ूब हँसे। तेज़ हवा में छतरियाँ पलट जाते हुए देखकर रोमांचित हुए। मैंने ज़िद की कि चप्पल उतारकर मैं पूरे मैदान का चक्कर लगाऊँगी। मुँडेर पर चढूँगी। बेंच के पास मैंने चप्पलें निकाल दीं और बाँहें फैलाकर मुँह को बौछार से ठंडा किया। मैं मस्ती से चलती जाती थी और पीछे-पीछे अभिसार मेरी दोनों चप्पलें लिए आता था—"अरे! कैसी जल्दी है! रुको! कुत्ता है रास्ते में। फिसल जाओगी तो औंधी पड़ोगी कीचड़ में।" मैं मुँडेर पर चढ़ी तो उसने हाथ थामने की शर्त लगा दी। दोनों चप्पलें अपनी जीन्स की दाएँ-बाएँ की जेब में घुसाईं और हथेली थाम ली मेरी। "कोई ऐसे चप्पल रखता है!" मैंने कहा तो उसने कहा कुछ नहीं, अपने सर के बाल अँगुलियों से हिलाए और पानी झाड़ दिया। मैं ख़ूब हँसी तो डगमगा गई थी फिर सँभाला। मानसून से पहले की बरसात थी। जल्दी थम भी गई। हम आधे सूख भी गए थे। घर जाने से पहले मैंने अपनी चप्पलें माँगीं थीं—"इतनी पसन्द हैं कि साथ ले जाओगे?" हाज़िरजवाब था वह। बोला—"अब तुम्हें तो ले जा नहीं सकते।" बारिश के बाद उमस भर हँसी वहाँ पसर गई।

अभिसार के पापा का तबादला हो गया था। कहाँ गया कुछ पता नहीं। इतने सालों में उसने मुझे एक बार भी नहीं ढूँढ़ा।

अब मुझे कोई न ही ढूँढ़े।

ज़िन्दगी जब हाथ छुड़ाकर सड़क के बीचोबीच भागने लगे तो टक्कर उसे लगनी ही है

दशहरे के आस-पास घर में सफ़ेदी कराने की तैयारी होने लगी। छोटा घर और इतना सामान। पहले ही दिन बच्चों के होश ठिकाने लग गए। पूरा घर अस्त-व्यस्त। बच्चों का टाइम से खाना-पीना-नहाना पूछने वाला कोई ख़ाली नहीं था। सबको काम था। मुझे भी जाना ही था। शादियों का सीज़न था। कभी तो दिन-दिन भर बैठकर चाय पीने की फ़ुरसत नहीं मिलती थी। तीन लड़कियाँ और मैं, सब जुट जाते थे तो भी काम नहीं सिमटता था। मैंने तय किया कि माँ के घर चली जाऊँगी दो-तीन दिन। फ़ोन किया तो पता चला कि चंद्रिका पहले से ही झगड़ा करके वहाँ पहुँची हुई है। यह माँ पर महाबोझ हो जाता। झक्क मारकर जिज्जी को फ़ोन किया। माँ के बाद उन्हीं का घर सूझता था जहाँ दो पल को चैन से बैठना मिले। लेकिन बच्चों को सारा दिन के लिए उनके भरोसे छोड़ने में एक घबराहट सी हो रही थी। लेकिन मरता क्या न करता?

उनकी कामवाली बाई नहीं आई थी, तो बर्तन माँजकर, रसोई समेटकर रात को जब बैठे सब तसल्ली से तो पार्लर की चर्चा छिड़ गई। जीजाजी बड़ाई कर रहे थे—"यह बढ़िया काम किया मीना। अपना काम अपना काम होता है। किसी की ग़ुलामी क्यों करना? हमारी तो मालकिन पति तक की

ग़ुलामी नहीं करतीं।" जीजाजी ने जिज्जी की ओर ऐसे देखा कि आओ मुझे मारो...लो मैं प्रस्तुत हूँ। जिज्जी ने निस्संग भाव से महिफ़ल को देखा। इस मीटिंग का कुछ और एजेंडा उन्होंने शायद पहले ही तय किया था। मेरे लिए ये आदर्श दम्पती थे। तमाम लड़ाई-भिड़ाई, लात-जूता, बेइज़्ज़ती के बावजूद एक-दूसरे का कवच बनकर खड़े हो जाते थे। पंखुड़ी का रिज़ल्ट आया तो फ़ोन कर-कर के बेहाल कर दिया था मुझे। कैसे बताती कि गणित में 35 अंक लाई है। मैंने नम्बर बताने में आनाकानी की थी तो जीजाजी ने फ़ोन पर झाड़ दिया मुझे—"तुम्हारा दिमाग़ ख़राब है मीना! बाक़ी बातें बाद में करना पहले नम्बर बताओ। बेकार में तुम्हारी जिज्जी की तबीयत ख़राब हो रही है। तुम नहीं जानतीं कि कितनी चिन्ता है उन्हें पंखुड़ी की। उसके फ़्यूचर की।" मैं पूछना चाहती थी कि क्या मुझसे भी ज़्यादा? काश! अपने ही बच्चों की फ़िक्र कर लेतीं तो लड़का फेल न होता दसवीं में और लड़की के फेल होते-होते बचने की नौबत न आती। लेकिन वे दोनों मिलकर एक-दूसरे के लिए जो माहौल बनाते थे वह अद्‌भुत था। माँ तक फ़ोन पहुँच गया कि पंखुड़ी के रिज़ल्ट की चिन्ता में अंजना की तबीयत ख़राब हो गई। माँ की सहानुभूति भी मिल गई। घर में उनकी पड़ोस की सहेलियाँ आई हुई थीं, उनकी भी सहानुभूति और प्रशंसा पाई। बहन और उसके बच्चों पर जान देने वाली। जीजाजी ग्लूकोज़ पिला रहे थे। ऐसा सेवादार पति और चिन्ता करने वाला जीजा। जिज्जी ख़ाली थीं, दिन भर घर पर एक व्यवसायी की पत्नी को रोज़ फ़ोन घुमाना होता था। कभी मुझे, कभी माँ को। कभी... शायद कभी चंद्रिका को या छोटू की बंगाली बीवी को। उसकी इस घर में सिर्फ़ जिज्जी से पटती थी। हमें तो वह निरा अनपढ़ समझती थी। पार्लर में काम करने की वजह से मुझे तो ख़ास तौर से वह घटिया समझती थी। इस काम में वैसे भी कहाँ कोई पढ़ा-लिखा समझदार इनसान आता होगा। कम पढ़ी-लिखी लड़कियाँ मुसीबत पड़ने पर जब वेश्यावृत्ति नहीं कर पातीं तो ज़मीर और मन मारकर इस धंधे में आ जाती हैं। कम उम्र की लड़कियाँ अक्सर यह भी नहीं समझ पातीं कि पार्लर का पुरुष मालिक उनका कैसे-

कैसे शोषण कर रहा है। एक लड़की के कई गर्भपात तो हमने ही होते देखे। किस तरह वह उस ज़ालिम के चंगुल से निकली और अब तो शादी भी हो गई है उसकी। हमारी उम्र में यह सब दिख जाता है। शादी के बाद इन विषयों के ग्रेजुएट तो हो ही जाते हैं अपन।

आख़िरश ख़तरों से खेलते हुए मैंने एक पार्लर, एक अपनी छोटी सी जगह बना ली थी। आसान कहाँ था लेकिन यह सब? जीजाजी ने बेहद सामान्य दिखते हुए पूछा—"तो कितना पैसा लगा अपने पार्लर में? कुछ लोन-वोन लिया है क्या जगजीत ने? या प्रॉपर्टी का बँटवारा हुआ है?" जिज्जी फ़िलहाल चुप थीं। वे थक गई थीं और निर्लिप्त भाव से सब सुन रही थीं। वे भले ही मुझ पर जान देती हों, पँखुड़ी के फ़्यूचर की चिन्ता करती हों, लेकिन उन्होंने अभी मुझे पार्लर की बधाई नहीं दी थी। मुझे लगा था अब इतने बहनापे में ऐसी छोटकी-छोटकी औपचारिकताएँ थोड़ी न देखी जाती हैं।

"अब जीजाजी, बना-बनाया सेटअप लिया है तो एक-एक चीज़ की लागत नहीं बता सकती। न नाम बदला, न लड़कियाँ। ऐसे ही चला के दिखाऊँगी जैसे जगजीत की मौसी का पार्लर जमा दिया था। पैसे की क्या कहूँ। लोन क्या लेंगे जगजीत। उनका काम आपको पता ही है। मैंने जैसे-तैसे करके इतनी हिम्मत की है। कुछ गहने बेच दिए और कुछ उधार भी लिया। बाज़ार में मौक़े की जगह होने की अपनी क़ीमत है। किराया तगड़ा है। फिर सारा दिन धूँ-धूँ करके ए सी चलता है। ख़र्चा तो है ही ख़ूब। पर मैनेज करूँगी और भरोसा है कर लूँगी।" मैंने जवाब दिया जिसे सुनकर जीजाजी दोनों होंठ भीचकर कुछ समझते हुए पंखे को निहारने लगे। जिज्जी जीजाजी को आँखें सिकोड़कर देख रही थीं कि असली बात नहीं उगलवा सके न बच्चू! किसी काम के नहीं हो! कुछ देर की चुप्पी के बाद बोलीं—"बस, इसका पार्लर हो गया है अपना तो मुझे ये दिन-रात नीचा दिखाएँगे कि पड़े-पड़े टुकड़ा तोड़ती हो, शिकायत करती हो, बच्चों को खुल्ला छोड़ रखा है, बाई से काम करवाती हो, खाना भी नहीं बनता ठीक से और देखो बहन

कैसे तरक़्क़ी कर रही है। ख़ुद कमाती है और देखना बिज़नेस चमका लेगी एक दिन।" जीजाजी का मुँह अब ज़मीन तक लटक आया लेकिन होंठ भिंचे रहे। जिज्जी ने बोलना जारी रखा—"मैं भी ख़ाली नहीं हूँ...मैं न रहूँ तो जो ठाठ करते हो न लौटकर शाम को, वे सब नदारद हो जाएँ। मैं ही हूँ जो तुम्हारी इतनी धौंस सह लेती हूँ। भले ही तुम अपनी सहेलियों और दोस्तों के सामने मुझे बेइज़्ज़त करते हो। कौन सा मौक़ा छोड़ते हो नीरज के सामने भी मुझ पर व्यंग्य कसने का। और बता दूँ तुम्हारे लक्खन? थक गई हूँ तुम्हारे इश्क़ के पोतड़े धोते-धोते..." और यह कहकर जिज्जी की आँखें जलने लगीं।

जीजाजी फुँफकारने वाले थे फिर सँभल कर बोले—"यह ज़्यादा हो रहा है। हर बार तुम बातों को बढ़ा-चढ़ा के कहती हो। जलन और ईर्ष्या तुममें कूट-कूटकर भरी है। तुम ख़ुद कौन सा सती-सावित्री हो। सच तो यह है कि तुमसे अपने सामने कोई औरत बरदाश्त ही नहीं होती, भले ही वह तुम्हारी बहन ही क्यों न हो।" बेहद शान्ति से लेकिन बेहद नफ़रत से जीजाजी ने गोटी फेंक दी थी। मैं चकित थी। जिज्जी हताहत थीं—"ओह, मुझसे बरदाश्त नहीं होता! तुम्हारी कॉलेज वाली दोस्त तब भी घर आकर रहती थी हमारे जब पता होता था कि मैं बच्चों को लेकर मायके जा रही हूँ या बाज़ार जा रही हूँ। कितना कहती थी रश्मि आओ चलते हैं लेकिन नहीं इस या उस बहाने यहीं टिक जाती थी। मेरी शराफ़त समझो कि तुम दोनों को छोड़ देती थी अकेले यहाँ। मुझे क्या पता क्या-क्या करते थे तुम लोग। फ़ायदा उठाओगे मेरी शराफत का?" और आख़िरी शब्द तक आते-आते जिज्जी की आवाज़ नगाड़े की तरह बजी थी। जीजाजी चिल्लाए—"बस्स! बहुत बकवास कर ली, हर वक़्त यही सुनाती हो...इतनी तकलीफ़ थी तो बोलना था न तभी...क्यों उदारता का ढोंग किया? और किसकी बाँछें खिल जाती हैं नीरज के आते ही? तुम्हारी ही न? अब इसके लिए तुम्हें कटघरे में खड़ा कर दूँ जैसे तुम मुझे करती हो बार-बार? तुम छोड़ती हो कोई मौक़ा? कुछ भी अनाप-शनाप बकती चली जाती हो। तुम्हारा ख़ुद का कोई

दोस्त नहीं बन पाया कभी तो मेरे भी नहीं रहने दिए, परिवार से नाता तुम्हारी वजह से तोड़ ही दिया लगभग।"

"मैंने दोस्तियाँ छुड़वाईं? यह क्यों नहीं देखना चाहते कि सारे ख़ुदगर्ज़ थे जो अपना-अपना परिवार बसते ही कट लिए तुमसे। जो बच गए हैं न, याद रखना, मेरी वजह से बच गए हैं। अपने घर में बरदाश्त करती हूँ उनकी सब हरकतें। एक दिन लगेगा बताने में सबको उनकी औक़ात! तुम्हें भी!"

"तुम नहीं चुप होंगी?" जीजाजी ने आख़िरी चेतावनी दी और दाँतों से दाँत मसले।

"मुझे चुप कराना आसान है। करा लो। सब सहना मुझे ही है। नीरज तुम्हारा इतना अच्छा और अकेला दोस्त न होता तो उसकी बीवी की इतनी धौंस कभी न सहती मैं। तुम्हारी यह दोस्ती बनी रहे इसलिए जाने कितना कुछ सुन जाती हूँ। इतनी पॉलिटिक्स करती है वह लेकिन मैं चुपचाप सह लेती हूँ। सच कहूँ तो नीरज ने साथ न दिया होता तुम्हारा तो यह इतना बड़ा घर खड़ा करना आसान नहीं था।"

"मत बनो यार तुम महान। मत सहो मेरे लिए किसी की बीवी को। जब वो कहती है तब उठ के चल देती हो न तुम्हीं उसके साथ? एक आवाज़ पर नीचे जाती हो। महँगे गिफ़्ट्स का लेन-देन क्यों करती हो? तुम घर में रहती हो फिर भी बच्चे सारा सारा दिन उसके घर में पड़े रहते हैं।"

बात धीरे-धीरे बढ़ ही रही थी और माहौल इतना गर्म हो गया था कि तीली लगाते ही धमाका हो जाए। मैं अपनी आदत के अनुसार किसी के पाँव पकड़कर नईं-नईं चुप हो जाओ कर सकती थी लेकिन बहुत कुछ बदला था। अब मैं यहाँ आकर लम्बा टिकने के बारे में सोच भी नहीं सकती थी। जानती थी अभी चार दिन बाद यहाँ जानू, मुन्नू, सोनू, मोनू होने लगेगा। अगली बार ये शॉपिंग जाएँगी तो मॉल से एक कॉफी मग पर अपने जानू के साथ चिपककर खड़ीं कुफ़री वाली तसवीर चिपकवा लाएँगी। एक वितृष्णा उस दिन गले-गले तक भर चुकी थी। एक आदर्श मध्यवर्गीय दम्पती शायद

ऐसा ही होता है। जब जिसकी बन पड़े वह शेर हो जाए। मैं किसी और दुनिया में जीती हूँ। मैं अपने सचों और अपने झूठों को भी किसी महानता के लबादे में नहीं लपेट सकूँगी। आज तक मैं जगजीत के साथ एक भी फोटो चिपककर खड़े होकर खिंचवा नहीं पाई थी। ये दोनों एक-दूसरे का कवच थे, एक-दूसरे के शत्रु भी। हम दोनों एक-दूसरे के दोस्त भी ठीक से न हो सके थे। मैं इन दोनों के सामने इतनी निष्कवच और अकेली थी कि मुझे आहत करना बेहद आसान था। मेरे लिए कूदकर बोलने वाला कोई नहीं था। हर हमले को मुझे ख़ुद पर अकेले झेलना था। एक तरह से वे दोनों जो कुछ भी थे, मैं क्यों कहूँ कि क्या थे, लेकिन वे एक-दूसरे के घेरे में थे। मैं एकदम एक्स्पोज़्ड! चारों तरफ़ से। हवा की रुखाई, नमी, ठंडक, ताप सब मुझे अकेले अपनी त्वचा पर झेलना था। हँसते हुए। किसी को यह ज़ाहिर भी नहीं होने देना था कि मैं इस क़दर अकेली हूँ। अबीर कहता था एक शब्द-वनरेबल! इसलिए मेरे दो चेहरे थे। अगर इतने सालों के साथ में जिज्जी और जीजाजी को यह नहीं दिखा था तो आगे उम्मीद भी नहीं की जा सकती थी। बस इतना था कि एकाध दिन का सहारा मिल जाता था। थोड़ा हँस लेती थी। अकसर एक मायके की सी अनुभूति होती थी। यह लालच कैसे छोड़ देती? सो जाती रही, बावजूद इसके कि अपनी आदत के मुताबिक मैं हर बात में ख़ुद को पीछे कर लूँगी, नीचे कर लूँगी। लौटकर भी ताने सुनूँगी। एक बेहयाई मुझमें भरती जा रही थी। एक ढीठपना। मेरा सारा संघर्ष उस पहचान के लिए था जिसे रौंदने की तमाम कोशिशें बचपन से लेकर अब तक होती रहीं। अगर यह मेरे अपनों को नहीं दिख रहा था तो परायों की टेढ़ी आँख को देखकर क्या परवाह करना?

उस रात अबीर को जैसे कोई पागलपन सवार हुआ था। इस पागलपन में मैं भी बह गई बराबर। उसने मैसेज किया—कल्पना करो मैंने चूमा है तुम्हारा माथा। कल्पना करो कि सहलाए हैं बाल तुम्हारे और तुम्हारी अधमुँदी आँखों को चूमा है। मैंने महसूस किया और जैसे गुलाबजल की बूँदें जलती आँखों

में पड़ गईं, सर हलका होने लगा। मैंने लिखा उसे—अबीर, अपने सीने से लगाकर सुला दो मुझे। दुनिया बेहद रूखी है। बुरी है। मैं नादान बच्ची नहीं हूँ लेकिन मेरी लड़ाइयाँ अलग हैं। कभी मेरा भी मन होता है कि कोई सामने आकर खड़ा हो जाए और कहे चिन्ता मत करो मैं हूँ। सब देख लूँगा। कभी कोई मेरी फ़िक्र करते हुए मेरे लिए फ़ैसला ले कि बस बहुत हुआ, ख़ुद पर अत्याचार अब और नहीं, और उसके बाद ऐसे ही भीगे हुए दो-चार मैसेज और...

सुबह एक तूफ़ान था जो मेरे सोकर उठने से पहले सब कुछ अस्त-व्यस्त कर गया था। एक तेज़ बारिश हुई थी मेरे जागने से पहले जिसने कमरे की हवा को सीला कर दिया था। ड्राइंग रूम में सब अस्त-व्यस्त था। सुबह उठते ही पी गई चाय के कप पड़े थे। किसी कप से ज़रा छलकी होगी चाय अख़बार पर तो ऐसे चिपक गई थी वह मेज़ के शीशे पर कि छुटाने के हठी प्रयास में उसके कई नुकीले चीथड़े चिपके रह गए थे। आज सुबह परदे भी नहीं हटाए गए थे खिड़कियों के। दिन चढ़ आया था अच्छे से लेकिन कमरा अँधेरा ही था। कामवाली को आज शायद मना कर दिया गया था वरना इतनी देर में तो रसोई से उठापटक की आवाज़ें आ रही होतीं। ताज़ा अख़बार काले रबड़बैंड से बँधा मेज़ पर ही था। जिज्जी के यहाँ आते हुए जो फल मैंने ख़रीदे थे उन्हें भी निकालकर मेज़ पर रख दिया गया था। बच्चों के लिए लाए गए टीशर्ट भी। रात को जब भीतर सोने गई थी तो अपना मोबाइल मैं बाहर की मेज़ पर ही छोड़ गई थी। एक रुदन था जिज्जी का और जीजाजी की लाल आँखें...ऐसा लग रहा था मानो किसी अनुष्ठान की तैयारी हो। एक तांत्रिक हवन।

अबीर के मैसेज जिज्जी ने मेरे मोबाइल पर पढ़ लिए थे।

मुझे देखते ही जीजाजी ने कहा—"मीना!"

जिज्जी बिल्ली की तरह कूदीं सोफ़े से और तड़ से एक तमाचा मेरे मुँह पर लगाया। जीजाजी होंठ भींचकर ज़मीन कुरेद रहे थे आँखों से। मेरे गाल पर चींटियाँ रेंग रही थीं। एक ही भय था कि बच्चे न उठ आएँ, उन्हें समझाना मुश्किल होगा यह। मैंने सीधे पूछा—"दिक़्क़त क्या है आपको? हाथ चलाने की बजाय बात नहीं की जा सकती! हुआ क्या है! क्यों चलाया आपने थप्पड़?"

जो कभी नहीं बोली थी, वह आज ऐसे बोलने लगी थी जिज्जी को पूरा भरोसा हो गया कि यह मीना नहीं उसे शह देने वाला बोल रहा है। जीजाजी की तरफ़ देखकर बोलीं—"देख लिया न तुमने? कहा था ना मैंने कि पार्लर ऐसे ही नहीं खुला है! अब कहो,कहो अब कि मीना को देखकर सीखो कैसे तरक़्क़ी कर रही है! बोलो! यही तरक़्क़ी है?" फिर मेज़ पर रखे फल और टीशर्ट नीचे पटककर कहा—"मैंने पहले ही कहा था जगजीत के बस का नहीं उसकी मदद करना। डरपोक है वो। अरे तरक़्क़ी नहीं है यह। ख़ैरात है ख़ैरात! जो इसे मिली है अपनी शर्म बेचकर, हुस्न लुटाकर!" और यह वाक्य ट्रेन की तरह छूटते हुए देर तक सीटी मारता रहा मेरे कानों में...

"ख़ैरात!" मैंने बुदबुदाया। "क्या मतलब ख़ैरात का? आप लोग कहना क्या चाहते हो? क्या किया है मैंने?" जिज्जी चिल्लाईं—"कैसे मुँह दिखाएगी? दुष्ट! मेरा फ़ायदा उठाती है? मेरे प्यार का फ़ायदा उठाती है?" वे फिर लपकीं मेरी तरफ़ थप्पड़ उठाकर तो मैंने हाथ पकड़ लिया।

"बस्स! हद होती है बकवास की! क्या तो मैंने आपका फ़ायदा उठा लिया और क्या तो मुझे ख़ैरात मिली है, बताइए...कहिए साफ़!"

"हाथ छोड़ो अंजना का मीना! शरम आनी चाहिए तुम्हें। झूठ का पुलिंदा तुम्हारा खड़ा किया हुआ है तो साफ़-साफ़ सच तुम ही बताओगी। तुम्हारी बहन तुम पर जान देती है और तुम उसी को धोखा देती रहीं?"

मैंने जिज्जी का हाथ छोड़ दिया।

"फ्रॉड हो आप दोनों! फ्रॉड!" मैंने लगभग रोते हुए कहा तो जिज्जी फिर मुझे मारने दौड़ीं। छीनाझपटी सी हुई और वे चक्कर खाकर गिर पड़ीं। जीजाजी अंजना! कहते हुए उन्हें सँभालने लगे...वे सँभल गईं तुरन्त और

कमरे में चली गईं यह कहती हुई कि "मैं सब सच का पता लगाकर रहूँगी। कौन है अबीर और कैसे-कैसे इसने तेरी मदद की है। अरे मूर्ख फ़ायदा उठा रहा है तेरा वह। जगजीत के साथ इतना बड़ा धोखा! इतना बड़ा झूठ! तुझे शर्म नहीं आई?" वे फिर रोने लगीं। जीजाजी ने चुप कराने की कोशिश की तो चिल्लाईं वे—"रो रही हूँ जगजीत के वास्ते। उस आदमी को तो पता भी नहीं कि हो क्या रहा है। दया आ रही है मुझे बच्चों पर। क्या शक्ल दिखाएगी तू दुनिया को? कैसे जाएगी बाहर? कैसे काम करेगी? डूब मर मीना! पुलिस पकड़ेगी तुझे। अरे ऊपर उठने की इतनी चाह कि यह सब किया तूने?" उन्होंने दरवाज़ा बन्द कर लिया।

"कब से धोखा दे रही हो जगजीत को? या वह शामिल है तुम्हारे इस करम में? वाह मीना तुम्हारे तो दोनों हाथों में लड्डू है, झूठ बोलो और मज़े करते रहो, और दूसरों को फ्रॉड भी बोलो। शराफ़त है या कमज़ोरी जगजीत की कोई कि तुम कमाती हो, वरना मैं होता तो काट के फेंक दिया होता। थू है तुम्हारे इस चेहरे पर, जगजीत पर भी कि उसकी नाक के नीचे तुम यह धाँधली मचाती रहीं।"

कड़वा सा मुँह बनाकर जीजाजी सोफ़े पर बैठे रहे। एक पल में सारी दुनिया हिल गई थी। इस बात को ऐसे नहीं खुलना था कि सब इतना कुरूप हो जाए, कि बदशक्ल हो जाए जीवन एक क्षण में। इसे मेरा फ़ैसला होना था, मेरा फ़ैसला! जिस रास्ते पर चलते लहूलुहान हो रही थी उसकी मंज़िल मेरी इच्छा से मेरे फ़ैसले से आनी थी। नहीं! यह मेरी कहानी का अंत कोई और लिख रहा है। किसी ने पन्ने रंग दिए आगे के मोमी रंग से कि उस पर लिखा न जा सके कुछ भी। ऐसे क्यों माँ! मैं कोने के सोफ़े पर गिरी और आँसुओं से मेरे कपड़े भीग गए। ख़ैरात! एक औरत ज़रा सी, एकदम ज़रा सी तरक़्क़ी कर ले तो क्या वह उसे किसी पुरुष की अनुकम्पा के बदले मिली है? क्या मेरा अपना किया मेरी अपनी मेहनत जिसे इतने बरसों से जिज्जी देख रही है वह कुछ नहीं? जगजीत के लिए रोना? ये मेरी ही बहन हैं या जगजीत की? एक बार भी इन्होंने जगजीत से पूछना चाहा कि

क्यों मेरी बहन मारी-मारी फिरती है दो घड़ी के चैन के लिए जबकि उसका अपना एक घर है? आज के ज़माने में भी तीन बच्चे कैसे?और कैसे पालोगे अपनी कमाई के भरोसे उन्हें? कभी पूछा जगजीत से इन्होंने कि ऐसा तुमने क्या किया कि मीना शादी के बाद से अलग-अलग पार्लरों के धक्के खा रही है, कभी पूछा कि भाग-भागकर क्यों मीना माँ के घर जाती है या यहाँ आती है, क्यों उसे भूख लगने लगती है यहाँ आकर, क्यों बूढ़ी लगने लगी है वक़्त से पहले, क्यों बजे रहते हैं इसके चेहरे पर बारह, क्यों नहीं पूछतीं कि जब तुम्हारी माँ किचन-पॉलिटिक्स करती है तो तुम क्यों चुप रहते हो? क्यों नहीं पूछती कि मीना अकेली क्यों जाती है हर जगह हर शादी-ब्याह में? और पुलिस? हद है मूर्खता और गँवारपने की।

आँसू बहाते हुए भी मुझे हँसी आ रही थी उस बात पर कि पुलिस पकड़ेगी तुझे। क्यों भला, क्या मैं वेश्यावृत्ति कर रही थी?

"देखो मीना, साफ़ बात यह है कि वंदिता अब बड़ी हो गई है। उस पर बुरा असर हो यह मैं पसन्द नहीं करूँगा।" जीजाजी ने कड़े अंदाज़ में कहा और भीतर चले गए। दो ही पल में लौटे मेरा बैग़ लेकर और सोफ़े के पास चुपके से रख दिया जहाँ मैं बैठी थी।

मैं भी झटके से उठी। ज़ोर से कहा बच्चों को—"उठो!" मेरी आवाज़ से ही पंखुड़ी और छुटकी समझ गईं थीं कि सब सामान्य नहीं। आँख मलते वे उठीं। मैंने कहा—"उठो और चप्पल पहनो, हम अभी जा रहे हैं, सवाल नहीं कोई।" वे अपना अपना सामान उठाने लगीं। मुन्नू नहीं उठा था। कुनमुना रहा था। बोला—"ये क्या बात हुई,पहले उत्सव भैया को उठाओ वो बड़े हैं।" सटाक...! एक झापड़ खाते ही नींद खुली उसकी और वह चटपट तैयार हो गया। मेरी आँख फिर भरने लगी थी लेकिन तीनों बच्चों और बैग़ को लेकर मैं तेज़ी से चल पड़ी। दरवाज़े से बाहर निकलकर मैंने बच्चों को खड़ा किया आगे और फिर दरवाज़ा पूरा खोलकर उसे इतनी ज़ोर से धक्का मारा अपना पूरा दम लगाते हुए और यह उम्मीद करते कि वह टूट ही जाए...

तीनों बच्चे सहमे हुए थे। मुन्नू के होंठों के कोने पर लार सूखकर चिपक गई थी। छुटकी की आँखें सूजी सी दिख रही थीं। पंखुड़ी मेरे आँसू देखकर एकदम सन्नाटे में थी। रोते-रोते ही मैंने एक ऑटोवाले को रोका— "भैया चलोगे?"

"कहाँ?"

"ज्योति गार्डन।"

बच्चों को लेकर कहाँ चली जाऊँ जहाँ खुद्दारी से जीवन बिता सकूँ? माँ के घर अक्सर ही चंद्रिका आई रहती है। भाई और बंगाली भाभी भी है जो मुझे पसन्द नहीं करती। अबीर के पास कैसे चली जाऊँ तीन बच्चे लेकर? अपनी ग़ैरत कहाँ छोड़ आऊँ? मैं क्या सहारे के लिए मर्द ढूँढ़ने निकली थी जो अबीर से कहूँ कि अब हम चारों को स्वीकारो क्योंकि तुमने एक बार मेरी देह को छुआ है और प्यार करते हो मुझसे। वह स्वीकार भी ले तो बच्चों को क्या-क्या समझाऊँ ऐसे अचानक? न! अबीर के पास टिकना आत्मसम्मान के ख़िलाफ़ होगा। बच्चों का स्कूल है, पढ़ाई-लिखाई है। सब अस्त-व्यस्त हो जाएगा।

क्या सच बोलूँ और किस दुनिया के सामने? आँखें जल रही थीं और लावा बह रहा था। जगजीत कभी अलग नहीं होगा। तीन साल पहले भी मैंने अलग होने की बात की थी तो कैसे आत्महत्या की धमकी दी थी मुझे जगजीत ने—"मैं कहीं का न रहूँगा। तुम केंद्र हो जीवन का। मुझे भी नहीं पता कि तुम्हारे बाद मेरा क्या होगा।" सिर्फ़ मैं जानती हूँ कि न वह जीने देगा, न मरने ही। किसी बहाने से उससे अलग होकर रह लूँ तो शायद बरदाश्त कर ले। शायद ही। साफ़ कह देने के बाद मेरा जीवन नर्क हो जाएगा।

मेरा सच किसे जानना था? सच यह है कि सच सुनने के लिए कोई तैयार नहीं था। न जीजाजी, न जिज्जी, न जगजीत। मैं गई थी एक दिन जीजाजी से अपनी उलझन कहने। लेकिन उनको भय था कि जगजीत से रिश्ते ख़राब हो जाएँगे, मानो जगजीत से ऊबकर मैं जीजाजी से प्रेम निवेदन करने गई थी। यही मतलब था न उसका जो मज़ाक में उन्होंने कहा था उस

दिन मुझसे। चाहते थे रिश्ते ख़राब न हों। सब यही चाहते हैं। जैसा चल रहा है थोड़ा मीठा, थोड़ा फीका वैसा चलता रहे। किसी सच से उसमें व्यवधान न आ जाए इसलिए उसे अनसुना किया जाए। इसलिए जगजीत तीन साल से सब समझते हुए भी इस दिन का इन्तज़ार करता रहा मानो। तीन साल पहले तो कोई नहीं था न मेरे जीवन में! इसलिए मैं भी झींकती रही और काम करती रही। सब कर के भी हिम्मत नहीं आई मुझमें। मानो सारा संघर्ष सिर्फ़ इस बात का है कि मैं किसी के सहारे के बिना ज़िन्दा रह सकती हूँ कि नहीं। मानो सारे संघर्ष का नतीजा अंततः घर चलाए जाना ही है। अपने फ़ैसले ले सकने की हिम्मत नहीं। लड़ूँ तो क्या साथ लूँ क्या छोड़ूँ? तीन बच्चे जिनका चेहरा देखकर उस घर में लौटती रही उन्हें साथ लिए बिना कहाँ भागूँ? ज़रा आँख बन्द की तो झटका सा लगा मानो दरवाज़े में घुसते ही जगजीत ने मेरे मुँह पर थप्पड़ मारा है ज़ोर से। बच्चियाँ रोने लगी हैं। चिंचियाने लगी हैं नईं पापा नईं। मुन्नू ख़ौफ़ज़दा सा कोने में दुबक गया है...

रास्ते से ही अबीर को मैसेज किया कि जिज्जी-जीजाजी ने हंगामा खड़ा कर दिया है। मैं बेहद ख़राब स्थिति में हूँ। ख़ुद को ज़रा संयत कर लूँ फिर ही तुमसे सम्पर्क करूँगी।

आख़िर सूरज को छिपाने के लिए कितना बादल लगता है

हवा से पूछा तो वह विंडचाइम को हिलाकर पेड़ पर जा बैठी—कैसे सवाल पूछती हो, शामत आई है क्या? ज़रा आगे-पीछे देखो तो!

कोई अपने घर में शंख फूँक कर घंटियाँ बजा रहा है, कोई राधे-राधे करता बाथरूम से निकल रहा है, किसी की बस छूटने वाली है, किसी को सुबह आठ बजे आने पर ताला मिला है जो लेट होने का अफ़सोस कर रहा है। मुर्गा ऐज़ यूज़ुअल देर-सबेर बाँग दे रहा है, नीचे गाँव-बस्ती अब भी उनींदी है, शीशे की बोतलों के ढेर का हिसाब होने का ठीक वक़्त मुझे आवाज़ों से पता लग जाएगा। डब्बे, बाल्टियाँ...लगता है चम्मच तक में पानी भर लिया गया है। पिद्दू सी बालकनी में सब सज गया है दिन भर के लिए। बच्चे स्कूल नहीं जा रहे तो कौवों का शोर कई गुना सुनाई दे रहा है। कोयल ऐसे ही बोलती थी रोज़? सामने वाले पाम के पेड़ पर धूल हमेशा ऐसे ही जमी रहती थी? बीड़ी, सुपारी-इलायची-गुटके की रंग-बिरंगी लड़ियाँ लटकाए यह दुकान कब से है सड़क के उस किनारे? अपने पच्चीस गज मकान की तीसरी मंज़िल की छत पर से बनियान में एक मरदुआ कैसे ताक रहा है लगातार। हरा कुर्ता, बेज सलवार और काली चुन्नी पहने लड़की सर्फ के पानी में कपड़े भिगो रही है। चुन्नी सँभालती पोज़ बदल लेती है

कि 15 छतों के पार अपनी छत पर बैठे बनियान वाले की तरफ़ पीठ हो जाए उसकी। अपनी बालकनी से मैंने भी पोज़ बदल लिया, कंक्रीट की दीवार की तरफ़ मुँह करके। भड़कीली बीट का जो पंजाबी गाना 3×3 के बाथरूम से निकलने वाले लड़के ने अभी लगाया है वह सर के पीछे थाप दे रहा है और मुझ पर उदासी की परत छा गई है। बारिश की दस-बारह छींटों में उतनी ही भद्दी दिखेगी उदासी, जैसे नीचे खड़ी कार की धूल भरी विंड स्क्रीन जिसे अभी साफ़ नहीं किया गया। कोई टाइम-लैप्स फोटोग्राफी करे शहर के बीच बसे इस गाँव की जो नाम से गाँव है सिर्फ़, क़स्बा भी नहीं है, ढंग से शहर का हिस्सा भी नहीं, तो एक सड़ता, नष्ट होता, फिर उगता, फिर सड़ता,फिर नष्ट होता कोई फल लगे जिसकी बाहर से रंगत बदलती है और भीतर कीटाणुओं से खा डाला जाता है।

मुझे फ़िलहाल हरियाली और पहाड़ मत दिखाना। नदी और चट्टानें भी नहीं। मेरी आत्मा तीसरी मंज़िल से कूद पड़ेगी। मैंने चिड़िया से कह दिया है जो घोंसला बनाने की जद्दोज़ेहद में है। उस विंडचाइम से भी कह देती हूँ जो मेरी बात अनसुनी करना चाहती है हवा की मस्ती में।

एक लम्बी आह भरकर मैं कमरे में लौटी।

टेलीफ़ोन के सारे नम्बरों को सहलाते हुए धूल पोंछ दी। सोफ़े पर कई दिन बाद एक पुराना फटा हुआ दुपट्टा लेकर फटकार लगाई है। पीठ और सीट के बीच बिस्कुट का चूरा, एक पुराना पेन रेनॉल्ड 045 और खिलौने वाली गाड़ी का पहिया। नया बोलना सीखा था अयुज तो हर गतिमान चीज़ के लिए एक ही शब्द का इस्तेमाल करता था—ढिर्रा। हम सब हँसते थे और हमारी शब्दावली में उसका यह शब्द शामिल हो गया था। तो मुझे सोफ़े की दरार में एक ढिर्रा भी मिला था। किसी घर-बाहर के मर्द की जेब से लुढ़क गए दो-तीन सिक्के भी। एक घर में बहुत लोग हों तो दीवारें तक बँट जाती हैं। एक दीवार पर लगा कालनिर्णय मुझे चिढ़ाता है कि उसे हाथ से खींचकर

पटक नहीं सकती बालकनी में। बालकनी न हो कम्प्यूटर का रिसाइकिल बिन हो जैसे। जो ज़रूरी नहीं पटक आओ। फिर किसी दिन याद आ जाए तो अलटो-पलटो कि काम का बचा भी है या नहीं। मनुष्य मूलतः कबाड़ी है। पिछली दीवाली पर शौक से लाया लैम्पशेड भी बालकनी में है आज। वस्तुएँ ग़ुस्सा कर सकतीं और ग़ुस्से में ताप होता तो बालकनी कबकी धूँ-धूँ करके जल जाती। अपने कमरे की खिड़की में जमाई किताबों की धूल झाड़ी तो एक प्रिंट किया काग़ज़ निकल आया। इस कविता को पहली बार पढ़ा था अंजू के कहने पर तब भी सोचा था अपने मन की बात लिख दूँ। रॉबर्ट ब्राउनिंग की एक कविता थी 'पॉर्फिरियाज़ लवर'। नाटकीयता, विडम्बना और डार्क ह्यूमर को बख़ूबी व्यक्त करने वाले विक्टोरियन कवि। अंग्रेज़ी ऑनर्स कर रही थी न अंजू। उसने पूछा—"कोई किसी से इतना प्यार कर सकता है कि उसकी हत्या कर दे?" वह प्रेम में थी। साहित्य के प्रेम में।

"इतना प्यार करने की तो परम्परा है कि कोई प्यार करने वाले के लिए ख़ुशी से अपनी जान दे दे।" मैंने कहा।

एक पगली गिलहरी रोज़ आती है खिड़की पर। तीन टाइम इसे खाना ज़रूर चाहिए, वही सब जो मैं खाती हूँ। चिक-चिक करके शोर मचाए रखती है जब तक भोग न लगे। बाप रे, आज तो लड़ने के इरादे से आई है मानो। नाश्ते में बचा पराँठे का टुकड़ा लेकर शान्त हुई। मैंने काग़ज़ उठाकर पढ़ा फिर से। आँधी,बारिश से होती हुई पॉर्फिरिया दौड़ी आती है अपने प्रेमी के पास। हैट उतारती है तो गीले सुनहरे, लम्बे बाल बिखर जाते हैं। प्रेमी का हाथ रखती है अपनी कमर पर, गोरा-चिकना कंधा उघड़ जाता है, पूरी शिद्दत से अपनी कमज़ोर आवाज़ में फुसफुसाती है कि कितना प्यार करती है वह...

That moment she was mine, mine, fair,
Perfectly pure and good : I found

जानता है वह पॉर्फिरिया उसकी पूजा करती है। मानती है उसे ख़ूब। वह गर्वोन्मत्त हो गया है। इस पवित्रता को बचाना कितना ज़रूरी है। वह पॉर्फिरिया के लम्बे सुनहरे बालों को तीन बार उसी के गले में लपेटकर उसकी हत्या कर देता है। धक्क से रह जाती हूँ मैं जब आगे कहता है—I am quite sure she felt no pain.

एक मृत देह के साथ उसे अपनापन महसूस होता है। गला दबाने से गर्दन के ऊपर जमा ख़ून जब चेहरा लाल कर देता है उसे वह रोज़ी लिटल हेड लगता है। वह आश्वस्त है इस हत्या में पॉर्फिरिया को एकदम दर्द नहीं हुआ। बल्कि उसका चेहरा देख उसे लगता है वह आनंदित थी।

हत्या का यह बिम्ब बहुत अतिशयोक्ति भी लगता हो सकता है। कोई इसे एक बीमार मानसिकता के व्यक्ति की आपराधिक हरकत की तरह भी देख सकता है। असामान्य मनोविज्ञान का कवि कहा जाने वाला रॉबर्ट ब्राउनिंग। सही है। शोषण करते-करते असामान्य ही तो हो जाता होगा न कोई। अंजू ने शादी के बाद जब अपना इतना उम्दा काम—रिसर्च छोड़ दिया तब उसके घरवालों को यही लगा होगा कि अंजू करियर से ज़्यादा परिवार को महत्त्व देती है। अपने पति और बच्चों से प्यार करती है इसलिए इसमें उसे कोई दर्द नहीं हुआ होगा। जिनका पेंटिंग करना छूटा, जिनका गीत-संगीत छूटा, जिनसे कविता लिखना छूटा जिनका खेलना छूटा, जिनकी यायावरी-घुमक्कड़ी छूटी उन्हें कहाँ दर्द हुआ? ख़ुशी हुई होगी कि उनने यह प्यार के लिए किया। ब्लैक अमरीकी उपन्यासकार और कवयित्री ज़ोरा नील हर्स्टन की पढ़ी हुई एक उक्ति अचानक याद आ गई—'अगर अपने दर्द के बारे में मौन रहोगे तो वे तुम्हें मार डालेंगे और कहेंगे तुम्हें आनन्द आया।'

ऐसा लगा जैसे किसी देखी-सुनी स्त्री का सारा जीवन टाइम-लैप्स फोटोग्राफी की तरह, एक कविता में तब्दील हो गया। कली के खिलने से मुरझा जाने

को आप एक मिनट की फ़िल्म में देख लेते हो। पॉर्फिरिया के सुनहरे बाल और चिकनी गोरी त्वचा। प्रेमी का स्वीकारना कि वह पूजती है उसे। उसका कमज़ोर दिल और नर्म आवाज़। उसके सारे स्त्रैण कहे जाने वाले गुण। लिपटते चले जाते हैं उसके गले में और घुँट जाती है एक दिन उसकी साँसें। जो स्वीकृत है वही चलता जाता है। औरतें सच में भी मरती हैं रेप से, एसिड से, हिंसा से...लेकिन हमेशा ही सच में नहीं मरतीं कुछ औरतें! उनके जीवन के शॉट्स का अन्तर बढ़ता जाता है। तेज़ी से ख़त्म हो जाती है फ़िल्म और हम अवाक रह जाते हैं कि दरअसल हुआ क्या? एक असरदार टाइम-लैप्स कविता के लिए यह समझना बेहद ज़रूरी है कि जीवन में सही शॉट्स का ठीक अन्तराल कितना हो।

अभी दुर्गा पूजा ख़त्म हुई है। यह विसर्जन के बाद का दिन है।

पाँच महीने बीत गए।

हर बार दर्द बढ़ा था। असह्य था इस बार। कहा था डॉक्टर से चिल्लाकर—मार डालिए मुझे। इस बार नसों में नहीं दिया गया था एनेस्थीसिया। मुँह पर मास्क लगाया गया था। नीचे अच्छे से शेव कर दिया गया था और शेव करने वाली नर्स ने कहा था घबराओ नहीं। इस बार वाली नर्स के चेहरे पर दया थी। या मेरी ही आँखों में थी शायद अपने लिए। कुछ गोलियाँ भीतर डाल दी गईं और बाक़ी दवाएँ हथेली के पीछे बना दिए गए वॉल्व से नसों में प्रविष्ट करा दी गईं। मुट्ठी बन्द करवाकर नर्स ने ज़ोर से उस पर थप्पड़ मारा था कई बार। नस नहीं उभरी थी लेकिन। बोली—"थिन वेन है, मिलती नहीं।" ऑपरेशन टेबल के सामने एक टीवी लगा दिया गया था लैप लाइगेशन के लिए। यह भी साथ ही होना तय था। मैं भी उसे देखना चाहती थी लेकिन मास्क में एक गंध आई थी। जागी तो भयानक दर्द था कमर के नीचे जैसे एक मांसाहारी हो गए चूहे ने देर तक कुतरा हो। मास्क हटा तो साँस ही नहीं आई। बलगम अटक गया था गले में। भर्राए गले से समझाया

'डॉक्टर गई मैं।' कुछ रुई लिपटी डंडी जैसा घुसा दिया गया गले में और झट से निकाल लिया गया। एसी की ठंडक ने हाल ख़राब कर दिया था। मास्क फिर लगा दिया गया तो जैसे अभी-अभी बैठना सीखे नन्हे बच्चे के छटपटाने पर खिलौना लौटा दिया हो शरारत करते किसी बड़े ने। ज़िन्दा रहने के लिए अब मुझे ऑक्सीज़न की सख़्त ज़रूरत है। कहना चाहती थी डॉक्टर अब मास्क नहीं हटाना। उसने निर्देश दिया—पाँच-सात मिनट बाद हटा दीजिए और अपने दस्ताने उतारती हुई चली गई। मैं अभी जन्मी थी जैसे और साँस लेना सीखना था मुझे अपने भरोसे पर।

इस बार भी दो-तीन दिन ही आराम मिला।

ऑटो महँगा पड़ता था और झटके भी देता था इसलिए बसों पर ही भरोसा किया गया। सारे रास्ते नज़र सड़क के गड्ढों पर रहती थी कि कब मुझे रॉड पर हाथ जमाकर सारा वज़न देते हुए सीट से ज़रा ऊपर उठना है ताकि अंग में झटका ज़ोर से न लगे।

पीले पड़े, उतरे हुए चेहरे के साथ स्कूल पहुँची तो जैसे-तैसे पढ़ाने का काम शुरू किया था। कितना काम छूट गया था ओपन डे के चक्कर में। सबसे पहले मैंने स्टाफ़ रैप के ओहदे से इस्तीफ़ा दिया। प्रिंसिपल बहुत खफ़ा हुई थीं लेकिन मैं तय कर चुकी थी। यह मेरे लायक काम नहीं था। अर्द्धवार्षिक परीक्षाओं की तैयारी के दिनों में ही अनीता ने बताया था कि प्रिंसिपल के पास शिकायत पहुँच चुकी है। सिलेबस पूरा नहीं हुआ है मेरा। मेरे ही कुछ साथियों ने शिकायत की कि ओपन डे के चक्कर में मेरी कक्षाओं का पाठ्यक्रम पिछड़ चुका है। मुझे बुलाकर हिदायत दी गई। मैंने चुपचाप सुना। सबसे पहले सारा ज़ोर दसवीं क्लास के साथ लगाया। कभी-कभी क्लास में चर्चाएँ होती थीं, गप्प और हँसी-मज़ाक की कोई झिर्री खुल जाती थी, सब बन्द हुआ। एक दिन पूजा ने ही कहा था क्लास में कि उसे इसलिए ट्यूशन छोड़नी पड़ी कि ट्यूशन क्लास के कुछ लड़के उसे

लगातार परेशान करते थे। उसने याद किया वह दिन जब क्लास में खड़े होकर उसने कहा था मेरे साथ कभी भेदभाव नहीं हुआ। पापा मुझे बहुत लाड़ करते हैं। बहुत लाड़ करना बराबरी का लक्षण तो है नहीं। आख़िर अभिभावक बाहर की दुनिया तो नहीं बदल सकते। पूजा उस दिन तैश में थी। मैं जानती थी क्लास ग़लत दिशा में जा रही है फिर भी उसे बोलने दिया। वह रौ में बहकर कहे चले जा रही थी—"मैम! मेरी आज़ादी मुझे दूसरों से क्यों माँगनी पड़े? वह तो मेरी है न!"

उस दिन की क्लास में मुझे एक भी शब्द और कहने की ज़रूरत नहीं लगी थी। पूजा जहाँ थी उसके बाद राहें तलाशने की ज़िद उसमें आनी ही थी। मेरे लिए यह बहुत था। उसके लिए भी।

मूँछों वाले आदमी को प्यार करना कितना मुश्किल होता होगा, नईं!

ज़िन्दगी जब सर के बल खड़ी होने की ज़िद करे तो बस आप उसके पाँव पकड़े रह सकते हो कि वह गिरे नहीं। पार्लर की चाभी मेरे पास थी। अन्दर जाकर एसी चलाया और फ़ेशियल वाले दो बिस्तरों पर तीनों बच्चों को लिटा दिया कि अभी सो जाओ चुपचाप। न मुझसे उनके हवाइयाँ उड़े चेहरे देखे जा रहे थे, न उनकी आँखों में अपना अक्स देख पा रही थी। एक मनुष्य के पास कितने आँसू होते हैं? मैं शीशे के सामने कुर्सी पर बैठ गई। बाज़ार के कॉम्प्लेक्स का एक साझा टॉयलेट है जिसे इस्तेमाल किया जा सकता है। अभी दुकाने खुलेंगी तो सामने से कुछ खाने को ला दूंगी बच्चों को। ऐसा नहीं कि ज्योति गार्डन वापस लौटकर मुँह दिखाने की हिम्मत नहीं थी मेरी, लेकिन अब बहुत कुछ मेरे हाथों से छूट चुका था। अब जो होना था दूसरों के निर्देशन में होना था। मैं बचने-भागने की कोशिश कर ही रही थी। जानती थी अबीर बहुत छटपटाया होगा। फ़ोन बन्द था। घर वह जाता नहीं। वह पार्लर ही आता। आया भी। लेकिन उससे पहले पार्लर खोलने के वक़्त ग़ज़ल आई। सब देखकर उसे कुछ समझ नहीं आया।

"एक कमरा रसोई मिलेगी मुझे कहीं पास में, सस्ती सी?" मैंने कहा और वह मेरे गले से लिपटकर रो पड़ी। हमने आधा शटर गिरा दिया उस

दिन के लिए। मुझे भूख नहीं थी। थी तो बच्चों को भी नहीं। फिर भी सामने से ग़ज़ल ब्रेड पकौड़ा ले आई हमारे लिए।

"नीचे वाला मसाज पार्लर कल सील हुआ है दीदी।"

"होना ही था, बेसमेंट में ऐसे कामों की इजाज़त नहीं जहाँ बन्द कमरे की ज़रूरत पड़ती हो। लेकिन लोग सुधरते नहीं। बदनाम हम सब होते हैं। हद है!" मैंने पर्स पटका एक तरफ़ और सर को दीवार से टिकाकर आँख मूँद बैठ गई। उस वक़्त मेरे पास चार बच्चे थे जिनमें से तीन ग़ज़ल से लिपट गए।

"दोपहर में चाऊमीन खिलाएँगे आप तीनों को, खाओगे न?" ग़ज़ल समझाती रही कि सब ठीक हो जाएगा। डरते नहीं हैं। माँ परेशान है लेकिन बहुत प्यार करती है तुम्हें।

"क्या पापा हमें मारेंगे अगर यहाँ आएँगे तो?" छोटू ने पूछा।

"नहीं! कोई नहीं मारेगा। न तुम्हें न मुझे। डरो नहीं मैं हूँ न साथ।" मैंने ख़ुद को कड़ा करने की कोशिश की।

आख़िर अबीर आया वहीं। बाहर खड़े होकर बातें की उससे। वह ज़िद में था कि सबको साथ ले चलेगा। लेकिन उसे समझाती रही मैं कि यह एक लड़ाई मेरी है। मुझे अपने तरीक़े से लड़ना होगा। अबीर का सहारा लेते ही इस लड़ाई का रंग वह न रह जाएगा। अभी मुझे कई हिसाब-किताब करने बाक़ी हैं जगजीत से। कहा मैंने उसे कि उसका साथ होना मेरी ख़ुशक़िस्मती है। यह आश्वस्ति है। लेकिन उस सबके बावजूद मैं किसी को कहने का मौक़ा नहीं दूँगी कि मैं जगजीत से परेशान होकर अबीर के पास चली गई। न! यह इतना सरल नहीं है।

"मैं इतना निरर्थक हूँ तुम्हारे जीवन में कि ज़रूरी फ़ैसलों से मुझे बाहर कर दिया जाए?" अबीर ने सीधे मेरी आँखों में झाँकने की कोशिश की थी यह ग़लत था।

"नहीं अबीर! तुम्हें यह समझाना मुश्किल है। एक औरत जब अपने लिए लड़ने को खड़ी होती है तो उसके पक्ष में खड़े रहने के बावजूद आप

ख़ुद को उससे बाहर रखें यह बेहतर है। मैंने आज तक किसी का सहारा नहीं लिया।" मैं जानती थी कि सहारा और किसी शब्द से अबीर ख़ासा नाराज़ हुआ होगा लेकिन फ़िलहाल बात को आसान करने के लिए अबीर का हाथ थामने के अलावा कोई चारा न था मेरे पास।

"यह मेरे जीवन में जगजीत या अबीर में से एक वाली लड़ाई नहीं है न अबीर। जैसे-तैसे मैंने ख़ुद को सँभाला है। तुम्हें ख़ुश होना चाहिए कि मैंने यह फ़ैसला किया। शायद तुम्ही समझ सकते हो।"

"और मेरी चाहत? मैंने भी अपना सब कुछ दाँव पर लगा दिया तुम्हारे लिए मीना। और पता चलता है कि यह सिर्फ़ तुम्हारी लड़ाई है और मैं इसमें बाहर हूँ। कह दो तुम्हारे जीवन में मेरी कोई सार्थकता नहीं!" मेरा हाथ और कसते हुए कहा अबीर ने।

"मैं चाहकर भी नहीं समझा पा रही तुम्हें अबीर। तुम्हारे होने ने मुझे कितनी ताक़त दी है। लेकिन यह मेरी लड़ाई है। जीतूँगी तो तुम्हें गर्व से देख सकूँगी, तुम भी सर उठा कर चल सकोगे। और अगर इसके लिए ताक़त नहीं है मेरे पास तो हारना तो होगा मुझे।"

"और मैं एक पत्थर हूँ जो सब देखेगा दूर से,अप्रभावित। ठीक है जो तुम्हारी मर्ज़ी। कम से कम इतना करने दो..." अबीर बहुत समझाने के बावजूद फ़ोन ऑन रखने के आग्रह के साथ मेरे हाथ में पैसे रख रहा था जो मैं नहीं ले सकती थी। जो भी मेरा अपराध था मुझे उसके लिए कोई शर्मिंदगी महसूस नहीं हो रही थी। मेरे भीतर वह दृढ़ता आई थी अचानक जो बहुत पहले आ जानी चाहिए थी। अबीर को लौटते हुए देखती रही पीछे से। ज़रूर आँख भरी होगी...गर्दन कभी एकदम ज़मीन में गड़ती दिखाई देती है कभी एकदम ऊँची आसमान की ओर। क्या कोई असुरक्षा अबीर की भी है? क्या मेरा उससे अपनी लड़ाई को समझने का आग्रह ज़्यादती है?

आया जगजीत भी। उसे तो फ़ोन ही पहुँचा होगा। उसे सहलाया भी गया था समझाया भी। ख़ैरात! चक्कर! झूठ! अनैतिक! ग़लत! पुलिस! जगजीत पार्लर में तब तक बैठा मिन्नतें करता रहा साथ चलने की, जब तक कि

बच्चे मेरी आँख का भय छोड़कर उसकी तरफ़ खड़े नहीं हो गए। बाज़ार के बीच बहुत देर तक तमाशा नहीं किया जा सकता था। एक दिन में साख गिरती है यहाँ तो बहुत समय तक वापस नहीं आती।

उस रात बच्चों को दादी के कमरे में भेजा गया था। सहमे हुए बच्चे आधा सच जानते बाक़ी अंदाज़ा लगाते चुप चले गए थे। सिर्फ़ पंखुड़ी ने जाते हुए कहा था "माँ, पापा इतने भी बुरे नहीं।" नहीं जानती कि उन आँखों में शिकायत थी या इल्ज़ाम लेकिन किसी ग्लानि ने मुझे ऐसे गड्ढे में पटका कि अबीर के सामने बयान की अपनी सारी तार्किकता हवा हो गई। जगजीत ने सोने नहीं दिया मुझे रात भर। जाने कौन सा आश्वासन था जो उसे मेरी देह में तलाशना था। उसने मेरे सारे कपड़े उतारे और अपने भी और कसकर सटा लिया। इतना कि दम घुटने लगे। मैंने झूठ बोले थे जगजीत से। लेकिन यह हमेशा से था। झूठ न बोलती तो ज़िन्दा रहना ही मुश्किल था। अबीर से भी झूठ बोले थे कभी-कभी और वह अक्सर समझ भी जाता था। झूठ मेरे लिए सच को बचाने की तकनीक बन गया था। जैसे यह सबसे बड़ा सच कि सबसे ज़्यादा मुझे अपना साथ पसन्द था। झूठ यह कि इतना ज़रूरी काम है कि अभी मिलना फ़ोन पर बात करना सम्भव नहीं। जो काम मेरे लिए गम्भीर होता अक्सर वह अबीर को इतना अगम्भीर लगता कि वह उसे छोड़ देने का आग्रह करता। मुश्किल से ही कभी अपना वाला अकेला वक़्त मिलता हो तो उसे गँवाने का मन नहीं करता था। जगजीत को ही अक्सर बहानों से मना करती थी रात को। कैसे कह देती कि तुम्हारा व्यक्तित्व एक लिजलिजेपन से भर देता है मुझे। खुले मुँह से नहीं कह पाती थी कि आज घर आने का मन नहीं। किसी काम का बहाना करके माँ के यहाँ जाती थी। झूठा न मुस्कुराऊँ, झूठी तारीफ़ न करूँ, झूठी माफी न माँगूँ तो कोई लड़ाई कभी न ख़त्म हो। झूठ न बोलो तो दुनिया नोचकर खा जाए। अक्सर तो पता भी न चलता था कि उस बात पर हाँ में सर हिला दिया है जो कि है ही नहीं। जो झूठ है। कमाई का भी सच्चा हिसाब दे दूँ तो तकाज़े ख़त्म ही न हों। हिसाब ही लेना है तो

कष्टों का भी हिसाब लो न! बेचैन रातों और उजड़ी नींदों का भी हिसाब लो! ख़र्चों का भी लो!

जगजीत की आँखों से एक आँसू टपका और उसके बाद मेरी आँखें रात भर भीगीं। आख़िर जगजीत का कसूर क्या है? सारे सिस्टम का बदला मैं एक व्यक्ति से तो नहीं ले सकती न! यह व्यक्ति जो इस कदर टूट गया है आज। उसके दुखों की वजह कभी तो नहीं बनना चाहा मैंने। न! मैंने जान-बूझकर कुछ नहीं किया जगजीत। मुझे तुम्हें कोई चोट नहीं पहुँचानी थी। वह प्रेम चुक गया लेकिन नफ़रत ने नहीं ली है उसकी जगह। उसकी बाँह भीगने लगी मेरे आँसुओं से।

"मैंने जान-बूझकर कुछ नहीं किया जगजीत। तुम सज़ा दे सकते हो अपराधी हूँ तुम्हारी। लेकिन कोई पुकार आत्मा से निकली थी जो उस तरफ़ ले चली। मैं मर्द ढूँढ़ने नहीं निकली थी। तुम जानते हो। ऐसा कभी नहीं हुआ।"

"मेरे साथ रहो मीना..." उसके होंठ भटकने लगे मेरे चेहरे के पास—"सारी कहानी सुनाओ मुझे क्या कैसे हुआ...?" वह सख़्त होता था फिर आवाज़ मुलायम भी होती थी कभी रुआँसी और कभी काँपती हुई...।

"मुझे सज़ा दो जगजीत। मैं सॉरी नहीं कहूँगी। अब यह सम्भव नहीं होगा।" मैंने हिचकियों में कहा तो जगजीत ने मुझे बिस्तर पर दूसरी तरफ़ धक्का दे दिया और खड़ा हो गया।

"क्या सज़ा चाहिए तुझे? निकाल दूँ घर से? ताकि उसके पास जा सके? न! किसी क़ीमत पर अपनी गिरस्थी बरबाद नहीं होने दूँगा। छुटकारा नहीं मिलेगा तुमको मीना। बच्चे नहीं दिखते मासूम? कौन पालेगा इन्हें? दिमाग़ ख़राब हो गया है तुम्हारा उस आदमी के पीछे। तुम मर्दों को जानती नहीं हो किस हद तक जा सकते हैं कुछ पाने के लिए...।" जगजीत ने आवाज़ को जितना कड़ा किया था उतना ही धीमा भी कि वह बाहर न जाए। फिर मेरे कंधे ज़ोर से झकझोरते हुए कहा "छुटकारा नहीं मिलेग़। बहुत शौक है जाने का तो तीनों बच्चों को छोड़ के यहाँ से दफ़ा हो जाओ। उनसे कह

दूँगा मर गई तुम्हारी माँ एक्सिडेंट में। अभी तलाक लो, इसी वक़्त। लौटना मत दोबारा।" फिर पीछे धक्का दे दिया मुझे।

बच्चों के बिना! वे इस एहसास के साथ बड़े होंगे कि माँ मर चुकी उनकी या उन्हें पता लगेगा कि उन्हें छोड़ कर भाग गई? वे रह सकेंगे? मैं ज़िन्दा रह सकूँगी? मुझे क्या हासिल करना है? बच्चों से बिछड़कर मैं क्या पाऊँगी?वह कैसी आज़ादी और कैसी ख़ुशी हो सकेगी जिसमें मुझे उन तीन मासूम शक्लों को याद करते हुए बिलखना होगा हर घड़ी? तीन में से एक भी मुझसे छूटा तो अधमरी ही रह जाऊँगी। ज़िन्दा ही किसलिए रहूँगी?

जिज्जी अपनी तरह से सच पता लगाने की कोशिशें कर रही थीं। ग़ज़ल को फ़ोन किया तो मुझे पता लग गया। और किस-किस से बात की गई मैं कभी नहीं जान सकी। बस इतना पता चला कि असम में अबीर की पत्नी को भी मालूम हो गया था क्योंकि उसने अबीर को फ़ोन किया था। जिज्जी को भरोसा हो गया था कि उनका पता लगाया सच ही है। काला-सफ़ेद से परे कुछ नहीं। जो सच पता लगा वह जगजीत को भी बता दिया गया। माँ को भी फ़ोन पर सब कह दिया गया कि मीना का चक्कर चल रहा है। मैं बहुत पढ़ी-लिखी नहीं भले ही लेकिन यह भाषा मुझे धीरे-धीरे छील रही थी। मुझे नहीं पता था कि सब इतना गन्दा करके भी देखा जाना सम्भव है। मेरे और अबीर के बीच से सारी मासूमियत कुछ दिन के लिए एकदम अचानक ग़ायब हो गई। मैं रात-रात भर रोती रहती थी। कभी नींद लग जाती तो किसी बुरे सपने से हड़बड़ाकर रात में उठती कि मैं एक पॉर्न फिल्म में हूँ और रो रही हूँ। ज़ैसे मुझे नंगा कर दिया गया है दुनिया के सामने। बीच राह में मेरे कपड़े उतार लिए गए हैं। जैसे मोबाइल के मैसेज जिज्जी ने नहीं सारी दुनिया ने पढ़ लिए हैं।

जगजीत ने बच्चों का वास्ता दिया। शर्म से डूब मरने को कहा। जीजाजी ने उसे फ़ोन करके कहा था कि पति होने के नाते इस बात से उसे फ़र्क़ पड़ना

चाहिए कि बीवी किसी और के साथ एक रात गुज़ार चुकी है। उस आदमी को छोड़ना मत। मुझे मिल गया तो मैं भी नहीं छोड़ूँगा कम्बख़्त को। मीना का भी क्या भरोसा। एक बार मुँह को ख़ून लग गया तो यह दुबारा भी हो सकता है। तुम पछताओगे। रोक सको तो रोक लो उसे। सारे सम्पर्क ख़त्म करो उस आदमी से उसके। मोबाइल ले लो। सबसे काट दो मीना को कुछ समय के लिए। पार्लर-वार्लर देखा जाएगा। चंद्रिका तक ने जगजीत को फ़ोन करके कहा कि आप अपनी पत्नी को सँभाल नहीं सकते? कैसे आदमी हो? वही चंद्रिका जो बार-बार पति से झगड़ कर मायके आती थी और फिर मायके में झगड़ कर पति की शरण जाती थी। इस समय हर वह आदमी शेर है जिसका ख़ुद का ईमान नहीं था। जगजीत सब सुन रहा था। मुझे उससे सहानुभूति होती थी। तरस आता था। जगजीत को अपनी दुनिया लुट चुकी दिख रही थी। मैं कल्पना कर रही थी मेरे चले जाने के बाद जगजीत कैसे रुआँसा मुँह लटकाए सबके सामने बैठा है। पड़ोसी, दोस्त, रिश्तेदार उस पर हँस रहे हैं। जीजाजी पूछ रहे हैं तर्जनी उठाकर कि तुम इस खेल में शामिल तो नहीं हो जगजीत? चंद्रिका थूक रही है। बच्चे बिलख रहे हैं। सदमा खा गए हैं माँ-पापा। बोलते ही नहीं अब किसी से। उनके दरवाज़े भीतर से बन्द हो गए हमेशा के लिए। अब वहाँ कोई आवाज़ नहीं आती।

मैं भीतर-बाहर के दर्दों में लिथड़ी हुई जच्चा की तरह कमरे में बन्द पड़ी रही, बिस्तर के एक कोने पर। तीन-चार दिन। वहीं पथरा कर शिला हो जाती तो बेहतर होता। जगजीत कमरे में आया तो उसके चेहरे पर एक पुराना थका आदमी था। मुझे चेक की कमीज़ें पसन्द हैं, एक वह सबसे ज़्यादा जो उसने उस वक़्त पहनी थी। पसीने और उमस से गंधाती कमीज़ को उसने उतारा और टँगा दिया। मुन्नू मेरी गोद में सो रहा था और पँखुड़ी अपना होमवर्क कर रही थी। छुटकी उसी के साथ लगी-लगी अपना भी काम कर रही थी। पँखुड़ी जैसे अचानक और बड़ी हो गई थी। छुटकी को इशारा किया तो दोनों अपना सामान लेकर दादी के कमरे में चली गईं।

जो बातें सब समझ सकते थे उन्हें सिर्फ़ मुझे ही समझने में देर होती थी। जगजीत को मुझसे कुछ कहना था। वह पास आया तो मुझे चक्कर आने लगे। बाल सहलाए उसने मेरे और कहा—"जो हुआ उसे भूल जा मीना। एक नई ज़िन्दगी शुरू कर मेरे साथ। तू अभी नादान है। सब पिछला भुला दे। पता है न, नहीं जी पाऊँगा तेरे बिना! तूने एक बार भी मेरे बारे में नहीं सोचा? मैंने अपनी जान लगाई है तेरे लिए। तू जो कहेगी वैसा ही होगा। नहीं बात करनी माँ से तो मत कर। चल, कहीं और घर ले लेते हैं छोटा सा। अपनी मर्ज़ी की मालकिन होकर रहना। मैं सब करूँगा। आँसू नहीं देख सकता मीना तेरे। सच कहता हूँ यहाँ भी तुझे कोई कुछ नहीं कहेगा, अभी भी कहाँ कहता है...अपनी मर्ज़ी की मालकिन है मीना तो। अपने दम पर जीने वाली। कैसे-कैसे आँधी तूफ़ानों का सामना अकेले करने वाली। कैसे कमज़ोर पड़ी आज? तू गई तो मर जाऊँगा मैं।" ये शब्द सुनते ही आँखों से आँसू की धाराएँ बह चलीं। उसने लिटाया मुझे और लगातार मेरे माथे को सहलाता रहा। ओह! यह आदमी। मैं इसे छोड़ने चली थी। कौन इसके सिवा मुझे जानता है इतना भीतर तक इतना गहरा, मैं कृतज्ञ हो गई थी भीतर।

पार्लर जाना शुरू किया तो पंद्रह दिन बाद मिली थी अबीर से। सूजी हुई आँखों में मुझे देखकर वह भी रो दिया था। हम हँसी को कस्तूरी में छिपाकर वन में छोड़ आए थे। कहा था मैंने—"सब्र करो। मुझे फ़िलहाल समझ ही नहीं आ रहा क्या जाल बुना जा रहा है मेरे इर्द-गिर्द।" मुझे लगातार परेशान और रोता देखता रहा वह। फिर उसके मैसेज आते रहे। यह शहर छोड़कर चला जाऊँगा हमेशा के लिए मीना, तुम ऐसे टूटो मत, कितने दिन से पार्लर नहीं गई हो जिसे इतनी मुहब्बत से बनाया है तुमने। उसने ख़ूब कहा कि थाम लूँ मैं उसका हाथ अगर कोई शंका नहीं है मन में या काट दूँ अपने जीवन से लेकिन चैन से रहूँ ऐसे हार कर नहीं। मैं अपने आपे में ही नहीं थी। कुछ सूझता नहीं था। अबीर के चले जाने से भी अब कौन सी समस्या सुलझने वाली थी। सिर्फ़ परिवार ही बचता और कुछ नहीं बदलता।

बदतर ही होता। हुआ भी इससे बदतर। अबीर ने एक दिन आत्महत्या की कोशिश की। नसें काटना चाहा अपनी। संयोग से उस शाम उसका एक दोस्त उससे मिलने पहुँच गया तो उसे अस्पताल ले जाया जा सका। इन्हें भी अब यह ज़रूर करना था। हद ही है। एक अड़तीस साल का परिपक्व आदमी मरे बिना ज़िन्दगी की उलझनें भी नहीं सुलझा सकता!

बच्चों के नाम पर मैंने गिरवी रख दिया था ख़ुद को। बच्चों के रुल जाने की चिन्ता मुझे भी बराबर थी और अबीर को भी। पार्लर नया था इसकी भी न चाहते हुए परवाह करनी थी। इसी के भरोसे मैं वह थी जो थी। कुल मिलाकर मैं ऐसी उबली ठंडी खिचड़ी थी जिसे मुझे ख़ुद को ही खाना था। अबीर का हाथ थाम लेना क्या आसान था? जगजीत ने कह दिया था साफ़ कि जाना हो तो अकेली जाओ। बच्चे नहीं मिलेंगे। अबीर ने कहा कि हम कोर्ट जाएँगे। लेकिन मुझे तो यही तय नहीं था कि मैं जीवन को किस दिशा ले जाना चाहती हूँ। पहली बार जो ग़लती हुई उन्नीस साल की उम्र में उसे पैंतीस में दोहरा तो नहीं रही हूँ? जगजीत छोड़ भी दे तो अबीर के साथ रहने का फ़ैसला जल्दबाज़ी तो नहीं?

पार्लर में क्लाइन्ट के साथ झूठा हँसते-हँसते अचानक रोने लगती थी। ख़ाली बैठती तो देर तक सुन्न पड़ी रहती थी। फिर एक दिन अबीर का मैसेज आया—तुम फ़ैसला ले चुकी हो, बस बता नहीं पा रही मुझे। तुमने परिवार को चुना है, तुम्हें फिर से ख़ुशहाल परिवार मुबारक। मैं जा रहा हूँ अँधेरों में हमेशा के लिए।

ख़ुशहाल परिवार क्या होता है?

उस शाम मुझे घर लौटने का मन नहीं हुआ। हमने शटर गिराकर ताला लगाया और मैं ग़ज़ल के साथ चल पड़ी। उसके घर पहुँचकर मैंने एक मैसेज किया जगजीत को सिर्फ़ कि मैं लौटना नहीं चाहती। पता नहीं मैं अपने जीवन का क्या करूँगी? मरूँगी भी नहीं, लेकिन लौटूँगी भी नहीं, वह जिए और बच्चों को सँभाल ले। इसके बाद फ़ोन बन्द करके लेट गई। सारी रात नींद उखड़ी रही। बच्चे याद आते रहे। पंखुड़ी जाने क्या सोच रही

होगी। छुटकी और मुन्नू ने रो-रोकर हाल ख़राब कर लिया होगा। जैसे-तैसे डाँटकर जगजीत ने सुलाया होगा उन्हें। मेरे पीछे ये चारों ऐसे रहते हैं जैसे किसी ने जेल में बन्द किया हो। सब बच्चों के चेहरे सूखकर आधे हो जाते हैं अगर मैं देर तक न रहूँ इनके पास। अब तो लौटने की भी उम्मीद नहीं बचाना चाहती। क्या मैं ऐसी चरित्रहीन हो गई कि वंदिता पर मेरा ख़राब असर होगा? वह बच्ची जिसे गोद खिलाया अपनी बेटी से बढ़कर माना, उस पर मेरा ख़राब असर होगा? ख़ैरात! मेरी सारी मेहनत किसी की ख़ैरात हो गई! प्रेम व्यभिचार हो गया! क्या सफ़ाई दूँ उनके सामने जिनके तईं इसका कोई महत्त्व नहीं कि मीना कौन है, कैसे बनी और उसने क्या-क्या कब-कब सहा है? क्यों मैं ही दुनिया के योग्य बनने की कोशिश करती रहूँ, मेरे होने की क़ीमत दुनिया न चुकाए? कोई यह न सोचे कभी कि मीना से वैसे ही बात नहीं की जा सकती कि जैसे किसी भी औरत से की जाती है। कोई झूठ है इसलिए मैं छुपाती हूँ ऐसा नहीं है, दुनिया इसे सुनने के लिए तैयार ही नहीं है इससे यह छुपता है और फिर झूठ कहलाता है। जिस दिन सब इसे प्रेम स्वीकार लेंगे सारी इमारतें ढह जाएँगी। व्यभिचार कह देने से सब बचा रह जाएगा। इसलिए मीना कटघरे में है। वही औरत-मर्द का भेदभाव। मर्द आगे बढ़े तो होशियार है और औरत तरक़्क़ी करे तो किसी मर्द की कृपा है। वही ढाँचा समाज का जिसमें औरत को इतनी बेचारी समझा जाता है कि जब तक वह किसी एक मर्द का हाथ न थाम ले, उसकी मुहर ख़ुद के चेहरे पर ठुँकवा न ले, तब तक उसे स्वीकृति नहीं मिलती। जगजीत को छोड़ो और अबीर का हाथ थाम लो। या अबीर को छोड़ो और जगजीत की मुहर को दुबारा लगवाओ। सबसे अच्छा है कि किसी भी मर्द की मुहर से बचकर अकेले रहना सीखो,सीखो कि प्यार के बिना कैसे रहा जाता है। आत्मनिर्भर हो जाओ। लेकिन आत्मनिर्भर क्या पहले नहीं रही हूँ मैं? मुझे किसने कमा कर खिलाया है? घर पर बैठकर मैंने कब घरवालियों की तरह चालें खेली हैं या गहने बनवाए हैं? कब किट्टी में गई हूँ? कब मैंने अपने लिए महंगे उपहार माँगे हैं किसी से? उतना ही सुख पाया है जितना अपने

हाथ से कमाया है। उतना ही सुख दिया भी है जितना मेरे वश में था। फिर कौन सी आत्मनिर्भरता और कौन सा साहस?

ग़ज़ल वैक्स कर रही थी एक क्लाइन्ट का जब मैं फ़ेशियल वाले बेड पर बैठी थी पर्दा हटा कर। उस दिन ग़ज़ल का फ़ोन बार-बार बज रहा था तो मैंने उसके बैग से निकालकर उसे पकड़ा दिया था। उसके बैग में एक किताब अंग्रेज़ी की और एक छोटी सी डिक्शनरी भी थी। मैंने सोचा यह लड़की पढ़ती कब है, अंग्रेज़ी की किताब 'ब्यूटीमिथ'? मैंने उसे चुपचाप उलट-पलट लिया था लेकिन कुछ समझ नहीं आया मुझे। एक बार अबीर ने पूछा था कि तुम ब्यूटीशियन हो बताओ ब्यूटी के बारे में क्या सोचती हो? मुझे जैसे पक्का लगा कि उसका जवाब ज़रूर होगा यहाँ। ग़ज़ल कितनी घुन्नी है! तभी इसे चश्मा लगा है कि चुपचाप कुछ न कुछ पढ़ती रहती है। उस दिन सिर्फ़ एक लाइन पढ़ने पर समझ आई कि हम औरतों को एक-दूसरे के चयन और फ़ैसलों के लिए जज करना बन्द करना होगा। मैं सोच ही रही थी कि ग़ज़ल से पूछूँगी उस किताब में और क्या-क्या लिखा है जो उसने पढ़ा है।

अचानक लगा सामने कुर्सी पर जीजाजी हैं और उनकी बाँहें वैक्स के बाद चिकनी मुलायम हो गई हैं। फ़र्श पर पड़े बाल उड़ने लगे हैं और उनके बगल में बैठी महिला के पूरे चेहरे पर पुत गए हैं और वे फिर भी निश्चेष्ट हैं। बबीता क्लाइंट को लगाने की बजाय ट्यूब दबाकर क्रीम को शीशे पर मल रही है और कहती जा रही है इससे आपका फ़ेस इतना साफ़ हो जाएगा कि सब देखते रह जाएँगे। बहुत सारे बालों की वजह से वह महिला कुछ नहीं देख पा रही। फिर भी वह निश्चेष्ट है। जीजाजी अपनी चिकनी बाँहें छूकर देखने का आग्रह ग़ज़ल से कर रहे हैं और बदले में ग़ज़ल भद्दे ढंग से मुस्कुराई है। अचानक लगा कई बार की इस्तेमाल की हुई बाल चिपकी वैक्स स्ट्रिप मेरी हथेली में चिपक गई है। मुझे ज़ोर की उलटी हुई। सिंक में सर घुसाया। सर बाहर निकाला तो ग़ज़ल चश्में में से

आँखें निकालती हैरान होकर देख रही थी—"सब ठीक है?" उसने पूछा इशारा किया मैंने आँख से 'हाँ'।

जब हम शटर गिराने की तैयारी में थे तभी छोटा भाई अपनी बंगाली बीवी के साथ आया था मुझे समझाने। काफी देर चुप रहा जैसे किसी अजनबी की शोक सभा में हो। मौक़ा मिला तो अचानक तू-तड़ाक पर उतर आया था।

"तूने भी हद कर दी मीना। थोड़ा तो माँ-बाप की इज़्ज़त का भी ख़याल किया होता! एक बार तो सोच हम सबके बच्चे क्या सोचेंगे जब पता चलेगा उन्हें। पता है माँ का क्या हाल है रो-रोकर। पापा का ग़ुस्सा एकदम कंट्रोल के बाहर है। मुश्किल से सँभाल रहा हूँ उन्हें। माँ ने कहा था तू उनका फ़ोन भी नहीं उठा रही। ले अभी बात कर..." कहते कहते ही गोलू ने फ़ोन मिलाकर मुझे पकड़ा दिया। दिल इतनी ज़ोर से धड़क रहा था कि ख़ुद मुझे उसकी आवाज़ सुनाई दे रही थी। घबराहट हो रही थी कि जैसे फ़ोन से निकलकर तमाचा मेरे मुँह पर आएगा पापा का। उधर से माँ की हलो की आवाज़ सुनाई दी तो जवाब में मेरे मुँह से भी निकला—

"हलो माँ।" फिर एक क्षण के सौवें हिस्से में मैंने सोचा कि माँ फ़ोन काट देंगी मेरी आवाज़ सुनकर लेकिन उधर से आँसुओं में भीगा एक व्यथित वाक्य आया।

"मीना! ठीक तो है न बेटा? मुझे बहुत फ़िक्र हो रही है,हुआ क्या है मुझे बता सब।" मेरे गले तक आँसुओं की बाढ़ आ गई थी। पीछे से पापा के चिल्लाने की आवाज़ आ रही थी। इस हालत में एक शब्द नहीं कहा जाता मुझसे। मैंने घबराकर फ़ोन काट दिया और रूमाल को आँखों पर दबा लिया। गोलू को अभी संतोष नहीं हुआ था। वह आया ही क्यों है?

"जिज्जी ने बताया है मुझे सब। यह पार्लर उसी की मदद से खोला है न?" कहकर वह मेरी आँखों में देखने लगा।

"आठ बरस छोटा है तू मुझसे। इतना भी मत बोल कि शरम भी शरमा कर भाग जाए।" मैंने घूरा उसे तो उसने नज़र नीचे की जैसे मन में कहा

हो 'इनसे तो बात करना बेकार है'। मुझे छोटे की मूँछें कभी अच्छी नहीं लगी थीं। उसकी पत्नी को मैं दयनीय लग रही थी जबकि मैं सोच रही थी कि एक मूँछों वाले आदमी को प्यार करना कितना मुश्किल होता होगा। यह कैसे चूम पाती होगी इसे? शादी के बाद से भाभी एकदम गोल होती गई थी। जगजीत की माँ जैसे हाथ में भुने बेसन का लोंदा उछालती जाती है और वह एकदम गोल हो जाता है। उसे देखकर लग रहा था जैसे वह आज ख़ास तौर से सजकर आई है। इसलिए मुझे उसे बताना था कि बालों में उसने जो स्ट्रीकिंग करवाई है लाल रंग से उसमें वह बन्दरों की एक प्रजाति की मादा लग रही है। छोटे भाई को कहना चाहती थी कि थोड़ी नैतिकता माँ-बाप से अपने सम्बन्धों में भी निभा ले। मैं अकेली इस नैतिकता नाम की अमीर शहज़ादी को नहीं सँभाल सकूँगी।

"दी, आप तो लव-मैड्रिज किए थे। आपसे ऐसी उम्मीद नहीं थी। आपको बहनोई जी से माफ़ी माँगना चाहिए और बड़ी दी से भी। उनका बोहोत दिल दुखाई हैं आप। हम सब कितना परेशान रहा। बच्चों ने खाना छोड़ दिया। उनको क्या बताएँ क्या किया हो आप! उन सोज्जन से अब बिल्कुल कट हो जाओ।" जीवन में पहली बार हमारी भाभी को हमारी फ़िक्र हुई थी। वे बोलती थीं तो जैसे मेंह बरसने लगता था। इसी अदा पर फ़िदा हुआ होगा भाई अपना। चूड़ी सँभालते हुए भाभी ने मुझे पहाड़ के नीचे आए ऊँट की तरह देखा। न मैंने उन्हें पानी पूछा, न चाय। मेरी बेरुखी देखकर छोटे ने बीवी को इशारा किया और वे लोग जाने के लिए उठे। अभी दरवाज़े तक ही गए थे कि मेरा अपनी ज़बान पर काबू न रहा और मैंने बक दिया—"वैसे भाभी, अगर आपको स्ट्रीकिंग का इतना शौक है तो आइंदा मुझसे सलाह ज़रूर लेना ताकि बन्दर जैसे न लगो।"

भाई कुछ सेकेंड की और देरी करता दरवाज़े से निकलने में तो मेरे पार्लर में आग लग सकती थी।

जहाँ हम खड़े हैं ज़मीन उसके ऊपर है शायद

हम एक-दूसरे को नीचे गिराकर प्यार नहीं कर सकते। एक प्यार में डूबा दिल जितना चाहो उतना झुकता है, इतना कि मनुष्य होने का सम्मान भी ताक पर रख देता है। यही। ठीक यही वक़्त होता है दूसरे के लिए उसे उठाने और यह एहसास दिलाने का कि उसके गिरने की क़ीमत पर कोई प्यार नहीं! अपना कितना स्वार्थ सिद्ध होता है न कि सामने वाला बिछता चला जा रहा है...छोड़ता जा रहा है अपना स्पेस...आप घेरे चले जा रहे हो...कब्ज़ा कर रहे हो धीरे-धीरे निरीह बनकर। उसी वक़्त तय करना होता है कि प्यार के नामं पर जिसे इतना गिराया है कल को उसके बराबर में रहकर चलना कितना मुश्किल हो जाएगा।

ख़ूब समझाया था डॉक्टर ने—तुम्हारा शरीर है। तुम सोचोगी। कोई और क्यों सोचेगा इसके दर्द और कष्ट? जब तक कहोगी नहीं कोई क्यों ध्यान देगा इसकी मुसीबतों पर। पढ़ी-लिखी हो इतना समझती हो न कि अपनी पसन्द की लाइफ़ तुम ख़ुद बनाओगी, कोई मर्द नहीं बनाएगा तुम्हारे लिए। वह बना ही नहीं सकता तुम्हारी पसन्द की दुनिया। उसका काम नहीं है यह। रूठेगा, नाराज़ होगा, अपने लिए फ़ैसला लोगी तो साथ में खड़ा भी होगा अगर प्यार करता है।

कभी-कभी कोई चाहिए होता है हाथ पकड़कर जबरन खींचने वाला जब आप ट्रक के सामने चल रहे हों। हमेशा ही तो होश नहीं रहता न! चिल्लाकर खींचता है कोई और फिर सड़क किनारे करके आपको अपने रास्ते चला जाता है। आँखें मसल कर देखना होता है फिर कि हम खड़े कहाँ हैं।

कभी सिरे से लगता है कि सारी ट्रेनिंग ग़लत हो गई। पास के लोगों की ईर्ष्याओं और कुंठाओं ने हमेशा इतना भयभीत किया कि सिमटने लगी। कभी यह भी हुआ कि पास के कमज़ोर लोग मानो मेरे भीतर से सारी ऊर्जा और सकारात्मकता को सोखते रहे अपने जीने के लिए। कभी अपना व्यक्तित्व आम के ठेले के ही पहिए के नीचे आकर पिचक गए आम की तरह लगता है जिसकी गुठली उछल कर उसके खोल से दूर जाकर गूदे की मदद से चिपक गई है सड़क पर। अब इस पर कोई और ट्रैफिक न गुज़रे ख़ुदा! सफल लोगों को देखकर लगता है किसी थियरी को कभी जीना नहीं चाहिए। उसे बस थियरी की तरह देखना चाहिए। जैसे मैकेनिक अपने औजारों के बक्स को देखता है सर खुजाता हुआ। बुरा है कि वह ख़ुद ख़राब मशीन हो जाए या औजार बन जाए। इससे भी बुरा है किसी थियरी या सिद्धान्त को शादी के मेकअप की तरह पहनना। उसे पोंछे बिना आप अपने बिस्तर पर नींद भी नहीं ले सकते। थियरी को उस ट्रेनिंग से लड़ना होता है जो वायरस की तरह ख़ून में फैली है। उन अनुभवों से भी जो पिस्सुओं की तरह रोम-रोम में घर बसा चुके हैं और खुजा-खुजाकर घाव बनाए जा रहे हैं।

सर्दियों की सुबह उठना और अँधेरे में बस स्टॉप पर आकर खड़े हो जाना जाने मेरी आदत में कब आएगा? आदतें न पड़ सकना भी एक लाइलाज बीमारी है। ख़राब चीज़ें बहुत सारी हैं मेरे साथ। किसी के साथ मिलने-जुलने का कार्यक्रम हो या किसी भी तरह की बात तय करनी हो तो हमेशा गड़बड़ी की गुंजाइश मेरी तरफ़ से रहती थी। कुछ कहकर भूल जाना आम हो गया था। टंकी भरकर ओवरफ्लो होती है तो क़ुसूर मेरा है, किसी का

फ़ोन आया था और मुझे बताना याद नहीं रहा कोई ज़रूरी बात, तो क़ुसूर मेरा है। कोई दुखी है तो क़ुसूर मेरा है। कभी तो लगता था स्वात घाटी में बम गिरा है तो क़ुसूर मेरा होगा।

तो कभी किसी टीले पर खड़े होकर चिल्लाने का मन होता है—सालों! तुम सबने मिलकर मुझे बर्बाद किया है। मैं ऐसी कभी नहीं थी। घिनौनी भावुकता वाले छोटे-छोटे स्वार्थों पर मरने की आदत वाले कभी बड़ा न सोचने न करने वाले टुच्चे मध्यवर्गीय लोगों! नफ़रत है मुझे तुमसे। नफ़रत है मुझे ख़ुद से! जिसका कुछ नहीं हो सकता कबाड़े के अलावा मैं वह हो गई हूँ। एक परफेक्ट एरर!

फ़ोन बजा है—कोई पुरानी विद्यार्थी है उस तरफ़...

"आपने नहीं पहचाना मैम, लेकिन मैं आपको कभी नहीं भूली। आपने नौंवी-दसवीं में पढ़ाया था मुझे। निशा थी एक छोटे बालों वाली जिसे आप बहुत पसन्द करती थी। उसी के बैच में थी मैं..." आवाज़ में एक कृतज्ञता भरी मिठास थी। लेकिन मुझे किसी भी तरह याद नहीं आ रहा था कि तमन्ना कौन थी?

"अरे वाह, अच्छा लगा तुमने फ़ोन किया। लेकिन बेटा याद दिलाओ तो किस साल थीं तुम दसवीं में?" मुझे उसकी आवाज़ की खनक सुनने के बाद यह बताना एकदम रूखापन लगा कि मुझे वह याद नहीं आई है।

"मैम, 2002 में...तब आप नई ही आई थीं।" उसने उसी उत्साह से कहा। मुझे लगा उसके पास बताने को और बहुत कुछ है लेकिन मेरी तरफ़ से अल्प विराम ज़्यादा आ रहे थे।

"तो आजकल क्या करते हो तमन्ना?" नाम लेकर बात करना ज़रूरी था। हमने सीखा था विद्यार्थियों से एक लिंक बनाने के लिए यह भी एक ज़रूरी चीज़ है कि उनका नाम याद रखा जाए और उन्हें नाम से बुलाया जाए।

"मैम, मैं आपको आज तक नहीं भूली हूँ। आपका पढ़ाया एक-एक दिन याद है मुझे। सच कहूँ तो मैं आपके जैसी बनना चाहती थी तभी से। आगे की पढ़ाई की और आजकल एक स्कूल में पढ़ाती हूँ।"

मैं निशा को भी याद करने की कोशिश कर रही थी इससे पहले, लेकिन अचानक लगा कि इसके बाद कुछ याद करने की कोशिश उतने मायने नहीं रखती। मैंने उसे बधाई दी।

"बेहद ख़ूबसूरत बात है तमन्ना! ढेरों शुभकामनाएँ तुम्हें। यह तो मेरा ईनाम है जो आज तुमने ख़बर दी है। ख़ूब तरक़्क़ी करो।" मैंने गद्गद भाव से कहा और जाने कैसे एक निहायत बेवक़ूफ़ाना सवाल बक दिया—

"शादी-वादी की?"

थोड़ा सकुचाकर उसने कहना शुरू किया—

"नहीं मैम, अभी शादी नहीं करनी। मम्मी पापा के पीछे पड़ी हैं लेकिन मैंने एकदम ना कह दी है। जब तक ऐसा लड़का न मिले जो मेरे लायक हो शादी नहीं करूँगी। अभी तो मैम मैं आकर पहली बार ठहरी हूँ। ज़रा साँस लिया है। अपना काम और अपना पैसा कैसा होता है यह जानने के बाद मुझे अभी समझना है मैम कि वह क्या है जिसकी तरफ़ अब बढ़ा जा सकता है। कितना कुछ देखने के लिए है, सीखने के लिए, कितना घूमना है मैम अभी...।" मेरी साइड पर एकदम सन्नाटा था जिसे सुनकर वह शान्त हुई वरना कुछ था जिसे बक देना चाहती थी वह। या मुझे ही ऐसा लगा था कि वह कुछ बक देना चाहती है। हो सकता है वह एकदम सामान्य तरीक़े से सब कह रही थी। वह सिर्फ़ कृतज्ञ थी और मुझे पता नहीं कैसे लगा था कि उसके पास अपनी वाली कहने के लिए कोई नहीं होगा और वह मेरे सामने एकदम बेखटके बोलेगी।

मुझे अपने फूहड़ सवाल पर ग्लानि हुई और तमन्ना की ऐसी बातें सुनकर बेहद डर भी लगा। तो क्या वह अपने लिए बीहड़ों का रास्ता चुन रही है? क्या उत्तर पुस्तिका में याद किए हुए जवाब लिखते-लिखते उसे किसी सवाल ने घेर लिया है और क़ैद कर लिया है?

पसीना और आँसू हर लौटते क़दम के साथ अपनी ज़िन्दगी जीते और मर जाते हैं...

बार-बार भागना होता है तो वहीं क्यों लौटना होता है? जित्ती बार भी लौटो लेकिन वापस उन्हीं निशानों पर चप्पल रखते हुए तो नहीं चल सकते न उलटे? जिन निशानों को आगे जाते हुए बनाया था हमने ही? एक क़दम के उठने और वापस लौटने के बीच के वक़्फ़े में जाने कितनी हवा, तिनके, धूल इधर-उधर हो जाते हैं। जाने कितनी चींटियाँ उन निशानों पर से गुज़रती हुई उन्हें ओवरलैप करती हैं अपने निशानों से। वहीं लौटना वैसा ही नहीं रह जाता कभी। देह का पसीना, आँख का आँसू, आत्मा का कम्पन सब एक-एक कर उठते और लौटते कदम के साथ अपनी ज़िन्दगी जीते और मर जाते हैं। हर कम्प नया होता है, हर नया आँसू अकेला और पसीने की हर बूँद हर बार, हर मौसम में अलग तरह से गंधाती हुई अपना एक नया दाग़ बनाती है।

अबीर से न मिलने और बात न करने की शर्त मैं निभा नहीं पा रही थी। जगजीत की कमज़ोरी मुझे फ़ैसलों से रोकती थी। या मेरी अपनी कमज़ोरी और ग्लानि? उसने कहा था मैं बरबाद हो जाऊँगा। तो लो, हमेशा की तरह एक बार फिर पत्थर होती हूँ, लाश होती हूँ, इसमें सब ख़ुश हैं। हमेशा से बरबाद तो मैं थी। दीवार को धक्के दिए जाने से क्या

होता है? ऐसे में मैं अक्सर ही आत्महत्या के सपने देखती और रोमांचित होती थी। कभी अपनी लड़ाई याद आ जाती तो तड़प जाती थी। साँस घुटने लगती थी कभी एकदम ही यंत्रवत गिरस्ती की ज़िन्दगी जीने लगती। अपनी जानी-पहचानी चारदीवारी में अपने बच्चों के बीच रहो तो जीवन सामान्य होने का भरम देता ही है। इसमें जीवन कट भी जाता है। कट जाता मेरा भी मुझे दौरे न पड़ते होते तो।

इतना कुछ होता है साझा कि रसोई में जाओ तो हाथ अपने-आप पूरे परिवार के लिए सब्ज़ी काटने-छौंकने लगते हैं। रसोई में यंत्रवत काम करने लगी मैं। अम्मा आकर झाँक गईं कि चलो यह उठकर आई तो काम करने। फिर बाहर जाकर बैठीं सोफ़े पर तो किसी अदृश्य से बात करते हुए उनका बस्ता तैयार होने लगा हरिद्वार जाने का। जाने उन्हें क्या सूझी कि वहीं से चिल्लाईं—"रोटियाँ थाप कर मत रख देना। हमें तवे से उतरी रोटी चाहिए गरम-गरम। हमारे तो हलक से नहीं उतरती ठंडी रोटी।" मुझे भी जाने क्या सूझी कि वहीं से चिल्लाई—"जनमपत्री में लिखवा कर नहीं लाई हूँ कि खाना बनाती रहूँगी आप सब के लिए। किसी एहसास के चलते बनाती हूँ तो उसकी इज़्ज़त करना सीखो।" कहते-कहते मैं इतना भड़क गई थी कि मुश्किल से ही एक वाक्य पर ख़ुद को नियंत्रित किया। जाने क्या-क्या बात मेरे कंठ में कुलबुला रही थी जिसे उगल कर मैं अपनी हिंसा शान्त करना चाहती थी। एक घिसी हुई रस्सी थी एकदम टूटने को तैयार! एक-एक दिन और एक-एक रात मुझ पर असह्य।

जानती थी कि मेरे दर्द और आँसू किसी के लिए मानी नहीं रखते थे। जिसे भी पता लगता उसके लिए मैं सिर्फ़ एक नाटकबाज़, झूठी औरत होती। दुनिया के सामने सही होना ज़रूरी था इसलिए जिज्जी ने कह दिया था बाद में कि तू अपनी ग़लती मानती, तो हम तेरा साथ देते। मैं कहना चाहती थी उन्हें कि आप मेरा साथ देते तो मैं अपनी ग़लती मान लेती...

मैं एक सीढ़ी नीचे आती हूँ तो जगजीत शान्त होता है। जानती थी कि इस बार मेरे लिए यह सम्भव नहीं होगा। भले ही जीवन और नर्क हो जाए लेकिन कहना होगा मुझे। बात-बात पर लड़ाइयाँ होने लगी थीं। न मुझसे ग़ुस्सा नियंत्रित होता था न जगजीत से। मुझे जबरन रोकने के बदले जगजीत को भला-बुरा सुनना ही चाहिए मुझे लगता था तो कभी वह बोल-बोलकर मुझे एहसास करवाता कि उसने कितना एहसान किया है मुझ पर। हम एक बालकनी में बाँहों में लिपटकर पहाड़ियों के पार डूबता सूरज निहारने वाले, सुनसान मोड़ पर एक-दूसरे को चूम लेने वाले, एक-दूसरे के बचपने को चाहने वाले पति-पत्नी कभी रहे भी न थे। खुलेआम मेरा हाथ पकड़े चलना उसे कभी ठीक नहीं लगा। मैंने भी उसकी पसन्द की रसोई बनाने, वक़्त पर उसके सब काम करने के बाद शिकायतें करने की बजाय ठोंक कर अपनी बात कहना और मनवा लेना कभी नहीं सीखा। उसने जैसे मुझे असमंजस में रखा वैसे ही शायद मैं भी वह कभी नहीं कह सकी वक़्त पर जिसे कहना था। लेकिन इस बार साफ़ कहा जगजीत से कि अब फ़ैसला करना बहुत ज़रूरी है। फ़ैसले के लिए जो वक़्त लेना है ले और शर्तें भी तय कर ले। ख़ुद को निरीह और मुझे डायन न बनाए। अबीर को भी लग सकता था कि मैंने अपने जीवन का ख़ालीपन उससे भरा और अब अपनी आगे की योजनाओं में मैंने उसे दरकिनार कर दिया है। प्रेम और साझेपन का हासिल यही हो सकता तो वाक़ई मुझे अफ़सोस होता। कभी चिढ़ भी होती थी कि जीवन में एक सुन्दर साथ किसे नहीं चाहिए? मुझे भी तो। लेकिन कहीं मन में जैसे ठान लिया था कि सब कुछ वैसा ही दोबारा नहीं। अब मेरे पास अपनी चारदीवारी होगी,अपना जीवन। मैं कह सकूँगी कि—मेरे यहाँ ऐसे नहीं होता या मेरे यहाँ ऐसे होता है। अपनी थोड़ी सी क्षमता में, ज़रा सी चौहद्दी में न किसी का एहसान होगा न किसी का दमन। बच्चे होंगे और मैं। मुझे वह मुक्ति दिखाई दे रही थी। न कोई ईश्वर, न पति, ना मालिक। मेरा अपना काम। मेरी अपनी नैतिकता की परिभाषाएँ। बहुत ख़ुशकिस्मत होती अगर यह सम्भव होता कि अबीर इसमें साथ आ सके।

तब दोस्ती को सबसे ऊपर रखने वाला एक प्यारा रिश्ता भी मिलता। मैंने जीवन में फिर से जागते हुए सपने देखे। अब फिर से कभी पत्नी नहीं हुआ जा सकेगा मुझसे।

भूल गई थी कि शादी करना जितना आसान है उससे बाहर निकलना उतना ही दुरूह और कष्टदायी। बिना ग़लती किए जगजीत से बच्चे छूट जाएँगे। आख़िर वही बाप है। भूल गई थी कि अबीर एक अलग व्यक्ति है और इस रिश्ते को देखने का उसका अपना नज़रिया है। इस रिश्ते से उसकी अलग उम्मीदें हैं। सोचा ही नहीं कि जब मैं साथ चाहती हूँ तो भी मुझे घुटन क्यों होती है? समझ ही नहीं आया कि क्यों किसी प्रेम को आख़िर उन्हीं पति-पत्नी वाले तक़ाज़ों तक पहुँचना होता है! कभी चिढ़ होती थी कि मुझे न जगजीत चाहिए न अबीर। एक औरत की जीवन भर की मेहनत को आच्छादित करने के लिए एक पुरुष का नाम भर काफी है। हद होती है। जो मुझे उन्नीस की उम्र में करना था उसे आज करने को मैं मन-आत्मा से तड़प रही थी। मैं भाग जाना चाहती थी। अकेले। दूर। भटकना चाहती थी तब तक कि जब तक अपने एकदम अकेले होने का पक्का यक़ीन न हो जाए...इतना अकेलापन कि जिसमें पहाड़ सी ताकत मिल जाए...पहाड़...

प्रिय अबीर,

जानती हूँ हमने यहाँ साथ आना सोचा था। शाम की बस है और अपनी आदत के मुताबिक़ तुम दिन में सो रहे हो जब मैं पंख कटे हुए पक्षी की तरह तुम्हारी मुँडेर पर से बार-बार फिसल रही हूँ...हड्डियाँ तुड़ा रही हूँ। मुझे यह भी पता है कि ज़रा सा कष्ट बताते ही तुम तुरन्त उठ बैठोगे मेरे लिए। लेकिन मैंने अपनी नासमझी में कुछ सोचा है। तुमने कहा था मीना दिमाग़ का भय समझ आता है, लेकिन आत्मा का भय इस प्रेम को अपराध बना देगा। यक़ीन करना अबीर, मेरी आत्मा में कभी भय नहीं रहा, भय मेरी ट्रेनिंग में रहा। मेरी आत्मा मुँह को आ गई है और वही तड़प रही है।

तब ऐसा क्यों नहीं किया। उस वक़्त यह क्यों नहीं कहा। तब क्यों नहीं बोली थीं। न जाने कितने सारे अफ़सोस हैं! अक्सर लगता है कि न अपेक्षा बची है न लगाव। अपनी इच्छाओं के बारे में जैसे कुछ नहीं पता मुझे। जो कहती हूँ ख़ुद को ही झूठ लगने लगता है। तुम्हारे बारे में सोचती हूँ तो अपराधबोध होता है। असामान्य तुम भी हुए हो। अस्थिर तुम भी हुए हो। तुम भले ही कहो कि तुम एक कमज़ोर आदमी हो लेकिन मैंने तुम्हें हमेशा मज़बूत समझा, तुम हारना मत।

जब मस्ती की बात हो, आवारागर्दी की बात हो, घुमक्कड़ी की बात हो...हम एक-दूसरे को सबसे पहले याद करेंगे। यह मज़ेदार है न! अक्सर कुछ मुलायम होने की कोशिश करती हूँ लेकिन हूँ कैसी रूखी सी हूँ, जानती हूँ। नज़ाकत ही नहीं जो इश्क़ में होनी चाहिए। शायरी में भी तो दिलचस्पी तुम्हीं से मिली मुझे। कल रात जिगर मुरादाबादी की किताब पढ़ी जो तुमने दी थी। ऐसे मुहब्बतों वाले शायर को नहीं पढ़ना चाहिए। मुझे अक्सर यह अपने लिए सच लगता है—

मुहब्बत में क्या-क्या मकाम आ रहे हैं
कि मंज़िल पे हैं और चले जा रहे हैं

सारा आत्मविश्वास हिल गया है। सोचते-सोचते घबराहट इतनी होती है कि हाथ भर की दूरी पर ज़मीन होती है और लगता है डूब जाएँगे। चलते-चलते अचानक ज़मीन में कई फुट नीचे धँस जाएँगे। पता है मुझे कि तुम कहोगे मीना, दुनिया के सबसे शदीद ज़ुर्म की इतनी सज़ा तो सहनी ही होगी। पर मुझे तो ढंग से सज़ा भी नहीं मिल रही। हमारा एक-दूसरे के पास होने के बाद इस तरह लौटना अलग-अलग ठिकानों पर...तुम्हारा एक एकान्त चुप्पी में देर तक और मेरा बने रहना लगातार की हलचल में उसके बाद देर तक। चुप्पी जैसा शोर होता होगा तुम्हारे वहाँ और यहाँ शोर जैसी चुप्पी। इतनी आवाज़ें कि अपनी धड़कन खो जाए उसमें। नब्ज़ चलती है या नहीं, पता ही न चले कभी। तुम्हारा जाने कैसा है, लेकिन मेरी यह उदासी

धुंध सी है। काट के आगे बढ़ो तो आगे और एक गाढ़ी परत तैयार है धुंध की और पीछे मुड़ के देखो तो वही धुंध वैसे ही। बस जितनी जगह बदन घेरता होगा उतनी ही सोच-समझ भी बची रहती है। धुंध में गड़ी एक कील की तरह अवसाद में गड़ी हुई चेतना।

हाँ मेरे पास बच्चे हैं। कुछ ज़िम्मेदारियाँ ठीक से निभा लेने का सन्तोष बाँध लेना चाहती हूँ दवा की पुड़िया सा। बस इसी वजह से तुम्हारा मुझ पर से भरोसा हिल जाना स्वाभाविक भी है, कितना सहज भी। लेकिन फिर वही, कि मेरे सवाल वे नहीं हैं। मेरे लिए जीवन व्यक्तियों के बीच चयन की चुनौती में बदल जाए यह सबसे बुरा होगा। जीवन ने ऐसी पलटी खाई है कि सोच नहीं सकती थी कभी। जगजीत ने कई बार हाथ उठाया है मुझ पर और कई बार रोया है मेरे घुटनों पर ही टिक कर। तुम्हें ही कितनी बार हारता हुआ देखा है। अक्सर भूल जाती हूँ कि कुछ दर्द मुझे भी होता है, इससे पत्थर होती हूँ ताकि बरदाश्त कर लूँ सब और बिखरे बिना कम से कम बच्चों को सँभाल लूँ। मेरे स्वार्थों के लिए मुझे माफ़ करना अबीर।

अक्सर जब मैं बेसब्र होकर आई तुम नहीं मिले...एक बार फ़ोन पर और एक बार तुम्हारे घर, यह याद है मुझे। तुम नहीं मिले थे दोनों जगह। भयभीत हो जाती हूँ इस बात से। इसे मेरे लिए और भयानक मत बनाना। फ़ोन और मैसेज तक ठीक है लेकिन जीवन नहीं। सच कहूँ तो जीवन क़ीमती है किसी मीना से अधिक, इसे जियो कामनाओं के साथ।

मीना लौटेगी या नहीं, नहीं जानती। लेकिन कोई मीना तो लौटेगी। लौटेगी इसलिए कह रही हूँ कि भले हमने साथ जाना तय किया था लेकिन फ़िलहाल यह यात्रा मुझे अकेले करनी होगी। कई सवाल हैं जिनके जवाब चाहिए मुझे ख़ुद से। ऐसा लगता है मेरे ही कुछ हिस्से, कुछ चिंदियाँ जाने कहाँ बिखरी पड़ी हैं। उन्हें ढूँढ़ लूँ तो शायद ज़रा सा पूरा महसूस करूँ। ख़ुद से न्याय

करूँगी तो तुमसे भी कर पाऊँगी। तुम्हें ख़ुश देखना चाहती हूँ, बहुत-बहुत, लेकिन ऐसे कि ख़ुद से तकाज़े न करती रहूँ।

जा रही हूँ...
यह कहते हुए दिल कट रहा है
लौटूँगी वादा है
एकदम ज़िन्दा!

तुम्हारी
मीना

मेरे पंद्रह बरस के साथी,

न कभी तुम्हें ख़त लिखा मैंने न तुमने कभी मुझे। पिछले दिनों जो कुछ होता रहा उसके बाद कहने को बहुत ज़्यादा मेरे पास बचा नहीं है। तुम्हारे पास है बहुत कुछ अब भी शायद। तुम्हें उम्मीदें हैं और उनके बोझ तले तुम हर बात को नकारने के लिए तैयार हो शायद। यह भी कि मीना वह मीना रही ही नहीं। मैं सोचती थी चाँद की तरह हर बार मैं भी अपना एक चक्र पूरा करती हूँ। बुझ जाती हूँ फिर उगती हूँ। लेकिन मेरा बुझना और उगना चाँद की तरह नहीं है। अब देख पा रही हूँ कि हर बुझने और उगने के साथ मैं कुछ और होती गई हर बार।

बातें हमारे बीच एक सिरा पकड़कर बस झूलती रहती हैं। अभिशप्त हैं। कहीं न पहुँचने के लिए। यह तो दुनिया के बने हुए दस्तूर ने तय कर दिया है कि मियाँ-बीवी के बीच बहसें (जबकि वे बहसें कम लड़ाइयाँ ज़्यादा होती हैं) कहीं न पहुँचें ताकि वे जहाँ हैं वहाँ बने रहें। सब कुछ वैसा ही बना रहे। मैंने सपने देखने की सज़ा पाई तुमने सपने न देखने की। बावजूद इसके सब बदल जाता अगर पुराने विश्वासों को इतना खरा न मान लिया जाता कि वे कसौटी बन जाएँ।

सब कुछ मेरे सर मढ़ा जा सकता है। तैयार हूँ। लेकिन बहुत सोचते रहने के बाद भी कोई विकल्प नहीं सूझ रहा है। हमें अलग होना होगा। इस फ़ैसले को कितने बेहतर तरीक़े से किया जा सकता है यह तय करना तुम पर छोड़ती हूँ। बीच में तीन मासूम बच्चे हैं जिनमें आत्मा बसती है मेरी और साथ बिताए पंद्रह साल जिनके सुख-दुख की यादें लाख चाहने पर भी मिट नहीं सकेंगी। मुझ पर फिर से ग़ुस्सा कर सकते हो लेकिन आज शाम मैं नहीं लौटूँगी। तब तक नहीं लौटूँगी जब तक तुम अपने मन में सब साफ़-साफ़ सोच न लो।

फिर पत्नी होकर मैं नहीं रह सकूँगी। बहुत सारे बस्ते उतार दिए जिनका बोझ उठाते अब मेरी आत्मा नष्ट हो जाएगी। अब लौटने के लिए मुझे अपनी ज़मीन चाहिए।

मीना इन एग्ज़ाइल

—बच्चों का ध्यान रखना। इतनी उम्मीद कर सकती हूँ न!

पार्लर का शटर बढ़ाने के वक़्त जल्दी-जल्दी दोनों ख़त मैंने ग़ज़ल को पकड़ाए इस हिदायत के साथ कि सही व्यक्ति को सही ख़त मिले। फिर अपना पर्स खोला और ज़मीन पर उसे उलटा कर दिया। कोई सूखा फूल एकदम चूरा हो गया था। हज़ार के तीन नोट और पाँच सौ के चार नोट और बाक़ी चिल्लर। कई पर्चियाँ। एक क्लिप पंखुड़ी की। तीन तरह के इयरिंग। दो जोड़ी काली वाली क्लिप। एक लिपस्टिक। क्रोसिन की गोलियों का एक पत्ता। एक हलकी सी मुस्कान आई चेहरे पर याद करके। उस दिन घूमने गए थे तो कैसे चट्टानों, पत्थरों, पेड़ों नर कितने ही जोड़ों ने अपने नाम लिखकर दिल बना रखे थे। किसी ने बेदर्दी से खरोंच कर काढ़ दिए थे अपने नाम। अबीर ने कहा था ये सब क्या साथ में सफ़ेद पेंट लेकर चलते हैं कि जगह मिलते ही अपना नाम लिख देंगे? मुझे ज़ोर से हँसी

आई थी। सोचने वाली बात है वैसे। मैंने कहा हो सकता है चॉक लेकर चलते हों और तभी मीना जी का दिमाग़ चला। पर्स से क्रोसिन की एक गोली निकाली और उसे चॉक बनाकर एक काले से तने वाले पेड़ पर लिख दिया—मीना। फिर दिल बनाया और लिखा अबीर। अबीर ने कहा मुझे भी दो एक क्रोसिन, तुमने साफ़-सुन्दर नहीं लिखा। फिर एक चट्टान पर उसने लिखा अबीर और फिर दिल और फिर मीना। देर तक हम हँसते रहे थे अपने पागलपन पर।

एक च्यूइंग गम। एक सेनिटरी नेपकिन। रेस्त्राँ से उठाए हुए कुछ टिशू पेपर। एक टिशू पेपर में थोड़ी सी चीनी की परत चढ़ी सौंफ। एक काजल स्टिक। दो सिगरेट। कभी अबीर से लेकर रख ली थीं यूँ ही। बढ़िया है, एक माचिस ले लूँगी। सब वापस रख लिया। कब क्या कहाँ काम आ जाए। वहाँ भी किसी पत्थर-पेड़ पर क्रोसिन की गोली से लिख आऊँगी ज़रूर। मीना और अबीर।

अबीर की पसन्द का नीला सूट है घेरदार। बहुत पसन्द है उसे नीला रंग, नीला जैसे कार्बन वाले काग़ज़ पर लिखने से नीचेवाले पेपर पर आता है। तेज़ और उदास। गाढ़ा और दबा हुआ। गले में हलकी सी फ्रिल वाला ऐसा ही नीला स्वेटर भी और गुलाबी शॉल ले ली है मैंने। इस सूट में देखता था तो कहता था एक गुड़िया लगती हो जो मैच्योर दिखने की कोशिश करती है, होंठों को गिराओ नहीं खोलो और मुस्कुराओ,सबसे सहज तभी लगती हो। गुलाबी शॉल को मफ़लर की तरह मैंने सर से घुमाकर गले में लपेट लिया। बस में अपना बैग़ जमाया और पाँव फैला लिए। साथ की सीट ख़ाली रहना कितना अच्छा है। सबसे ज़्यादा घबराहट इसी बात की थी कि बगल में कोई पुरुष आया वह भी लस्सू टाइप तो बारह घंटे का सफ़र जी का जंजाल बन जाएगा। जी का जंजाल मोरा बाजरा! जब-जब बैठी इस बाजरे को सुखाने, उड़-उड़ जाए मोरा बाजरा! कभी झुककर आगे ताली

बजाते और फिर नाचते हुए पीछे झुककर कमर के पीछे ताली बजाते हम बचपन में सब गाती थीं। अकेले में हँसना हो जैसे पुरानी अलबम देखकर। आगे की सीट पर एक जोड़ा था जिसने अँधेरे का ख़ूब फ़ायदा लिया और जी भर कर चूमा एक-दूसरे को। शॉल और कम्बल प्रेमियों के बड़े काम आते हैं ऐसी यात्राओं में। पीछे कॉलेज के लड़के-लड़कियाँ थे। रात भर नहीं सोए, ज़ोर-ज़ोर से गप्पें करते रहे। एक बार तो ग़ुस्से में मैंने पीछे घूरा बस और लड़के ने कहा—"ओह, सॉरी।" फिर सब खुसुर-पुसुर करने लगे। मेरे मना करने ने उनके आनन्द को और बढ़ा दिया था। फुसफुसाने से किसी ने बात ग़लत-सलत सुनी और हुआ यह कि हँसी दबाते-दबाते उन चारों की हँसी ऐसे फूटी कि चीख सी बनकर वापस हलकी खीखी में बदल गई। सुबह जब मेरी आँख खुली तो बाहर हसीन नज़ारे थे और पीछे वे बच्चे जैसे नशे में धुत्त सो रहे थे। आगे जो जोड़ा बैठा था। उसने अपना बैग रख लिया था गोद में और आख़िरी स्टॉप पर उतरने के लिए तैयार था।

धर्मशाला!

इन जॉयफुल होप ऑफ़ रेज़रेक्शन

जबकि ज़िन्दगी को एक यात्रावृत्त सा लिखा जाना चाहिए वह अक्सर ही एक रपट सी दर्ज होती है। वक़्त बीतने में कितना अर्सा लगता है मी लॉर्ड? सर्दी आ गई है तो एक साल और ख़त्म होगा हमेशा की तरह लेकिन हम ग्यारह बजते-बजते सोएँगे नहीं। जागरण का समय है यह। मैं सामान बाँध रही थी तो सिद्धान्त लगातार परेशान घूम रहा था। इस बार अकेले कुछ दिन घूमने जाने के लिए मैंने उसे आराम से राज़ी किया। उसका चेहरा देखती हूँ तो अक्सर लगता है वह सही था। आख़िर विचलन तो मैं थी। सरकारी नौकरी थी। दो बच्चे हो जाते। एक परिवार पूरा। अब अपना सारा ध्यान लगाओ नोट कमाने में ताकि उन्हें अच्छी ज़िन्दगी दे सको और फिर गली-बासी-खोखली नैतिकताएँ दो ताकि अच्छी ज़िन्दगी वे क़ामयाबी से काट सकें। इस स्कीम में मैं फ़िट नहीं हो पा रही थी। जब सब ख़ुशहाल होना था मैंने उसे अवसाद से पोत दिया। सिद्धान्त अपनी जगह रत्ती भर ग़लत नहीं। उसे ग़लत कह कर मैं सही नहीं हो सकती थी। बावजूद इसके ग़लत मैं भी नहीं। खड़े होने की हमारी जगहें एक न होना ग़लत था। लगता है वे कभी एक नहीं होंगी।

जब मन की भाषा भूलती है तो देह की भाषा का ककहरा भी भूलने लगता है। यह सब मेरा क़ुसूर माना जा सकता है लेकिन मैं अपनी असहायता

खेदपूर्वक प्रकट करती हूँ। मैं जिस भाषा में बात करती हूँ वह अक्सर मुझसे दुश्मनी निभाती है। लड़कियों के स्कूल में पढ़ाते हुए और लड़कियों के स्कूल पर बम गिरे सुनते हुए जीना किसी ऐसी कला के ज़रिए सध सकता होगा जो मुझमे नहीं थी। अक्सर यह कला भाषाई होती होगी। मुझे तो भाषा भी एक उलझी हुई जिग्सॉ पज़ल की तरह मिली। उसे सखी बनाना चाहती हूँ तो मुझे भीतर लोक की यात्रा कराने लगती है। मुझे भय होता है कि आप उसे सुनना नहीं चाहेंगे जो सच में मैं कहना चाहती हूँ।

मुझे किसी से क्या लेना देना जैसा एक निरपेक्ष भाव मैंने अपने चेहरे पर चिपकाया और बस में बैठ गई। अकेली यात्राओं का यह नियम है कि बहुत ख़ुश मत दिखो, बहुत उदास मत दिखो। मैं अपने अवसाद का लगातार रंग रोगन कर रही थी। इस ठण्ड में पहाड़ में कौन आता होगा मैंने सोचा था। लेकिन ख़ूब टूरिस्ट आते हैं सर्दी में भी। ऐसी ही देह-अकड़ाऊ सर्दी में कितना अलग था जयपुर। लड़कियों के ट्रिप के साथ आमेर के किले में घूमना भी एक आह्लाद था। जब लड़कियाँ मुँह फाड़े सब देख रही थीं तो मेरा दिमाग़ कहीं और लगा था। एक बन्द इलाक़े में पहुँचकर गाइड बता रहा था कि यहाँ रानियाँ रहती थीं और मानसिंह यहाँ बीच में बने चबूतरे पर आकर दर्शन देते थे रानियों को। सब रानियों को बिना खिड़की-झरोखे वाला यह दो कमरे का अपार्टमेंट देकर राजा क्या उपकार करता था? उन अपार्टमेंट्स को ऐसे बनाया गया था कि किसी एक रानी को दूसरी की शक्ल न दिखे। वे जलती थीं एक-दूसरे से। उनके घरों का दरवाज़ा उस प्रांगण में खुलता था जहाँ बीच चबूतरे पर आकर राजा साहब खड़े होते थे। न जाने कितने दिनों में पति की शक्ल देखना नसीब होता होगा। फिर वह किस रानी के पास जाएगा यह एक तनाव अनवरत। जेल सा किला। रानियों के जीवन पर तरस खाया जा सकता है सिर्फ़। ख़ुशी और वैभव के इस मुग़ालते में जीना आसान नहीं कि रानियाँ गहनों से इतना लदी होती थीं कि किले के एक स्थान से दूसरे स्थान पालकी में जाया करती थीं।

सुबह बस रुकी तो सब तरह के दबाव बन रहे थे देह के भीतर। लेकिन टैक्सी आराम से मिल गई। अपने कमरे तक पहुँचने में मुझे पंद्रह मिनट लगे।

एक पूरा कमरा! इसके सोफ़े, इसका करीने से लगाया हुआ बिस्तर, तौलिए, पूरा बाथरून, टीवी और उसका रिमोट, सब मेरे लिए था। सिर्फ़ मेरे लिए। एक पल को अपने इस ख़याल पर शर्म आई। लेकिन अब मैं यहाँ फैल जाना चाहती थी। मानसून में जैसे सोफ़ा, मेज़, कुर्सी, बच्चे की साइकिल, खिड़की की रॉड सब जगहें कपड़े सुखाने के काम आती है ऐसे ही एक-एक पुर्ज़ा देह का अलग-अलग सुखाने के लिए डाल देना चाहती हूँ सब ओर और फिर तेज़ पंखा चलाकर एक चाय पीती हुई बालकनी में से झरने का सौन्दर्य निहारना चाहती हूँ। जब सब पुर्ज़े हवा खा चुके होते तो उन्हें वापस समेटकर कुछ देर के लिए सो जाती मैं निश्चिंत!

दो घंटे में मुझे होश आया तो उठकर हाथ-मुँह धोया। सरदी के दिनों में पहाड़ का जीवन और दुरूह होता है। जितना ख़ूबसूरत उतना कठिन। बाहर निकलते हुए छतरी हाथ में ही ले ली थी। बारिश का होना इस ठंड में बेहद बुरा हो जाता है। रिसेप्शनिस्ट से पूछा यहाँ बर्फ़ भी पड़ती है? प्रकृति ने इस रिसेप्शनिस्ट की आँखें ऐसी बनाई हैं कि सूजी हुई दिखती हैं, लेकिन उन पर जब एक काली रेखा चलती है तो बेहद ख़ूबसूरत और प्राणवान हो जाती हैं। नन्ही फुदकती चिड़ियों सी। एकदम आईने सा चमकता चेहरा ऐसा कि चमड़ी को छूकर आश्वस्त होना चाहो कि यह मनुष्य ही है न? रिसेप्शनिस्ट ने जवाब दिया कि हाँ बर्फ़ पड़ती है लेकिन पिछले तीन-चार साल से यहाँ बर्फ़बारी नहीं हुई। जब होती थी तब भी बस एक फुट। ऊपर धरमकोट में होती है ख़ूब और त्रिउण्ड तो भयानक बर्फ़ से ढँका होता है। आते हुए मैं इसी रास्ते से गुज़री थी लेकिन अब जा रही हूँ तो उन सब चीज़ों पर नज़र पड़ रही है जिन्हें देख ख़ुद से पूछती हूँ सही रास्ता तो है न? पहाड़ पर मैं अक्सर इस भ्रम का शिकार होती हूँ कि सही भी जा रहे हैं न! अक्सर कोई मिल जाता है जिससे पूछा जा सके लेकिन देर तक सुनसान में चीड़ों के साये में चलते वहम होने लगता है। ऐसे में कोई आदमी दिखता है तो

जान में जान आती है! अगर कोई स्त्री दिख जाए तो आश्वस्ति भी मिल जाती है कि यहाँ ज़िन्दा रहा जा सकता है।

कितना मज़ेदार था यहाँ रास्तों के बारे में पूछना। किसी पहाड़ के पीछे, ऊपर-नीचे रास्ते। कोई सीधी सड़क नहीं। कोई अपना घर दिखा रहा था—"वो पहाड़ देखते हो न बस उसके पीछे मेरा घर है।" रास्ता पूछने पर कोई कहने लगता था—"देखिए, वो जो सड़क नीचे जा रही है न बस उसी से उतर जाओ। वह रास्ता जो ऊपर जा रहा है न वहीं से चले जाओ, थोड़ी आगे जाकर सड़क कटती है। आप नीचे वाली पकड़ लेना 2 किलोमीटर बाद कच्चा रास्ता आएगा...उसके आगे गाड़ी नहीं जाती, पैदल जाना होगा।" पहाड़ी रास्तों का सफ़र क़दम-क़दम रोमांच से भरा है। ऊपर जाओगे देर लगा कर। उतराई आसान है। शहर के सीधे-सपाट रास्तों पर चलते अक्सर मुझे भाषा की भी ऊब होती है, भयंकर!

प्रकृति के नज़ारे ही बरबस नहीं रोकते यहाँ। चटक लाल फूलों से सजा एक घर जिसका आँगन सड़क पर खड़े होकर ऊपर की ओर दिखता है वहाँ एक वृद्धा अपनी गृह सहायिका के साथ बैठी चाय पी रही थी। मेज़ के दोनों ओर बैठी वे स्त्रियाँ देखीं तो पूछ लिया मैंने क्या ये असली फूल हैं इतने ज़्यादा लाल और ख़ूबसूरत उन्होंने घर के भीतर ही बुला लिया। नेम प्लेट पर लिखा था—सरला थापा। अगले दिन वहाँ से गुज़री तो उन्होंने देखकर आवाज़ दी, चाय पिलाई और हीटर के आगे बिठाया। पहाड़ को ख़ूब चाहते हुए भी वे पोते-पोतियों को पढ़ने के लिए दिल्ली भेजने की इच्छा ज़ाहिर करती हैं।

सरला आंटी ने बताया कि जब वे छोटी थीं, यहाँ दूर-दूर तक जंगल ही जंगल था। तीन-चार परिवार थे बस नेपाली, पंजाबी, हिमाचली। धीरे-धीरे यहाँ इतनी चहल-पहल हो गई। इमारतें बन गई। मैं याद करती हूँ अपना बचपन तो यही याद आता है कि दिल्ली का वह इलाक़ा जहाँ माँ का घर है दूर-दूर तक खेत-खलिहानो से भरा पड़ा था। हमारे बड़े होते-होते दिल्ली का वह हिस्सा शहर के अन्दर एक भरे-पूरे शहर जैसा हो गया। चाय पीकर

नीचे उतरी तो एक सुन्दर सा बाज़ार था। मिनी तिब्बत और उसके भीतर पूरे भारत की झलकियाँ। अयुज होता तो एकदम चहक जाता। कलकत्ता से आया एक आदमी मछली की रीढ़ की हड्डी से बने मोती बेच रहा था। उसका दावा था कि जोड़ के सारे दर्द इसे पहनने से दूर हो जाते हैं। वह कहता था—"बस दो दिन और रुकूँगा, सर। अभी ले लीजिए।" एक राजस्थानी अपना एकतारा और बीवी बच्ची को लेकर कुछ दिन के लिए आ बसा था। गाता था बैठा सड़क के किनारे। जितना कमाएगा वही खाएगा और लौट जाएगा बच्ची का स्कूल खुलने पर पुष्कर। एक बंजारापन है जो जाता ही नहीं और यहाँ लोग सेटल होने के चक्कर में प्रश्नचिह्नों को पूर्ण विराम में बदल देते हैं।

दलाई लामा जब तिब्बत से निकाले गए तो यहीं शरण ली और घर बनाया। तिब्बत की गवर्नमेंट इन एग्ज़ाइल यहीं से चलाई। तब से इस पहाड़ पर पर्यटकों की नज़र पड़ी। किसी शराब की दुकान पर दो महिलाएँ अपने बच्चों के साथ खड़ी थीं। यह नज़ारा मुझे मदहोश करने के लिए काफी था। वे वोद्का ले जा रही थीं कि आज थोड़ी ख़ुशी मनाएँगी। मैंने पूछा उनसे कि मेरे लिए क्या पीना सही होगा, मैंने कभी ड्रिंक नहीं किया। उसकी पेशानी पर पड़े बल देखकर मुझे हैरत हुई। मुझे इस सन्देह से देख रही है वह कि जैसे मैं उसे किसी तरह जज कर रही हूँ। उसे आश्वस्त करने के लिए मैं मुस्कुराई अपनत्व से और कहा कि "वाकई मैंने कभी नहीं पिया और मैं जानना चाहती हूँ कि मैं यहाँ से क्या लूँ?" वह झेंपी और बोली, "मैंने वोद्का ली है।" सब तिब्बती महिलाएँ एक सुन्दर से लिबास में हैं। अचानक ही मन में उसे पहनने की चाह जागी। लेकिन इसे क्या कहते हैं? एक दुकान में डरते हुए घुसी। लम्बी दुकान, नीम अँधेरा,उसके भीतर से एक तिब्बती स्त्री निकली मेरी माँ की उम्र की। लम्बी और बेहद गरिमामय उपस्थिति वाली। एक बत्ती जलाई उन्होंने। मैंने पूछा—"जो पोशाक पहनी है उन्होंने उसे क्या कहते हैं और वह कहाँ मिल सकती है। वह 'छुपा' था, जो मेरे नाप का एक ही बचा था। वे लाईं और दिखाया। लेकिन जल्दी

ही मेरी परेशानी समझकर उन्होंने मुझे कपड़ों के ही ऊपर से वह पहनना सिखाया। वे 'छुपा' को ठीक से मुझे पहना रही थीं और आईने में मैं ख़ुद को आत्ममुग्ध होकर देख रही थी। मुग्धा नायिका! जैसे माँ अपनी जवान बेटी को तैयार करती हो, ऐसे ही मुग्ध भाव से वे भी मुझे तैयार कर रही थीं। बेहद ख़ूबसूरत वह ड्रेस मैंने ले लिया हालाँकि पता था इसे पहनने के मौक़े नहीं मिलने वाले। कश्मीरियों की कई दुकानें थी। सजाने के लिए धम्मचक्र ही नहीं मूर्ति और लैम्प से लेकर चित्र भी थे बुद्ध के। एक छोटी सी बुद्ध की मूर्ति ख़रीदी। अयुज के लिए बुने हुए दस्ताने, जुराबें और टोपी। ठीक बीच बाज़ार में दलाई लामा का मन्दिर है। ज़रा आगे चलकर एक मछली बेचने वाला और फिर तिब्बती खाने की दुकान। मैंने थुक्पा खाया। बहुत पसन्द न आने के बावजूद मुझे अच्छा लगा उसे खाकर। मैं कम खा रही थी। पेट ख़राब करके अकेले अनजान जगह पड़े रहना कतई अच्छा विचार नहीं। सिर्फ़ बाज़ार में ही घूमते घंटों बिताए जा सकते थे। लेकिन अचानक दिल उचटने लगा था। इन सड़कों पर मुझे किसी का सहारा नहीं। कोई मेरा नाम भी नहीं पुकारेगा। कहाँ रुकूँगी, कब चलूँगी सब मुझे तय करना है। अँधेरा होने तक मैं बाहर ही टहलती हूँ। अयुज को इस वक़्त सो जाना चाहिए। फ़ोन करने से वह बहक सकता है। फिर बहुत देर तक उसे सँभालने में मुश्किल होगी सिद्धान्त को। हीटर ऑन करके दादी-दादा तो सोने की तैयारी कर रहे होंगे। इस तरह मेरे निरुद्देश्य घूमने को जस्टिफाई किया होगा किसी झूठ से उन्होंने पड़ोसियों के सामने। इस बार किसी झूठ में साथ नहीं निभाऊँगी। इतना फैल तो रही हूँ, लौटते हुए क्या सिमट पाऊँगी फिर से? वैसे ही पहले की तरह?

होटल पहुँचकर चिली चिकन ऑर्डर किया। अयुज का मनपसन्द! जाने आज उसे कोई अबेकस क्लास ले गया होगा या नहीं? मैंने बैग में से वोद्का निकाली तो पीने की इच्छा नहीं हो पाई। दो फुदकती चिड़ियाँ याद आईं। अगर मैं उसे प्रस्ताव दूँ तो बुरा तो नहीं मानेगी? घूमने आए इंडियन जब तक शॉपिंग करें, प्रोफ़ेशनल रिश्ते रखें ठीक है, जीवन में घुसने लगें

तो वे सन्देह से देखते हैं। वाइन शॉप पर यही हुआ था। आस-पास जितना बात करके समझ आया वह यह कि नेपाली और तिब्बतियों के बीच एक क़िस्म का तनाव था। "तिब्बती हमसे घुलते-मिलते नहीं।" सरला आंटी ने कहा था। देखी हुई सब तिब्बती महिलाएँ मुझे विनम्र लगीं थीं। अबकी यहीं जवान हुई पीढ़ी तो भारतीय ही हो गई थी। कहाँ वह शरणार्थियों वाली पीढ़ी दिखाई देती है यहाँ।

मैंने रिसेप्शन पर फ़ोन मिलाया, कोल्ड ड्रिंक और पानी मँगा लिया। कभी जिस एकान्त की ख़ूब कामना करते हैं वह किसी दिन एकदम से सिर पर आकर सवार हो जाए तो उस लाड़ले नन्हे बच्चे सा भी लगता है जो आप ही की गोद में बैठ आप ही की आँख में अँगुली घुसेड़कर हँसता है और आप फिर भी उसे 'ना मुनिया' कहकर मनाने की ही कोशिश करते हो। एक अकेली रात की तैयारी के लिए दिन भर की घुमाई पर्याप्त होते हुए भी थकाऊ नहीं थी। रिसेप्शन पर हीटर था। वहीं चली गई। एमा घर जाने की तैयारी कर रही थी। सुबह से रिसेप्शन पर वही थी। मेरी मुस्कुराहट का जवाब मुस्कुराहट से देते हुए वह जाने लगी तो मैंने उसे उसके बैग की तारीफ़ की। वह रुकी और मेरी ख़ैरियत पूछी। मेरी अजीब शक्ल से शायद उसे अंदाज़ा हुआ हो कि ठंड की वजह से मैं परेशान हूँ। कमरे में भी हीटर भिजवा देगी वह। बातें चल निकलीं तो वह ज़रा सी खुल गई। बस उतना कि अस्सी गज के लहँगे का घेर बस तब तक बेधड़क घूमे कि जब तक आप घूमते रहो और रुकते ही सिमट जाए। वह तिब्बती क़ौम को लेकर ख़ासी नाख़ुश थी। स्कूलों में अगर तिब्बती बच्चों को यह सिखाया जाए कि पूँजीवादी व्यवस्था में हिस्सा लो और कमाओ ताकि अपने समुदाय की मदद कर सको तो यह हमारे उद्देश्यों के एकदम ख़िलाफ़ है। चिन्ता थी उसे कि आख़िर तिब्बतियों को पूँजी ही हराएगी जिससे बचकर चीन का साथ छोड़ा था। मुझे याद आया कि दिन में बाज़ार में मैंने बेहद महँगे मोबाइल फ़ोन कुछ लड़कियों के हाथ में देखे थे। एमा जब आधी हिंदी आधी अंग्रेज़ी

बोलती थी तिब्बती एक्सेंट में तो उसे पास बिठाकर सिर्फ़ सुनते रहने की प्रबल इच्छा होना स्वाभाविक था। उठकर जाने को आतुर एमा का आख़िरी वाक्य कि—"एन.जी.ओज़ का एक्सपायरी डेट होना चाहिए टेन ईअर्स का। इससे पुराना एन.जी.ओ पर मुझे ट्रस्ट नहीं होता।" मुझे बेहद रोचक लगा। जाते हुए हमने एक छोटा सा आलिंगन किया और देर तक उसकी बाँह में उदास रंगों वाली कश्मीरी कढ़ाई का बैग झूलता दिखता रहा।

उसके चेहरे की मुस्कुराहट बातों में चिढ़ बन के ढली थी और अब जाते क़दमों में उदासी बनकर उतर गई। एक फ्री तिब्बत अब कहाँ होने वाला है? कौन सा घर है जहाँ इन्हें अब जाना है? उसके अलावा कौन सा घर होता है कि जहाँ हम रात को अपने पाँव बिस्तर पर पसारते हैं तो एक शुकराना ज़बान पर आता है और आँखों में गहरी नींद? तीस साल पहले,अपने बचपन में परिवार के साथ भागकर यहाँ आ बसे इटालियन रेस्त्राँ में काम करने वाले लड़के के माँ-बाप शायद जानते होंगे।

देखादेखी जो वोद्का ली गई थी अब उसे पीना था। दरवाज़ा, खिड़की बन्द करके पर्दे लगा दिए। मोबाइल फ़ोन बन्द कर दिया। पहला घूँट जब गले से उतरा तो कलेजा मुँह को आ गया। शायद कोल्ड ड्रिंक कम मिलाई है। फिर और मीठा करके उसे पिया। जल्दी से दूसरा घूँट। तीसरे घूँट के बाद जैसे शिराओं में चींटियाँ दौड़ने लगीं। "होल्ड द ड्रिंक।" किसी पार्टी में कहा था किसी ने—"खाना खाती हो या जल्दी से झाड़ू-पोंछा निबटाती हो?" धरमकोट के बारे में कितना सुना था। गांजा- चरस का अड्डा है। विदेशी भरे रहते हैं। लेकिन हिम्मत नहीं कर सकी वहाँ जाकर देखने की। आधा गिलास ख़त्म हो गया लेकिन सिर्फ़ उतने चक्कर आ रहे हैं जितने देह में हीमोग्लोबिन की कमी से आते हैं। आपका एच.बी. 4.5 है। आप ज़िन्दा कैसे हैं, चलती-फिरती कैसे हैं? न, अब तो मर-गिरकर दस हो जाता है। सबको माफ़ कर दो, बुद्ध हो जाओ। यहीं न बस जाऊँ, किसी स्कूल में पढ़ाऊँगी। बस यहाँ की सरदी काटना मुश्किल होगा बहुत। मैं हर

बार अधूरे जवाब देकर आती हूँ और बाद में सोचती हूँ। अय्यर आंटी ने जब कहा था—“कहाँ से आ रही हो? आज बहुत देर हो गई। स्कूल तो दोपहर में ख़त्म हो गया होगा न!” तब सारी डीटेल नहीं देनी थी। कहना था कि—“गुलछर्रे उड़ा के आ रही हूँ। भला आप क्यों सारा दिन जासूसी करती हैं बहू-बेटियों की?” गिलास ख़त्म करके मैंने खड़े होने की कोशिश की। ज़रा सी लड़खड़ाहट है बस। दिमाग़ एकदम ठीक काम कर रहा है। एक और पीना चाहिए। बस। सिध जैसे कहीं से झाँक रहा हो। कैसे-कैसे गन्दे काम करने लगी हो! धीमे-धीमे दिमाग़ में पेंच घुमाता है सिद्धान्त भी। प्यार से। वही बचपन वाला खेल, ज़ोर से आँख भींच लेती हूँ। अपने भीतर नहीं झाँकती आँख, अपना ही अक्स बनाने की कोशिश करती है। जल में कुम्भ, कुम्भ में जल है, बाहर-भीतर पानी/फूटा कुम्भ जल जलहिं समाना यह तत कह्यो गियानी...। पुरुष स्त्री की देह है? उसे धारण कर लेती है तो जैसे मोह-माया में पड़कर सारी दुनिया से कट जाती है? प्रकृति से भी? वरना तो वह वही मिट्टी है, पानी, आग, आकाश और हवा। है न! नाना नहीं रहे तब नानी हम सबकी हो गईं। जब तक जीते थे नाना वे उनके जंजाल में घुसी-मुसी रहतीं। दरवाज़ा खोलती हूँ तो एक बर्फ़ीला झोंका चेहरे पर पड़ता है। लड़खड़ाते हुए लौट आती हूँ उसे बन्द करके। गुदड़ी-मुदड़ी रजाई में जैसे अयुज सोया है। सोफ़े पर नानी बैठी हैं। अस्सी की उम्र में भी काले बाल, आदिम स्त्री की सी घनी झाड़ियों सी बरौनियाँ, सलवार-कुरते में सिकुड़ी हुई देह और पनीली आँखें। मैं घुटनों पर सर टिकाकर बैठ गई हूँ ज़मीन पर। मैं पूछती हूँ—“नानी भटकती हो? क्या अब भी आज़ाद नहीं हो? अपनी क्या कोई देह नहीं है नानी? मैं भी हूँ कुम्भ या पानी ही हूँ? क्या रोकता है नानी हमें?” बेहद बेहद बूढ़ी हो गई नानी। बूढ़े बरगद जैसी। क्या माँ भी इनके जैसी दिखेंगी कुछ साल बाद? उनसे तो अभी कुछ नहीं कहा। क्या माँ भी रोएँगी ऐसे ही बेआवाज़, जैसे नानी रोती है इस वक़्त?

पाँव की अँगुलियाँ ठंड से सुन्न हैं। तीसरी बार गिलास में ढाला आसव।

अगले दिन दोपहर का खाना खाने के बाद अचानक मेरा बाज़ार की भीड़ से अलग हटने का मन हुआ। चलते-चलते एक चर्च के पास पहुँची। हलकी बारिश से भीगी हुई शाम में वह चर्च एक रहस्यमय सा वातवरण रच रहा था। लोहे का गेट खोलकर चर्च के लॉन के भीतर घुसी तो बाईं तरफ़ एक सिमिट्री थी। कब्रें कितनी सारी। एक मन हुआ क़रीब से देख आऊँ। क़दम बढ़ाते हुए लगा कि मेरे आने से उन्हें परेशानी न हो कुछ पर्यटक वहाँ से बेख़ौफ़ निश्चिंत निकल गए तो लगा मैं भी जा सकती हूँ। एक छब्बीस साल की लड़की इसाबेला की कब्र देखकर रुक गई मैं वहाँ। लुधियाना रेजिमेंट के लेफ़्टिनेंट की पत्नी जिसकी सन 1866 धर्मशाला में मृत्यु हुई। मान लो अगर यह कब्र से उठे और मेरे भीतर प्रविष्ट हो जाए तो? मेरे भीतर एक छब्बीस साल की क्रिश्चियन लड़की जो पता नहीं असमय क्यों मर गई? आत्महत्या कर ली, मार दी गई, कोई बीमारी थी, कोई हादसा था? अचानक जैसे कोई मेरे बालों में अँगुलियाँ फिरा कर छिप गया था। पीछे एकदम घनी झाड़ियाँ थीं और कोई नहीं था वहाँ। मुझे अचानक लगा कि मौत एक सीक्रेट लवर की तरह है। आप बस की सीट पर बैठने लगो तो अचानक वहाँ कोई एक गुलाब रख गया है। किसी दिन सुबह उठो तो दरवाज़े की घंटी के साथ अख़बार नहीं एक फूलों का गुलदस्ता है जिस पर किसी का नाम नहीं है। आप कई दिन अंदाज़ा लगाओ कि कौन होगा?आप घर की सीढ़ियों से उतरो, बारिश होने लगे अचानक, आप पल भर रुको और वापस मुड़ो तो सीढ़ी पर एक छाता रख गया है कोई। लौटो बहुत थककर इस चिढ़न के साथ कि सो भी नहीं सकेंगे ठीक से कि किसी ने सेज सजाई हो जतन से। हौले से बाल सहलाए पीछे से और कान में फुसफुसाए—तुम चाहो तो हमेशा के लिए सो जाओ मेरी प्रिया!

क़ब्र पर ख़ुदा है 'इन जॉयफुल होप ऑफ़ हर रेज़रेक्शन'। जॉयफुल मुश्किल से पढ़ा गया था क्योंकि बहुत देर तक तक यक़ीन ही नहीं आया कि कब्र पर यह शब्द हो सकता है। पाँव के नीचे हलचल महसूस करती हूँ। कोई भूकम्प की लहर चलती चली गई है! धरती के भीतर से चलता

हुआ कोई मुझमें प्रविष्ट हो रहा है। एक सफ़ेद फ्रॉक वाली छब्बीस साल की लड़की पूरे कमरे का सामान इधर से उधर फेंकती चली जा रही है, पर्दे नोच लिए हैं उसने, चिल्ला रही है लगातार, काँच की किरचें बिखर गई हैं। एक उसके पाँव में चुभ गई है, ख़ून बह रहा है वह फिर भी झगड़ रही है किसी अदृश्य से। कोई आवाज़ नहीं है, जैसे टीवी को म्यूट कर दिया गया हो। सिवाय इसके कि कान में साँय-साँय की आवाज़ गूँज रही हो, वह अचानक गिर गई है फ़र्श पर...वह पिघल रही है...जैसे किसी पेंटर की अभी-अभी बनी तसवीर पर पानी डाल दिया हो भर गिलास किसी ने...।

एक गाइड के साथ एक झुंड ने प्रवेश किया है। विदेशी पर्यटक हैं सब।

भारत के तत्कालीन वायसराय लॉर्ड एल्गिन की क़ब्र भी है यहाँ जो इस इलाके पर इतना मुग्ध थे कि मैक्लॉडगंज को भारत की ग्रीष्मकालीन राजधानी बनाना चाहते थे। भीगता हुआ चर्च भीष्म पितामह सा लग रहा था जिसने क़सम खाई है और जो टल नहीं सकती। मैं चर्च होती तो मॉन्यूमेंट के रखरखाव के नाम पर होने वाले खेल को मना करके कबकी ढह जाती, बह जाती ऊबे हुए लोगों की इस दुनिया से। अचानक मुझे मुक्तेश्वर में देखा वह जला हुआ घर याद आया जो खंडहर हो गया था। जब मैं किसी खंडहर को देखती हूँ तो उसके युवा दिन याद करने के लिए नहीं। मैं उसका खंडहर होकर उसमें रम जाना देखती हूँ। छूकर उसे पूछना चाहती हूँ कि जब हम अपनी सारी हँसी बिसार चुके होते हैं, जब हम अतीत, वर्तमान और भविष्य किसी में नहीं होते, जब हम अगम्य हो जाते हैं, ख़ुद अपने लिए भी, तब हमारे पास क्या बचता है? तब कौन आता है हमारे पास? खंडहर से कोई जवाब नहीं आता। जले हुए आकार हैं और पुराना पड़ा मलबा। गीला होता है। सूखता है। लकड़ी के किसी कुंदे पर मशरूम निकल आता है। कहीं घास सर उठाती है तो ग्रेफ़ाइट से बनी तसवीर में रंग भरने लगता है। तस्वीर आधी ही छूटती है और कलाकार बग़ल में एक पुराने

पोस्ट ऑफ़स की सीढ़ी पर बैठकर बीड़ी का धुआँ उड़ाता है। खुल-खुल आवाज़ करता हँसता है। मुझे ग़ौर से देखते खड़े एक सत्तर-पिचहत्तर के एक मनचले बूढ़े ने कहा—"सौ साल पुराना है यह, भीतर जाकर देखो।" मैंने पूछा इस पोस्ट ऑफिस में आप नौकरी करते थे? वह कहता है, "नहीं, यहाँ नहीं, पी.डब्ल्यू.डी. में।" मुझे हैरान होते देख वह कहता है, 'पकौड़े वाले की दुकान', और फिर खुल-खुल करके हँसता है जैसे भीतर का सारा अस्थि-पिंजर साथ बजता हो। ज़रा-सी देह वाला यह बूढ़ा जिससे दारू की बास आती है मुझे रोज़ उसी रास्ते में मिल जाता था। सब उससे कन्नी काटते हुए निकल जाते थे। मैं बरबस रुक जाती थी और कहीं नहीं होती थी उस वक़्त। जब जाने के लिए न अतीत, न वर्तमान, न भविष्य बचता हो तो ज़िन्दगी को नदी के बीच पड़ी चट्टान पर पाँव पसार कर विस्तार देना चाहती हूँ...खँडहर हवा की तरह फैलता है...अदृश्य...सर्वत्र...

वह चाहता था मैं मुक्तेश्वर मन्दिर जाऊँ...

"भागसूनाथ गए आप?" होटल वाले ने पूछा तो मैंने मुस्कुरा कर कहा—"हाँ कल गई थी।" बेहद थक गई थी। पड़ोस के कमरे में कोई जब से आया है तब से सिर्फ़ टीवी देख रहा है ज़ोर-ज़ोर से चलाकर। सोचती हूँ कोई यहाँ तक आकर उस झरने को देखे बिना कैसे रह सकता है? वह मिल जाए सामने तो पूछूँ कि किसी झरने की आवाज़ सुन भीगे बिना कैसे रह सकते हो? गोलू-मोलू पत्थरों पर फिसलते-बचते पहाड़ी नदी को पार करने का मन कैसे दबा ले जाता है कोई? कभी उड़ना नहीं चाहा है तुमने, जैसे पेड़ उड़ जाना चाहता है लहराती अपनी पत्तियों में। रूह उड़ जाना चाहती हो जैसे उँगलियों के पोरों से से छूट कर। नदी किनारे चट्टान पर बैठे बर्फ़ीली हवा जब नाक पकड़कर छेड़ती है ज़ोर से तो पीठ से झाँककर सूरज ने अगर बाँहें नहीं डालीं तुम्हारे गले में तो बेकार है जिनगानी।

चर्च में कुछ भी ख़ास नहीं लगा मुझे उस सिमेट्री और इस तरफ़ की एक अकेली बेंच के अलावा। ओस में भीगी हुई हरी बेंच, निहायत अकेली। पता था वह बर्फ़ सी ठंडी होगी फिर भी छूकर कोई आश्वस्ति लेना चाहती थी जैसे कि वह बेंच ही है एक निर्जीव और उसे कोई फ़र्क़ नहीं पड़ता कि वह बरसों से बियाबान में अकेली पड़ी है भीगती हुई। लौटते हुए मैंने चर्च को पलटकर देखा। आख़िर कैसा जीवन जी सकती थी मैं? जो मैं करती हूँ या करने का फ़ैसला लेती हूँ उसका ज़रूरी समझा जाना फिर भले ही वह अकेले घूमने के लिए तीन दिन निकाल लेना हो इस महत्त्व के बिना भी जिया जा सकता है। सम्भव है। "सब करते हैं नौकरी, सब पालते हैं बच्चे, सब घूमते-फिरते हैं, सब आज़ादी चाहते हैं। बस तुम हर बात का इशू बनाती हो।" सिद्धान्त ने चिढ़कर कहा था एक दिन। मुझमें कमियाँ हैं और कहीं एक धीमी सी ज़िद कि मुझे ऐसे ही स्वीकार किया जाए। मुझे कुछ समय के लिए भूल जाओ ताकि मैं ख़ुद को याद कर सकूँ। जीवन की किताब इतने हाथों में इतनी लापरवाही से पड़ती है कि मुझ तक लौटती है तो देखकर रुआँसी हो जाती हूँ। अपने ही घर में किसी रात तड़पकर कहती थी—ओह, माँ मुझे घर जाना है...और वह घर कहीं नहीं होता था। माँ के घर भी नहीं।

माँ का घर विदेश जा बसने पर छूटे मायके सा नहीं छूटा तो उसकी स्मृति भी वैसी नहीं आती। एक शहर में ज़रा सी दूरी पर जैसे शिफ़्ट हो जाना हो...माँ का घर सपनों में आता रहा सिर्फ़, बेचैन सपनों में। कुछ रहा होगा वहाँ ऐसा कि जो याद में नहीं आता, सिर्फ़ अवचेतन को उसने अपना अड्डा बना लिया है। स्मृति की ऐसी ख़ामोश गलियाँ अवश्य होती हैं जहाँ जाते हुए हम अक्सर भयभीत रहते हैं। हम भागते हैं गलियों में और अचानक किसी मोड़ पर रुक जाते हैं। बदल लेते हैं रास्ता, फिर भी मन नहीं मानता। झाँकते हैं, डरते हैं, हैरान होते हैं लेकिन लौट आते हैं घबरा कर। वहाँ जैसे कोई तिलिस्म हो। रुके तो जैसे दानव जागने लगेगा,उसकी जान जिस तोते में होगी वह भविष्य को जाती रेल के किसी डिब्बे में होगा...पिंजरबद्ध!

लेकिन होता कुछ भी नहीं शायद। सुबह से सोच ही रही थी कि यूँ रेल की पटरी की तरह वक़्त में कभी आगे और पीछे की यात्रा क्यों? वर्तमान में क्यों नहीं जीती। लेकिन मुझे आँखें बन्द करने का मन करता है, नींद और स्वप्न दोनों को बुलाना चाहती हूँ, वर्तमान की सुरक्षित ऊँची चट्टान से अतीत की नदी में कई फुट गहराई में कूद जाने का मन होता है।

घाटी में धीरे-धीरे बादल भरते जा रहे हैं, जैसे हम सब एक पारदर्शी बरतन में भरा द्रव हों, जिसमें कोई बच्चा ग़लती से, ढेर सारे सफ़ेद रंग में पुत गया अपना ब्रश डुबा दे और निकाल ले झट से। बादल भागते आ रहे हैं और मुझसे पच्चीस फुट की दूरी पर तड़ातड़ बारिश हो रही है। मैं सूखी हूँ और छतरी है मेरे पास। इतनी भयानक सर्दी में भीगने की कोई इच्छा भी नहीं है। बारिश की बूँदें चेहरे पर पड़ीं तो छतरी खोल ली मैंने। धरमकोट से उतरती हुई कार पर एक सफ़ेद परत देखकर सोचा बर्फ़ है! और अचानक बरसात की बूँदें हलकी होकर उड़ने लगीं। चेहरे पर, कपड़ों पर भागकर बैठतीं और पिघल जातीं। बच्चे ने सफ़ेद कूँची को हम सब पर फेरना शुरू कर दिया है। बर्फ़ ने हरे पहाड़ों को धीरे-धीरे बूढ़ा कर दिया। इतनी भव्यता से बूढा होते मैंने पहले किसी को नहीं देखा था। बर्फ़बारी इतनी तेज़ थी कि गाड़ियाँ रास्ते में अटक गई थीं, क़तार में। किसी दुकान की छत से एक मोटी सी बूँद बाहर निकलती महिला के चाय के काग़ज़ के कप में गिरी तो बगल में खड़ी दो लड़कियाँ साथी लड़कों को यह दृश्य सुनाते हुए खिलखिलाने लगीं। आज किसी भी बात पर हँसा जा सकता था। आज कोई भी हँस सकता था। आज आँसू भी गिरते-गिरते जम जाते तो मैं उन्हें प्यार से हथेलियों में भर लेती, आनन्द और विस्मय से देखती। जहाँ कोई एक-दूसरे को नहीं जानता वहाँ बर्फ़ ने सबको एक कर दिया है। पूरे मैक्लॉडगंज में बिखरे हुए यात्री जैसे एक ही जगह इकट्ठे हो गए हैं। जो जहाँ है वहीं तस्वीरें लेने लगा है।

निवेदिता ने अपनी छतरी बन्द कर दी है और एकचित्त होकर दृश्य का हिस्सा बन गई है। पाँव की अँगुलियाँ जम कर टीसने लगी हैं और हाथों की अँगुलियाँ दस्तानों के भीतर ही ठंड से जल रही हैं। नाक एकदम बर्फ़ हो गई है। मन बेकाबू। अपनी ख़ुशी भी व्यक्त करना नहीं आता निवेदिता को। हथेली में बर्फ़ के नन्हे फूल लेकर गालों पर चिपका लेती है। गीले गालों पर सर्द हवा पड़ती है तो जम जाते हैं वे। सिद्धान्त ने कहा था—"कभी-कभी तो कैसे बर्फ़ की शिला हो जाती हो।" निवेदिता के रूखे बालों में बर्फ़ के कई मोती अटक गए हैं। बाल धीरे-धीरे सन से सफ़ेद हो रहे हैं। वह बर्फ़ की शिला हो रही है धीरे-धीरे। वह मुस्कुरा रही है और भीतर तिलिस्म का एक-एक दरवाज़ा खुलता चला जा रहा है। लगभग पगलाई हुई, आँखें फाड़े और हाथ फैलाए लगभग पैंतीस-छत्तीस की एक दिलकश औरत कार्बन ब्लू सूट में, गले पर हलकी सी फ्रिल वाला नीला स्वेटर पहने और गुलाबी शॉल को सर और गले में मफ़लर की तरह लपेटे धर्मशाला से आती बस से नीचे कूद ही गई है। नाचती हुई सी वह दो बार गोल घूम गई है बाँहें फैलाए। आजू-बाजू देखे बिना जाने किस धुन में चिल्ला पड़ी है—"ओह, माँ, इसी दिन के लिए तो ज़िन्दा थी। आज मर भी जाऊँ तो ग़म नहीं।" घाटी में गूँजने लगी है यह पंक्ति...निवेदिता बर्फ़ की शिला हँस रही है—"हाँ यही सोचती हूँ मैं भी।" हँसी की दरारें होठों के दोनों तरफ़ गाल में और फिर पूरी देह में पड़ने लगती हैं। दरारों के बीच रगड़ से पिघलकर हलका पानी जमता है तो फिसलने लगते हैं एक-दूसरे पर से बर्फ़ के टुकड़े और तेज़ी से बिखरने लगते हैं...बादल क़रीब आकर झोली फैला लेते हैं...हँसती है निवेदिता...हँसते हैं बर्फ़ के टुकड़े...बादलों में हँसी की महक घुल गई है।